운명의 업

Karma of Fate

운명의 업 1

김해수 판타지 장편 소설

초판 1쇄 찍은 날 § 2002년 11월 1일
초판 1쇄 펴낸 날 § 2002년 11월 10일

지은이 § 김해수
펴낸이 § 서경석

편집장 § 문혜영
편집책임 § 김희정
편집 § 장상수 · 박영주 · 권민정 · 이종민
마케팅 § 정필 · 강양원 · 김규진

펴낸곳 § 도서출판 청어람
등록번호 § 제1081-1-89호
등록일자 § 1999. 5. 31
어람번호 § 제1-0309호

주소 § 경기도 부천시 원미구 심곡1동 350-1 남성B/D 3F (우) 420-011
전화 § 032-656-4452 팩스 § 032-656-4453
http://www.chungeoram.com
E-mail § eoram99@chollian.net

ⓒ 김해수, 2002

값 7,500원

ISBN 89-5505-516-1 (SET)
ISBN 89-5505-517-X 04810

김해수 판타지 장편 소설
운명의 업
Karma of Fate
1
| 어긋난 운명의 시작 |
도서출판
천어람

목

차

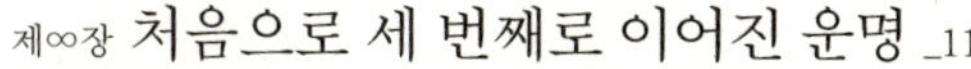

작가의 말

하아, 제가 살다살다 책을 다 내보는군요. 얼마 전까지만 해도 책이라는 것은 하늘의 선택을 받은 인간들(흔히들 울트라 초천재라고 하는 부류…)만 내는 물건이라고 생각했는데… 긁적.

…이라고는 해도 상당히 우여곡절을 거치며 나오게 된 책입니다.

이 글은 제가 처음으로 써보는 판타지 소설입니다. 그렇다고 대강대강 쓴 것은 아니고, 거의 2년 정도 구상을 한 것입니다(그렇다고 해봐야 수업 시간에 수업 안 들으면서 헛생각 굴리듯 구상한 거지만…). 물론 처음이니만큼 여러 가지 구성상의 헛점들도 많을 테고 어설픈 점도 많습니다. 아량으로 봐달라는 말은 안 하겠습니다. 노력해서 고칠 겁니다, 반드시.

이 글의 주인공은 보면 아시겠지만 엘프입니다. 물론 보시는 분들은 이렇게 생각하실지도 모릅니다. '이게 무슨 엘프의 생활이야? 사람이랑 별로 다를 게 없잖아?' 라고.'

하지만 전 이것도 나름대로 엘프들로서의 생활 모습 중 하나라고 변명하고 싶군요. 어디까지나 그것은 작가의 자유 아니겠습니까? 꼭 엘프들이 신비로운 생활을 하리라는 법은 없지요(아, 건방져 보입니까? 죄송합니다).

제 작품은 원래 100% 1인칭으로 구성할 목적이었습니다. 하지만 그렇게 하다 보니 이해하기 어려운, 또는 설명할 부분들이 빠져 버리는 불상사가 발생하더군요. 때문에 3인칭을 집어넣었는데 이게 또 난잡한 느낌을 주기도 하는 것은 어쩔 수 없군요.

처음에는 많은 종족들을 등장시키고 그들의 갈등을 나타내는 내용을 구상하고 있었습니다. 하지만 마족과 신족 등의 문제들을 크게 부각시키다 보니 나중에는 내용이 변형되더군요. 종국에 가서는 '운명'이라는 존재가 은근히 부각되는 글이 되고 말았습니다.

　최대한 가볍게 써보았습니다. 제 글의 모토는 '퍼즐'입니다. 처음에는 '이것들이 무슨 헛소리를 씨부렁대?'라고 생각하실지도 모르겠지만 가면서 하나씩 드러나는 방식을 사용했습니다. 뭐, 이건 다른 대부분의 소설들도 마찬가지이지만… 저의 경우에는 초반에 유난히 감춘 게 많은 것 같다고 생각합니다.

　사서 보시는 것이든, 아니면 대여점이나 친구에게서 빌려서 보게 되신 것이든 관계없습니다(혹시 훔친 건 아니겠지요? 에이, 설마). 제 글을 재미있게 읽어주신다면 좋겠습니다.

　만약 저에게 하실 말씀이 있다면 AAKHS@HITEL.NET으로 보내주시면 되겠습니다. 비평, 감상, 기타 의견, 다 좋습니다. 다만 비방은 자제해 주시기를(비평과 비방은 엄연히 다릅니다)…….

　이 책을 내면서 진짜 발바닥의 때만큼도 안 되기는 하지만 일단은 도움을 준 제 친구들(어디까지나 '친구'들한테 하는 말이다. 거기 맨날 나 괴롭히던 너! 이럴 때 친구인 척 슬그머니 끼어들지 말라고!), 그중에서도 저에게 캐릭터를 제공해 준 이쁜이(가명이지만 실명보다 많이 쓰입니다)와 조만간 제 글의 캐릭터 일러스트를 그려줄(지도 모르는…) 개굴(펜네임입니다), 그리고 제 글을 책으로 만들어주신 청어람 분들에게 진심으로 감사의 말을 올리며 이들과 저의 부모님에게 이 글을 바칩니다(그렇다고 뭐 요구하진 말그레이~).

―AAKHS

인물 소개

· 라니오스 : 이 글의 주인공. 엘프. 엘프의 숲에 근거를 두고 있음. 현재 엘프 최고의 전사이며 갑작스러운 신탁으로 인한 임무에 의해 임무 수행을 빙자한 여행 중. 전혀 엘프답지 않은 그의 성격은 어릴 적 인간 세상에서 살던 것이 큰 원인인 듯. 현재 전혀 성장하지 않고 어린 아이 상태인 육체에 큰 콤플렉스 있음.

· 란슬로 : 또 하나의 '엘프답지 않은 엘프'. 엘프답지 않게 클레이모어를 사용하며 검술만으로는 라니오스를 능가하지만 마법을 쓰지 못하는 것이 큰 문제. 현재 여행 중.

· 레아시아 : 소브런 제국의 제4공주인 하프 엘프. 현 황제의 친딸이 아닌 양녀이다. 프로튼으로 가던 중 불의의 사건에 휘말려 들어 현재 라니오스의 호위를 받으며 소브런으로 가는 중.

· 쟈밀 : 라니오스의 삼촌이라는 것 외에 아무것도 밝혀지지 않은 정체 불명의 인물. 그의 동료들과 함께 어떤 일을 진행시키고 있는 듯하다. 모르는 이들에게는 매우 차갑지만 친한 인물에게는 매우 다정하게 대한다. 라니오스의 문제만 불거지면 지나치게 흥분하는 점이 문제라면 문제.

· 레디 : 쟈밀의 동료 중 한 명. 역시 아무것도 알려진 게 없는 인물. 다만 2,600여 년 전의 영웅전쟁과 무언가 관계가 있는 듯하다.

· 레이 : 쟈밀의 동료 중 한 명. 역시 아무것도 알려지지 않은 인물. 항상 웃고 다니며 그의 삶의 낙은 쟈밀을 괴롭히는 게 아닐까 할 정도로 쟈밀에게 장난치는 것을 좋아한다. 하지만 본인은 일종의 우정 표현이라고 주장.

· 라오 : 쟈밀의 동료. 역시 알려진 바 없으며 망자의 강에 아무렇지도 않게 드나들 뿐만 아니라 타인의 영혼을 그곳으로 초대할 수 있는 능력을 지닌 인물.

· 제이 : 쟈밀의 동료. 역시 아는 바 없다.

· 루나 : 쟈밀의 동료. 쟈밀과 애인 관계에 있다.

· 이드 : 쟈밀과 모종의 계약을 맺고 있는 인물로 이계에서 온 듯하다.

· 제라드 : 레아시아를 사모하는 소브런 제국 기사. 프로튼 왕국으로 가는 길에 그녀의 호위를 맡는다. 검술 실력만으로 따지면 라니오스 이상인 인물로 성격도 좋은 편이다.

· 카랏트 : 라니오스가 최초로 만난 마족. 나름대로 실력도 있고 두뇌도 있으나 상대를 잘못 고른 죄로 인해 라니오스에게 죽기 직전까지 얻어터진다.

· 스피더 : 카랏트 이상의 바보. 더 이상의 말이 필요없다.

● 제∞장
처음으로 세 번째로 이어진 운명

누군가 나의 노래를 들어다오.
이것은 잊혀질 영웅들의 이야기.
시간과 연과 운명을 넘은 선택받고 저주받은,
기쁘지만 슬픈 이들의 이야기.
그들이 보내는 영원의 삶은 결코 행복하지도,
불행하지도 못한 회색의 시간들.
지금 그 운명 속으로 이끌리는 불쌍한 자가 둘 있으니…….
아아, 사랑하는 나의 그대여, 그리고 친애하는 나의 친구여,
부디 그대들이 이끌 운명의 즐거움 속에, 슬픔 속에,
그 모든 굴레에 나를 가두어다오.
나의 이 얼마 남지 않은 운명을 가져가다오.
그리고 마지막에는 그 굴레를 깨어다오.
이 작은 존재와 함께…….

—대 음유 시인 에아크 하스의 마지막 노래 中에서.

끝에서 다시 시작으로

일찍이 영웅전쟁 시절부터 존재해 왔던 역사 깊은 나라 크로이츠의 이름조차 없는 작은 마을. 그 마을의 입구로 발을 들이고 있는 한 사내가 있었다.

"이곳인가?"

그의 머리카락은 보기 드문 은색이었다. 그것만으로도 눈길을 끌 그의 외모는 누구나가 '아름답다'라고 할 수준이었다. 생명체의 얼굴이라기보다는 거의 예술품이라고 할 수 있을 정도로 미려한 턱 선, 오똑한 콧날, 가는 눈매는 전체적으로 그를 차갑게 보이게 하였다. 하지만 그의 입가에 걸려 있는 가는 미소는 차가운 그의 분위기를 오히려 따뜻하게 바꿔주고 있었다.

"이곳이 마지막 안식처였습니까?"

누구에게 하는 질문인가? 그는 질문을 하였을 뿐 아무런 대답도 기대하지 않았다. 그리고는 품에서 담뱃갑을 꺼내 마지막 남은 한 개피의 담배를 입에 물었다.

"이것이 내 생애 마지막으로 피우는 담배가 되겠군."

물론 그가 당장 죽을 것이라는 소리는 아니었다. 앞으로는 결코 담배를 피우지 않겠다는 그의 의지의 표현이었다.

"앞으로 꽤나 시끄럽겠군, 이 세계는……."

그가 뿜어내는 담배 연기에는 결코 가볍지 않은 무게가 실린 채 허공으로 흩어졌다.

"그래, 어차피 또 한 번 획이 그어지는 것뿐이다."

어느새 그가 물고 있던 담배는 다 타버렸다. 그렇게 조금은 허무하게 마지막 담배를 다 태운 은발사내는 남은 꽁초를 바닥에 버리며 마을 안으로 걸음을 옮겼다.

"전에는 그녀를 위해서, 그리고 이번에는 그 아이를 위해… 음!"

핏.

순간 사내 앞으로 가는 선이 생겨났다. 이윽고 그 선은 그가 입에 물고 있던 담배를 베어내었다.

툭.

스륵.

잘려 나간 담배가 땅에 떨어졌다. 그와 동시에 사내의 앞으로 한 남자가 나타났다. 그는 은발사내를 적대하는 시선으로 바라보며 천천히 검을 들어 올려 그를 겨누었다.

"돌아가라."

짧은 한마디였다. 그리고 그가 온몸으로 뿜어내고 있는 살기는 보통의 존재가 낼 수 없는 살기였다. 하지만 은발사내는 상대의 살기에 전혀 신경 쓰지 않는다는 듯 태연하게 계속해서 발걸음을 옮겼다.

"돌아가라."

담담하게 상대를 향해 걸어가는 은발사내도 그렇지만 그의 앞에서 검을 겨누고 있는 남자도 만만치 않았다. 그 역시 아무런 표정의 변화 없이 다시 한 번 돌아가라는 말만을 반복했다.

"그래, 계속 그렇게 수고하라고."

곧 둘은 서로를 지나쳤다. 하지만 검을 들고 있던 남자는 여전히 앞을 노려본 채 서 있었고, 은발의 사내는 그런 그를 별로 신경 쓰지 않는다는 듯 뒤도 돌아보지 않은 채 계속 걸음을 옮겼다.

스윽.

돌연 검을 들고 있던 남자의 몸에 몇 개의 선이 그어졌다. 그리고 그 선들은 곧 남자의 몸을 여러 개로 분리시켜 버렸다.

"할 수 있으면 말이지."

그렇게 온몸이 토막난 채 바닥에 쓰러진 남자를 뒤로하고 은발사내는 태연히 계속 걸음을 옮겼다.

● 제0장

프롤로그

나는 그 당시에 아무것도 몰랐었다.
그저 아무것도 모르는 한 소년이었다.
그리고 그때가 지났을 때 나는 기존의 나의 운명에서 벗어나
새로운 운명으로 한 발씩 내딛는 행위를 해야 했다.
그것은 운명이었으며 지금 이렇게 내가 존재하는 것,
그리고 내가 이 글을 남기려 한다는 것조차
그 모든 것은 운명이었다.
그리고 그 운명은 지금도…….

─이름을 알 수 없는 어느 회고록에서 발췌.

뒤바뀌도록 정해진 운명

"받아라!"

휙.

어느새 내 앞으로 공이 날아왔다. 나는 언제나처럼 능숙하게 그 공을 잡아내며 다시 나를 향해 공을 던졌던 아이에게 되던졌다.

"너야말로 받아랏!"

퍽!

"아악!"

그 아이는 내가 던진 공을 받아내지 못하고 팔에 공을 맞으며 작은 비명을 질렀다. 그러자 그와 동시에 주변에 있던 우리 편 아이들에게서 함성이 터져 나왔다.

"와아!"

"이겼다!"

“리칼드 만세!”

아이들은 마치 약속이라도 한 듯 일제히 나를 향해 달려와 둘러싸더니 동시에 나를 위로 들어 던져 올리는 것이었다.

“리칼드! 리칼드!”

아이들은 계속 나를 허공에 던져 올렸고, 나 역시 붕붕 뜨는 느낌이 좋았기에 가만히 그들이 하는 대로 있었다.

“하나, 둘!”

“세엣!”

쿵!

하지만 그것이 실수였다. 아이들이 어느 한순간 동시에 몸을 피해 버려 덕분에 나는 딱딱한 땅바닥에 등을 부딪쳐야 했다.

“아야야야…….”

당연히 등이 꽤나 아팠고, 아이들은 킥킥 웃으며 나를 바라보고 있었다.

“야, 갑자기 그러는 게 어딨어?!”

“하하하하하!!”

그리고 아이들은 그런 내 모습에 웃었다. 하지만 악의가 없다는 것을 알고 있는 나는 그들에게 화를 낼 수 없었다.

“이것들이 정말! 내가 그렇게 영웅이 되는 게 질투나냐?!”

“그래!”

나는 이 공놀이를 잘한다. 때문에 아이들은 내가 들어간 팀이 이기는 팀이라고 생각할 정도였다. 오늘 같은 경우에도 거의 2배의 인원 수 차이를 두고 시합을 했음에도 우리 팀이 이길 정도였으니까.

“어라? 벌써 밥 먹을 시간 됐겠다. 애들아, 난 이만 집에 갈게.”

“어, 나도 집에 가야 해.”

“나도.”

“나도.”

그렇게 해가 지기 시작하고 슬슬 저녁 시간이 되자 아이들은 하나둘 집으로 돌아가기 시작했고, 어느새 나를 포함한 모든 아이들이 집으로 돌아가고 있었다.

“휴우, 그럼 나도 가볼까?”

그렇게 나도 막 집을 향해 발걸음을 옮기려고 하는데 문득 누군가가 나에게 다가왔다. 은발을 길게 기른 사람이었는데 그는 아무래도 나에게 용건이 있는지 나를 향해 걸어오고 있었다.

“저기, 애야, 길 좀 물어도 되겠니?”

“길이요?”

“그래. 혹시 이 마을에 에닐이라는 분이 계시는 집이 어디인지 알고 있으면 가르쳐 줬으면 하는데… 여자 분인데 키는 이 정도 되고 머리는 너와 같은 금발을 하고 있는 분인데… 혹시 알고 있니?”

그의 질문에 나는 고개를 끄덕였다. 지금 저 사람이 설명하고 있는 여자는 내가 너무나도 잘 알고 있는 여자였다.

“네, 우리… 엄마인데요?”

“응……?!”

이번에는 그가 당황한 모양인지 잠시 얼굴이 묘하게 일그러졌다. 하지만 곧 그 충격에서 벗어난 듯 원래대로 표정을 되돌리며 허리를 숙여 나와 눈 높이를 맞추었다.

“아… 너희 엄마였니? 이 형을 너희 어머니가 계신 곳에 데려다 줄 수 있을까?”

“무슨 일인데요? 우리 엄마랑 아시는 사이신가요?”

“그래, 아주 잘 아는 사이야.”

내 질문에 그는 곧바로 고개를 끄덕이며 씨익 웃어 보였다. 하지만 나에게는 오히려 그 행동이 더욱 수상하게 보였다.

“저어…….”

“응? 무슨 문제라도 있니?”

“수상해.”

“…….”

역시 내 생각이 딱 맞았나 보다. 좀 전까지만 해도 싱글싱글 웃으며 나에게 길을 묻던 그의 얼굴이 그대로 굳어버렸으니까.

“역시 수상해. 아저씨, 사실은 나쁜 사람이지?”

“…….”

아무래도 확실한 것 같다. 지금 이렇게 아무 말도 못한 채 몸이 굳어 있다는 것은 내 말에 정곡을 찔려서 아무 말도 못하고 있는 것이리라.

“아하하! 애, 애야, 이 형이 그렇게 수상해 보이냐?”

“응.”

“하아… 애야, 이 형은 정말 나쁜 사람이 아니란다. 이 형은 너희 어머니와 형제란다. 너한테는 삼촌이라고.”

“형제?”

“그래. 이 형은… 아니, 삼촌은 네 어머니의 동생이란다. 내 이름은 쟈밀이라고 하지.”

이 아저씨 아무래도 거짓말을 하는 것 같지는 않았다. 어른이라서 더 능숙하게 거짓말하는 것이라고 생각할 수 있을지도 모르지만 적어도 내가 보기에는 사실을 말하는 것이라는 생각이 들었다.

“…알았어요. 특별히 이번만 그렇게 믿어드리죠. 대신에 거짓말이면 아저씨는 천벌받을 거예요.”

“…푸훗, 알았다. 내가 말한 게 거짓말이면 어떤 거라도 다 하마.”

“정말이죠?”

그렇게 결국 그에게 우리 집으로 안내한다는 데에 허락을 해버린 나였다. 하지만 지금의 내 머리 속은 그가 수상한지 어떤지보다 만약 그가 지금 한 말이 거짓말이었을 때 무엇을 해달라고 할지에 대한 생각으로 가득 차 있었다.

“여기예요.”

우리 집은 비교적 마을의 외곽에 있기 때문에 오는 데에 조금 시간이 걸렸다. 하지만 평소 언제나 조금은 지루하다고 생각한 이 시간이 오늘은 별로 지루하지 않았다. 아니, 오히려 즐거웠다.

“꺄하하, 그래서 어떻게 되었는데요?”

“그때도 그 오우거는 죽어도 자신이 오크라고 하는 거야. 죽을 때까지 자신은 오우거라서가 아니라 신의 선택을 받은 오크라서 그렇게 몸집이 크고 강했다고 믿은 거지.”

“그래서요?”

“그 멍청한 오우거는… 어, 다 왔다.”

그리고 그렇게 이런저런 이야기를 하면서 걷는 동안 나와 내 옆에서 이야기를 해주며 걷고 있던 쟈밀이라는 남자는 어느새 우리집 앞에 와 있었다. 나는 집에 들어가기에 앞서 쟈밀이라는 남자에게 말을 건네었다.

“여기서 기다려요. 엄마를 불러올게요.”

"그래, 알았다."

그는 가볍게 고개를 끄덕였고, 나는 바로 집으로 달려갔다. 지금까지 오면서 보니까 저 쟈밀이라는 사람이 나쁜 사람인 것 같지는 않지만 설사 그렇다 해도 여기까지 온 이상 별로 무섭지 않았다. 우리 엄마는 마법도 엄청 잘해서 전에도 우리 집에 쳐들어온 몇몇 나쁜 사람들을 혼내주기도 했었으니까.

벌컥.

"다녀왔습니다!"

나는 언제나처럼 조금은 거칠게 문을 열어젖히며 크게 외쳤다.

"엄마, 저 왔다니까요!"

평소 같으면 내가 '다녀왔습니다' 라고 외치자마자 엄마가 나와서 나를 반겨주시는 게 보통이었다. 하지만 오늘은 조금 이상했다. 집 안도 조용하고, 방 안의 느낌이 이상하다는 생각도 들었다.

"엄마, 저 왔어……!"

그때 무언가 이상한 냄새가 났다. 약간은 비릿하면서도 야릇한 향을 풍기는 이 냄새는…….

'피 냄새!'

집 안에 피 냄새가 풍기고 언제나처럼 내가 온 것을 반겨주어야 할 엄마의 대답이 없었다. 그렇다면…….

"엄마!"

곧바로 방 안으로 뛰쳐 들어갔다. 방문을 열면서도 내심 내 추측이 빗나가기를 바랐다. 너무나도 불행한 추측이었기에 그것이 현실이 아니길 바랐다.

그렇게 바라면서 방 안으로 들어가 내가 본 것은…….

“어, 엄마……!”

방바닥에 쓰러져 있는 엄마의 모습이었다. 바닥에는 피가 흥건하게 고여 있었고, 방 전체에 비릿한 피 냄새가 진동하고 있었다.

“엄마…….”

나는 더 이상 두 다리로 서 있을 수가 없었다. 다리에 힘이 들어가지 않았기 때문이다.

“누님!”

그때 마침 쟈밀도 방 안으로 들어왔다. 그는 내 앞에 피를 흘린 채 쓰러져 있는 엄마의 모습을 보며 경악하더니 곧 엄마 옆으로 다가갔다.

“리커버리!”

쟈밀의 양손에 밝은 빛이 맺혀졌고 그 빛은 곧바로 엄마의 온몸을 감싸기 시작했다. 하지만 아무리 시간이 지나고 쟈밀의 손에 맺혀 있던 빛이 모두 사라진 뒤에도 엄마는 깨어날 기미를 보이지 않았다.

“누님! 접니다. 쟈밀입니다! 제발 눈을 떠보세요!”

“엄마! 엄마!”

그는 조심스럽게 엄마를 끌어안았다. 그리고는 계속해서 엄마를 불렀다. 나 역시 ‘엄마’라는 단어를 계속해서 외치고 있었다.

나와 쟈밀이 몇 번이나 엄마를 불렀을까? 그제야 힘겹게나마 눈을 뜬 엄마는 자신을 끌어안고 있는 쟈밀을 올려다보며 힘없이 입을 열었다.

“으흐음… 이 목소리… 쟈밀… 이… 니?”

“네, 누님. 접니다.”

“쟈밀… 이었구나. 너를… 다시 보는… 게… 얼마 만이지……?”

“누님… 더 이상 아무 말 하지 마십시오. 제가 치료해 드리겠습니다.”

쟈밀은 엄마를 품에 안은 채 어디론가 가려는 듯 몸을 일으키려고 했다. 하지만 엄마는 고개를 저으며 계속 무언가를 말하고 있었다.

"아니… 난 이미… 늦었어……. 그것보다……."

"누님, 약한 소리 마십시오!"

"아니… 그것보다… 내 마지막… 부탁… 들어줄 수… 있겠니?"

"…크흑."

쟈밀의 눈가에 눈물이 고였다. 그리고 그 눈물은 곧 그의 양 볼을 타고 흘러내리기 시작했다. 눈물을 흘리고 있는 것은 나 역시 마찬가지였다.

"어차피 우리들의 멸망… 이미 결정된… 운명… 하지만… 언제나 멸망 뒤에는 새로운… 탄생… 그것이… 저 아이… 나의 아들… 라니오… 스……."

"누님… 설마……!"

"이 세계에… 마지막과 새로운 시작을… 순수의… 하이 엘……."

엄마의 목소리는 점점 꺼져 가고 있었다. 그리고 엄마의 목소리에 점점 힘이 없어질수록 나의 눈시울은 뜨거워지고 있었다.

"모든 이에게 멸망을… 하지만… 새로운 창조의… 흐윽!"

"누님!"

"부탁이야… 쟈밀……. 너와 나의… 이 세계를 위해… 저 아이만은… 살려……."

"물론입니다! 저 아이는 누님의 아이이지만 저의 아이이기도 합니다. 결코 죽이지 않습니다. 설사 그로 인해 모든 이들을 적으로 돌리더라도 절대 그런 짓은 하지 않습니다!"

"고마워, 쟈밀……. 라니오… 스를… 잘… 부탁……."

"걱정하지 마십시오! 무슨 일이 있어도 지키겠습니다!"

"나의 마지막 힘으로… 저 아이의 봉인을……."

그때까지 아래로 축 처져 있던 엄마의 손이 들어 올려졌고, 그 손은 이내 나를 향했다. 하지만 그렇게 나를 향해 들어 올려지는 엄마의 손은 매우 힘이 없었다.

피이잉!

작은 공명음과 함께 머리 속에 무언가가 퍼져 나가는 느낌이 들었다. 그리고 이내 머리 속이 하얗게 물들어가는 듯싶더니 온몸의 힘이 빠지면서 눈앞이 어두워지기 시작했다.

"쟈밀, 부탁 하나… 더 해도… 될까?"

"물론입니다, 무엇이든."

"사실……."

그 후에도 엄마와 쟈밀은 무언가 더 이야기를 하는 듯했지만 나는 더 이상 무슨 일이 있었는지 기억할 수 없었다.

"무슨 생각을 그렇게 하는 중이냐?"

문득 내 귀로 쟈밀의 목소리가 들려왔다. 덕분에 한참 생각에 잠겨 있던 나는 간신히 현실로 돌아올 수 있었다.

"예? 아뇨… 잠시……."

평소라면 사실대로 대답을 하겠지만 이번은 그럴 수 없었다. 그도 그럴 것이 죽은 엄마 생각을 하고 있었다고 할 수는 없는 노릇 아니겠는가?

"이번이야 다행히도 아무 일 없었다고 하지만 마법 수련 중에 딴생각을 하다가 자칫하면 큰일 날 수도 있단다. 다음부터는 조심해라."

"네……."

이미 엄마가 돌아가신 지도 삼 년이 지나고 있었다. 나에게도 쟈밀에게도 이제 돌아가신 엄마의 일은 어느 정도 익숙하게 현실로 받아들여지고 있었고, 그러기에 여간해서는 그 일을 떠올리지 않고 있었다. 하지만 아직은 완전히 잊는 건 불가능한 듯 가끔은 그때의 일을 떠올리게 되었다. 엄마가 돌아가셨고, 더불어 쟈밀과 처음 만났던 그날을……

따악!

"또 딴생각 한다!"

"네… 네!"

막 또다시 그때의 일이 생각나려고 하던 나는 머리 위로 전해지는 충격에 간신히 다른 생각에 빠지지 않고 현실에 머무를 수 있었다. 그리고 아까 하던 마법 수련을 계속했다.

"이대로 가면 얼음 계열도 금세 8클래스다. 힘내라."

"예!"

"흐음… 역시 아직은 무리였나?"

쟈밀은 그다지 큰일없었다는 듯이 싱숭생숭한 표정으로 턱을 짚고 있는 모습이었지만 나는 매우 심각한 상태였다.

"우으으으… 머리 아파."

그 이유는 방금 전의 마법 수련에 있었다. 조금은 무리해서 클래스를 올리려고 했다가 과도한 마력의 집중으로 몸이 무리를 한 것이다. 그래도 너무 심한 무리를 한 것은 아니었기에 몸에는 별 지장이 없었다. 다만 머리가 조금… 이 아니라 상당히 찌이잉 하고 울릴 뿐이다.

사실 몸에 별 무리가 없었던 것은 내가 지금 수련을 하던 곳이 숲 속이라는 이유도 있었다. 숲의 기운이 활발했기에 그 기운으로 인해 몸에 무리가 덜 갔고 회복도 빨랐던 것이다.

"역시 엘프는 숲의 종족인가……?"

나는 문득 손을 뻗어 내 귀를 만져 보았다. 언제나처럼 인간의 그것과 달리 길고 뾰족한 귀의 감촉이 느껴졌다.

그때, 엄마가 돌아가시기 전 나를 향해 손을 들어 올렸고, 그 이후 머리가 울리는 느낌을 받으며 기절했었다.

그리고 나서 정신을 차렸을 땐 귀가 길어져 있었다. 쟈밀의 말로는 원래 나는 엘프였고 이전까지 우리 엄마에 의해 그 사실이 감추어졌던 것이라고 한다. 더불어 그가 가르쳐 준 것은 나의 이름이 사실은 리칼드가 아닌 라니오스라는 것. 분명 내 기억에도 엄마가 돌아가시기 전에 봉인이라는 이야기를 하셨던 것으로 기억난다. 하지만 이것에 대한 이야기를 물어보면 쟈밀은 은근슬쩍 이야기의 초점을 회피하기 일쑤였고 결국엔 나중에 가르쳐 주겠다는 식으로 넘어가 버렸다.

덕분에 나는 내가 왜 엘프이고 어째서 엄마가 그것을 감추었는지에 대해 아직까지 하나도 모르고 있다. 물론 그 외에도 쟈밀 여시 엘프인가, 대체 왜 인긴인 척을 하고 있었어야 하는가, 왜 쟈밀과 엄마는 그렇게 떨어져서 살았어야 하는가, 쟈밀과 우리 엄마 외에 다른 친척이나 가족은 없는가 하는 등의 수많은 의문점도 있었다.

그리고 막상 이런 생각이 든 김에 나는 오늘도 다시 한 번 쟈밀에게 나에 대해 물어보기로 했다.

"쟈밀, 가르쳐 줘요."

"…표정을 보니 또 그 이야기구나."

이제는 쟈밀도 내가 무슨 이야기를 할지 곧바로 알아채고는 작게 한숨을 쉬었다. 그의 모습을 보니 아무래도 이번 역시 알아내기는 무리라고 생각했지만 그래도 계속 시도해 보기로 했다.

"제발 좀 가르쳐 줘요. 이제 알려줄 때도 됐잖아요?"

"에… 그건 말이지……."

"또 평소처럼 얼렁뚱땅 넘어가지 말고요~"

"끄으응……."

하지만 쟈밀은 계속해서 내 질문에 대한 대답을 회피하려고 하였고 나는 그에 지지 않고 끈질기게 그를 붙잡고 놓아주지 않았다. 그렇게 계속해서 질문을 했다. 그리고 오늘은 제법 효과가 있었는지 쟈밀은 결국 체념한 표정으로 나에게 설명해 주려는 듯 입을 열었다.

"에휴… 그래, 조금만 설명해 주마. 사실은 말이다……."

그의 표정이 진지해지자 나 역시 얼굴에 힘이 들어가는 것을 느꼈다. 하지만 쟈밀은 여전히 순순히 말해 줄 생각이 없는지 또다시 딴전을 피우는 것이었다.

"아, 벌써 식사 시간이군. 밥 먹고 하자."

"쟈밀!"

"자아, 오늘은 네가 좋아하는 초콜릿 케이크도 있단다. 안 먹으면 내가 다 먹는다?"

…아무래도 난 아직 어른이 되기는 글렀나 보다. 아직도 먹을 것의 유혹에 넘어가 버리다니.

그런 생각을 하면서도 나는 어느새 그의 맞은편에 자리를 깔고 앉아 쟈밀이 주는 케이크를 받아 들고 있었다.

● **제1장**
마법 대회

당신은 무엇을 하는가?

혹시 당신은 마법을 쓰는가? 자신의 마법 실력에 자신이 있는가?

자부심을 가지는가? 자신의 능력을 알고 싶지 않은가?

보다 빛나는 인물이 되기를 원하는가?

그렇다면 지금 바로 오라. 마법 콘테스트로!

이곳에서 그대의 능력을 시험해 보라!

이곳이 그대의 꿈과 미래를 열어주는 계기가 될 것이다!

· 참가비 : 무료

· 접수 기간 : 7월 10일부터 31까지.

· 부상 : 소년부—우 승 : 왕실에서 특별 제작한 5클래스의 마법 스테프 및

상금 3크릿. 프로튼 왕립 아카데미 재학 시

입학비와 전 학비 무료 및 장학금 수여.

성인부—우 승 : 엘릭서 포션 및 상금 10크릿.

궁정 마법사로 지원 가능 자격 부여.

준우승 : 상금 5크릿. 궁정 마법사로 지원 가능 자격 부여.

3,4위 : 상금 3크릿.

· 참가 자격 : 소년부—18세 미만의 소년, 소녀.

성인부—18세 이상의 성인 남녀.

· 대회 일시 : 8월 12일부터 14일까지(소년부 12일, 성인부 13, 14일 양일간).

—마법 콘테스트의 벽보

어린 엘프

"쟈밀, 배고파요. 조금 쉬었다 가요."

"…언제 밥 먹었는데 벌써 배고프다고 하는 거야?!"

"히잉~ 하지만……."

"…으이구, 대체 무슨 놈의 엘프가 이렇게 먹을 것을 밝히는 건지……."

"하지만 여기는 숲이 아니라고요. 오히려 더 금방 배가 고파져요."

벌써 엘프로서 살아간 지 4년째에 접어들고 있었다. 하지만 엘프라 해도 인간과 그다지 큰 차이는 없었다.

다만 차이가 있다면 일단 외모에서는 귀의 모양이었다. 엘프의 귀는 인간의 귀에 비해 너무 차이나게 길고 뾰족했다. 한 뼘을 넘을까 말까 할 정도로 긴 귀 덕분에 나는 이런 사람이 많은 곳에 올 때면 어김없이 폴리모프를 하게 되었다. 물론 귀를 모자나 두건 등으로 가리는 방법도 있지만 그렇게 하면 귀가 접혀서 아픈 데다가 어릴 때 그렇게 하면 나중에 귀 모양이 밉게 나온다는 쟈밀의 말에 아예 폴리모프를 하는 것이다.

그리고 엘프는 숲에서는 인간보다 훨씬 뛰어났다. 그때마다 역시 엘프는 숲의 종족이라는 이야기가 너무나도 잘 맞는다는 생각이 들었다.

하지만 꼭 인간보다 뛰어난 점만 있는 것은 아니었다. 오히려 숲 속이 아닌 인간의 도시 한가운데같이 숲의 기운이 거의 없는 곳에서는 인간에 비해 체력이 빠르게 소비되었다.

하지만 분명 엘프는 여러 점에서 인간보다 우월했다. 선천적으로 뛰어난 신체 기능과 마법적 능력을 타고났으며 외모도 아름다웠다. 도대체 왜 이렇게도 우수한 종족이 인간에게 밀린 채 숲 속에서 살아야 하는지가 궁금할 정도로.

일전에 쟈밀에게 질문했다. 그랬더니 그는 이렇게 대답했었다.

"엘프는 멍청해서 그래."

엘프가 멍청하다라……. 그들의 지식 체계는 사실 인간 이상이고 그들의 사고 능력 역시 인간 이상이다. 난 처음에는 그의 말뜻을 알아듣지 못해 고개를 갸우뚱했지만 이제는 이해할 수 있었다. 엘프는 인간처럼 교활하지 못하다는 뜻이리라.

"하긴, 그렇기는 하군. 좀 쉬었다 가지."

"어라? 쟈밀, 저기 사람들이 몰려 있어요. 한번 가봐요."

나는 억지로 쟈밀의 손을 잡아끌면서 말했다. 쟈밀은 참 멋지게 생겼다. 허리까지 내려오는 긴 은발, 가늘고 날카로운, 하지만 무섭지 않은 갸름한 얼굴, 약간은 가는 눈매…….

"이봐요, 좀 비켜봐요!"

나는 사람들 사이를 밀치며 들어갔다. 거기에는 벽보가 붙어 있었는데 '마법 콘테스트' 라고 되어 있는 내용의 벽보였다. 나는 벽보를 손으로 가리키며 말했다.

"쟈밀, 나도 저기 나갈래요. 나가도 되죠, 네?"

그러나 쟈밀의 대답은 냉정했다. 그는 나를 제대로 쳐다보지도 않은 채 툭 내던지듯 대답했다. 그의 행동은 온몸으로 '저런 유치찬란한 시합 나가봐야 너한테는 재롱 떨기 수준이다' 라고 말하고 있었다. 나도 그 정도는 이미 알고 있었다. 다만 내 힘을 자랑하고 싶은 것뿐이었다.

"네가 저런 데 나가서 뭐 하려고?"

나는 애교를 떨기 시작했다. 쟈밀은 내가 투정 부리며 애교를 떨면 웬만한 것은 다 들어주니까.

"아이잉~ 바쁜 일도 없잖아요~ 이럴 때 한번 저런 데 나가보고 싶단 말이에요~"

"놀고 있네. 네가 저런 유치한 대회 나가서 뭐 하게?"

"이이잉~ 그래두우~"

내가 이런 식으로 10분쯤 계속 물고 늘어지자 쟈밀도 이겨낼 수 없었는지 결국 고개를 좌우로 저으며 허락을 하고 말았다.

"그래, 알았다. 내가 졌다."

"와아~"

그러나 쟈밀의 말은 거기서 끝난 게 아니었다. 그는 검지손가락을 세워 보이며 엄한 표정을 지어 보였다.

"단, 너무 튀면 혼날 줄 알아라."

"네! 아, 쟈밀, 아까 꽤 괜찮은 여관 하나 봐두었는데……."

나는 쟈밀의 손을 잡고 다시 인파를 헤치고 나왔다. 그리고 여관으

로 가볍게 발걸음을 옮겼다. 물론 그 '가볍게' 라는 단어는 나 하나로
만 한정해야 했지만…….

"어서옵서!"
여관에 들어가자마자 종업원 하나가 우리를 반갑게(?) 맞아주었다.
우리는 빈 테이블 하나를 골라 앉으며 주문을 하였다.
"맥주 하나, 우유 하나, 그리고 식사는 알아서 가져오도록."
"예이, 알겠습니다."
종업원은 잽싸게 뛰어갔다. 그리고 이내 '맥주 하나, 우유 하나, 정
식 둘' 이라는 종업원의 목소리가 들려왔다.
"그런데, 쟈밀."
"왜?"
"마법 콘테스트라는 거 어떤 거예요? 그런 표정 짓지만 말고 설명
좀 해봐요~"
어느새 종업원이 맥주와 우유를 가지고 왔다. 그리고는 다시 잽싸게
주방 쪽으로 달려갔다. 밥도 가져오겠지. 쟈밀은 맥주를 한 잔 마시더
니 입을 열었다.
"여기 맥주는 별로군."
"쟈미일!"
"알았다, 알았어."
그새 종업원이 밥을 가져왔다. 쟈밀은 종업원을 신경 쓰지 않은 채
설명을 하기 시작했다. 하지만 아무리 봐도 대충 말하는 듯 보였다.
"마법 콘테스트란 그 이름 그대로 각자의 마법을 뽐내는 대회다. 보
통 과제를 주고 그 과제에 대해 겨루는 거지. 빨리 끝내는 쪽이 이기는

경우가 대부분이다."

"그러니까, 그냥 나가서 그 과제라는 것을 빨리 해치워 버리면 된다 이거죠?"

"그렇지. 어차피 너 정도면 장난으로 끝낼 수 있을 거다. 네 마력이란 게 이미 보통 인간 수십 번은 뛰어넘을 수 있는 수준이니까."

쟈밀의 말대로 내 마력은 이미 정상적인 인간, 또는 엘프의 수준을 벗어나고 있다. 마법을 배운 지 이제 3년이 넘어가고 있었음에도 웬만한 인간 마법사는 그리 어렵지 않게 능가할 수 있을 정도였던 것이다.

쟈밀도 이렇게 마력이 빨리 오를 줄은 몰랐다고 할 정도였다. 사실 좀 편법으로 배운 마법이지만 사실은 그 편법이 더 심각했을지도…….

"이런, 밥이 다 식겠네. 쟈밀, 빨리 먹어요."

하지만 이미 밥은 거의 다 식어 있었다.

마지막 이벤트

마침내 때는 왔다! 나는 옷차림에도 신경을 쓰고, 마지막으로 어제 산 로브를 걸쳤다. 사실 로브라고 하기엔 너무 짧지만…….

"어때요, 쟈밀? 나 멋있어 보이지 않아요?"

내가 쟈밀 앞에서 한 바퀴 빙글 돌아 보이자 쟈밀은 빙긋 웃으며 대답했다. 보통 저런 표정을 지을 경우에는 내가 귀여워서라는 뜻이다.

"멋있기보단… 예쁘다고 해두지."

이 정도면 됐군. 나는 쟈밀의 팔을 잡아끌며 재촉했다.

"쟈밀, 빨리 가요~"

"알았다, 알았어."

우리는 금방 대회장에 도착하였다. 대회장은 넓은 들판에 가건물을 세워놓은 형식이었다. 하지만 가건물임에도 상당히 신경을 썼는지 멋있었다. 귀빈석도 있을 정도였으니 말이다. 나는 입구의 접수처로

갔다.

"참가 신청합니다. 이름은 란이에요!"

금방 참가 신청이 끝났고, 쟈밀은 관중석으로 갔다. 물론 나는 선수 대기실로 갔고. 이번 대회는 소년부만 있어서 18세까지만 참가 가능하다고 한다.

대기실에는 내 또래나 나보다 약간 더 나이가 들어 보이는 애들이 있었다. 그런데 애들이 왜 이렇게 쳐다보지?

"뭘 그렇게 쳐다봐요? 실례잖아요."

내가 말해 놓고도 참 계집애같이 말했다는 생각이 드는군. 혹시 이놈들 내가 남잔지 여잔지 혼동하고 있는 건가? 그런데 이놈들 전부 하나같이 뭔가를 달고 있거나 들고 있네? 아마도 간단한 마력 증폭기이겠지?

마법 콘테스트는 착착 진행되어 어느새 내 순서까지 왔다. 중간에 한번 다른 이들의 시합을 구경해 보았는데 쟈밀의 말대로 너무 유치한 수준이었다.

"란 군과 빌리 군, 나와주세요."

내 첫 상대는 빌리라는 이름의 조금은 뚱뚱한 녀석이었다. 그 녀석은 나에게 오더니 사람 좋게 한번 웃어 보이며 반갑게 말했다.

"너도 평민인가 보구나. 잘해보자."

이 녀석은 자신의 첫 상대가 평민이라는 사실이 기쁜가 보다. 게다가 내게 아무런 보조 아이템이 없다는 것이 더 더욱 그 녀석을 즐겁게 해주는 듯하다. 그 녀석의 손에는 작은 완드가 하나 들려 있었다.

나와 빌리가 시합장으로 나오자 진행 위원으로 보이는 남자가 우리에게 말했다.

"저기 있는 바위를 먼저 부수는 사람이 이기는 것입니다. 어떤 마법을 쓰든 그것은 자유입니다."

나와 빌리의 앞에는 각각 큼직한 바위가 하나씩 있었다. 대략 높이 1미터쯤 되어 보였다.

"자, 그럼 준비~ 시작!"

빌리 녀석은 열심히 파이어 애로를 만들어 바위를 향해 쏘았다. 보아하니 별로 실력은 없는 녀석인 듯했다. 한 3클래스? 이런 거, 금방 끝내주지.

"아이스 랜스."

내가 주문을 외우자 동시에 6개의 얼음 창이 바위를 향해 날아갔다. 사실 더 많이 만들 수도 있지만 쟈밀의 말도 있고 해서 적당히 조절한 것이다. 하지만 이 정도로도 나는 이미 상당한 주목을 받고 있었다.

"오오!"

"저 어린 나이에 굉장하군요."

"5클래스까지 익히다니, 어디 길드 소속일까요?"

음, 내 진짜 실력이라도 보여주면 난리나겠군. 물론 쟈밀도 상당히 난리를 내겠지. 어쨌든 나는 얼음 창이 박혀 쩍쩍 갈라진 바위를 향해 결정타를 날렸다.

"프레임 애로."

곧 6개의 불화살이 바위로 날아가 부딪쳐 작은 폭발을 일으켰다. 그리고는 또다시 심사석의 마법사들이 수군거리기 시작했다.

"굉장합니다."

"화염계까지……!"

"어디 아카데미 소속일까요? 기껏해야 8, 9살 정도일 거 같은 데……."

이걸로 간단히 이겼군. 빌리 녀석은 아직 반도 못 부순 것 같은데. 좀 불쌍하다. 근데 내가 그렇게 어려 보이나? 이래 봬도 11살인데…….

"란 군의 승리입니다."

"와아아!"

짝짝짝짝!

관중들이 박수를 쳐주었다. 꽤 기분 좋은데? 근데 쟈밀은 어디 있지? 아, 저 뒤쪽이군. 그리고 빌리와 심사석의 마법사들을 비롯한 몇몇은 나를 믿을 수 없다는 눈으로 쳐다보았다. 이건 좀 별로군. 만약에 이것 때문에 귀찮은 일이 생기면 쟈밀한테 혼나는데…….

"잠시 식사 시간을 가지겠습니다! 식사 후 다음 시합은 라비안 폰 그래지어트 양과 맥시머 드 볼프강 군의 시합이 되겠습니다!"

사회자의 안내를 뒤로하며 나는 즉시 대기실로 향했다. 빌리 녀석이야 퇴장이고. 에라, 밥이나 먹으러 가자.

"자! 드디어 클레인 시 주최의 제9회 마법 콘테스트도 드디어 결승! 여기까지 올라온 미래의 대마법사들을 소개합니다!"

꽤나 요란 벅적하게 꾸며진 무대 위에는 나를 비롯한 4명의 소년, 소녀가 올라와 있었다. 사회자는 계속 떠들었다. 아무리 봐도 도취된 듯하다. 그렇지 않고서야 저렇게 있는 폼 없는 폼 다 잡아가며 안내를 할 이유가 없지 않은가?

"이쪽부터 론멜 가르시아 군, 라비안 폰 그래지어트 양, 아리아스 드 트레니오 군, 그리고 란 군입니다!"

“와아아아!”

짝짝짝짝!

관중의 의례적인 냄새가 풀풀 나는 박수와 환호성이 끝나고 사회자는 내게 질문의 타겟을 던졌다. 그의 눈은 왠지 깔보고 있거나 아니면 건방지다는 말을 하려는 것 같았다.

“란 군은 결승까지 올라온 최초의 평민입니다. 정말 굉장하군요!”

뭐야? 평민은 다 결승전에서 떨어져야 한다는 거야? 기분 나쁜 말이로군. 나 혼자로도 여기 있는 애들과 3:1로 시합해도 가지고 놀면서 이길 수 있는데.

“자아! 그럼 결승전을 시작하겠습니다!”

이내 또다시 관중석에서 들려오는 환호성. 근데 쟈밀은 어디 있지? 아, 저기 뒤쪽에 있군. 사회자의 진행은 계속되었다.

“결승전을 위해 특별히 왕실 마법사 분들께서 와주셨습니다. 박수로 환영해 주십시오!”

우렁찬 관중의 환호를 받으며—관중들이 아니라 환호성 지르는 아르바이트가 아닐까?—푸른 로브를 걸친 네 명의 노인이 올라왔다. 모두 50대쯤 될 것 같은, 나이가 좀 있는 노인들이었다. 그들은 왕실 마법사라고 자랑이라도 하듯 프로튼 왕실의 문장이 그려진 로브를 걸치고 있었고, 행동거지 또한 뭘 해도 어깨가 으쓱이고 있다는 느낌을 받게 만들었다.

“이분들께서 수고해 주실 겁니다!”

이봐, 그건 아까도 말했어. 왕실 마법사들이라는 노인들은 시합장으로 내려가더니 마법진을 그리기 시작했다. 재료가 아까워서인지, 아니면 숙련돼서인지, 그것도 아니면 너무나 간단한 마법이라서 그런 것인지 시약이나 아이템들을 쓰지 않았다.

"이 마법진들은 일종의 결계입니다. 여러분은 저 결계 안에서 이 마법사 분들이 소환하는 소환수와 싸워 이기시면 됩니다. 가장 먼저 소환수를 쓰러뜨리는 분이 우승하는 겁니다."

뭐, 간단하구만. 이 정도야 눈 깜짝할 순간에 끝내주지. 나를 포함한 4명은 각각 마법진으로 올라갔다. 마법사들이 주문을 외우자 마법진 주변으로 푸르스름한 결계가 생겼다.

그리고 그들이 다시 한 번 주문을 외우자 소환수들이 나타났다. 거의 스켈레톤과 비교할 만한 앙상한 외관, 어설프게만 느껴지는 얼굴 생김새, 블레이드라고 하는 하급 소환수다. 뭐, 정확히 말하자면 소환수가 아닌 일종의 조립품이지만 그런 것은 무시. 사실 소환 마법은 수백 년 전에 이미 대가 끊겼다고 쟈밀이 말해 주었다.

그런데, 그건 그렇고…….

왜 내 앞에는 엣지가 있는 거지? 엣지, 외관은 거의 블레이드와 다를 게 없다. 얼굴이 좀 덜 웃기게 생긴 게 차이라면 차이다. 수준도 딱 블레이드 바로 위다.

이 노인들, 왜 내 앞에만 엣지를……. 내가 평민이라서 그런 건가? 원래 엘프는 인간의 국가에 구속되는 신분은 아니지만 지금의 내 모습은 인간이니까.

"여러분, 눈앞의 소환수는 살인은 하지 않도록 명령이 내려져 있으니 크게 걱정을 하지 않으셔도 됩니다. 만약에 더 이상 안 되겠다고 생각하신다면 기권을 외쳐 주시면 됩니다. 자, 그럼… 시작!"

엣지가 나를 한 대라도 때려보겠다는 듯 눈에 불을 켜고 달려든다. 하지만 난 이미 꽤나 열받아 있었다. 덕분에 조금 이성을 잃은 나는 스케일 크게 일을 내버렸다.

"익스플로전!"

콰광!

엣지는 산산조각이 나 멋지게 날아갔다. 게다가 내 익스플로전의 여파로 결계도 깨져 버렸다. 이거 원, 너무 쉽잖아? 게다가 이 정도의 충격도 견디지 못하는 결계라니, 허약하기 짝이 없는 초 부실 결계로군. 간단히, 그리고 그 누구보다 빠르게 적을 제압한 나는 승리의 포즈를 취하려고 했다.

하지만 나는 그전에 무언가 이상한 느낌을 받아야 했다. 나를 바라보는 심사 위원, 그리고 마법사들의 눈초리가 이상했던 것이다.

싸늘~

좀 전까지만 해도 '대단해, 굉장해'를 연발하던 그들은 이젠 마치 경멸하기라도 하는 듯한 눈빛으로 나를 노려보고 있었다.

"왜, 왜들 그렇게 바라봐요?"

하지만 그들은 여전히 아무 말 없이 나를 노려보고만 있었다. 그러던 중 심사 위원장 중에서도 짱인 듯한 노인이 짧게 한마디 했다.

"탈락."

"에엥?"

그리고 내가 미처 다 놀라기도 전에 그는 나를 향해, 정확히는 내 옆에 있던 다른 마법사들과 기타 건장한 아저씨들을 보며 말했다.

"퇴장시켜."

그러더니 곧 두 명의 거한이 내 양 옆으로 와서는 내 양팔을 잡고 어딘가로 끌고 가려 했다.

"이, 이게 무슨 짓이에요? 놔줘요?!"

하지만 그들은 아예 내 말은 무시하는 것이 옳은 일이라는 듯 한마디 대꾸는커녕 날 쳐다보지도 않은 채 계속 어딘가로 끌고 가려고 했다.

"놔요!"

빠악!×2

하지만 어느새 나타난 쟈밀에 의해 나는 더 이상 그들에게 끌려가지 않아도 되게 되었다. 순식간에 나와 내 팔을 잡고 있는 거한들 앞에 나타난 쟈밀은 양 주먹을 휘둘러 단숨에 거한들을 바닥에 눕혀 버렸다. 그리고 다른 이들은 마치 쟈밀의 등장을 예측하고 있었다는 듯이 순식간에 우리들의 주위를 둘러쌌다.

"역시나였군."

그들은 마치 쟈밀을 알고 있기라도 하는 듯 고개를 끄덕이기까지 하고 있었다. 하지만 쟈밀은 오히려 고개를 갸우뚱함으로써 이런 상황에 흔히 나오는 '내 정체를 알고 있었나? 유의 대사가 나오는 뻔한 상황은 벗어날 수 있었다.

"무슨 소릴 하는 거지?"

그의 말투로 미루어보아 쟈밀은 저들을 모르는 것이 확실했다. 하지만 저들은 프로튼이라는 나라에 소속된 마법사들이다. 아무래도 쟈밀은 프로튼에 국가적으로 문제가 될 일을 저지른 것이 아니었을까? 그래서 처음에 내가 마법 대회에 참가한다고 했을 때 말렸던…….

"처음 뵙겠소. 다짜고자 이렇게 무례하게 행동한 것을 용서해 주시오."

미끌.

이봐요, 할아버지들! 그런 대사를 하면 지금까지 내가 머리를 쥐어짜 가며 갖은 가설을 세웠던 게 다 쓸모가 없어지잖아?! 그럴 때는 '잘 만났다, 이 극악무도 흉악무쌍 그 외 기타… 쟈밀! 오늘이야말로 널 잡아 죽이고 처형하고 심판하고 기타 등등… 말겠다' 라는 식의 대사를 해야 하는 거 아냐?

"저 소년이 어느 집안의 도련님이신지는 모르겠지만 보다 가정교육을 잘 시키셔야 하겠습니다."

"무슨 소릴 하는 거지?"

상대의 난데없는 말에 쟈밀의 미간이 찌푸려졌다. 하지만 상대는 여전히 우리의 말은 들을 생각도 않은 채 '이미 다 알고 있다' 모드에 들어가서는 열심히 혼자 떠들고 있었다.

"어떤 방법인지 자세히는 모르겠다만 아무리 이런 대회에서 우승하고 싶었다고 실력을 속이고 이런 짓을 하다니, 오늘은 그냥 넘어가겠지만 다음에도 이런 일이 있을 경우엔 엄히 따질 것이오."

아무래도 저 녀석들은 내가 내 실력이 아닌 쟈밀과 어떤 술수를 부려 그의 실력을 사용해 이 대회에서 우승한 것으로 생각하는 모양이다. 하지만 아무리 이런 작은 꼬마가 그 정도의 실력이 나온다는 것을 믿지 못해도 그렇지 이렇게 과대 망상적으로 일을 생각해 낼 수 있는 거야?!

"무슨 말을 하는지 모르겠소만."

하지만 쟈밀은 쟈밀대로 그에게 반항하고 있었다. 그는 꽤나 도발적인 말투로 비딱한 시선을 한 채 그에게 툭 던지듯 한마디 했다.

"끄으응… 이미 다 알고 있는데 자꾸 시치미 떼기요? 에라이, 여기 우승 트로피 있소. 그렇게 이게 좋으면 가져가 버리시오!"

그 노인은 더 이상 못 참겠다는 듯 트로피를 쟈밀을 향해 집어던졌다. 하지만 문제는 여기서부터 시작되었다. 그 트로피가 그만 쟈밀의 머리를 맞춘 것이다. 그것도 제법 큰 소리까지 만들어내면서.

따악!

"흥, 내 이런 못된 젊은이를 만날 줄이야, 원. 재수가 없구먼 그래."

게다가 한마디의 뒷담도 잊지 않고 챙겨주는 그의 모습에 쟈밀은 결국 폭발하고 말았다. 쟈밀이 자신의 머리를 맞춘 트로피를 한 손으로 잡은 채 힘을 주자 곧 그것은 '우지직' 하는 소리를 내며 바스라졌다. 덕분에 나름대로 위엄있어 보이기 위해 제법 폼까지 재며 몸을 휙 돌리던 그 노인은 놀라 다시 뒤를 돌아보게 되었다.

"오냐, 걸어온 싸움은 피하지 않는다는 게 내 철칙이지. 받아주겠다."

"무, 무슨… 흐어억!"

"플레어!"

콰콰광!

결국 이성을 잃은 쟈밀은 그들을 향해 마법을 난사했다. 하지만 아직 완전히 꼭지가 돌아버리지는 않았는지 그들을 향해 직접 마법을 쓰지는 않고 그들 주위에서 폭발시킴으로 겁을 주는 정도로 그쳤다. 물론 그렇다고 해서 별일없이 끝난 것은 아니다. 그 폭발로 인해 주변이 처참하게 뭉개졌고 직접적인 부상자는 없다 해도 여기저기 날려간 사람들이 속출했다. 주변의 집기들은 부서지면서 여기저기 흩날렸고 순식간에 대회장은 아수라장이 되었다.

"이, 이런 짓을 하다니……! 지금 당신 제정신이오?!"

"제정신이 아니니까 이런 짓을 하지!"

쟈밀은 당당하게 자신이 반쯤 맞이 갔다는 것을 알리며 계속해서 마법을 난사했다. 그나마 다행이라면 아직까지 인명 피해가 없다는 점이었다.

"크하하하, 맛 좀 봐라! 파이어볼!"

콰콰콰광!

"토네이도!"

쿠오오오!

"어스퀘이크!"

쿠르르르르!

"익스플로전!"

쿠쾅!

"꺄아아아아악!!"

"으아아아아아!!"

순식간에 주변은 아수라장이 되었고, 이 대회를 구경왔던 많은 사람들은 갑작스러운 재난에 놀라며 사방팔방으로 흩어지기 시작했다. 그리고 쟈밀은 그 사건의 한가운데에서 그야말로 광기 어린, 아니, 광기 넘치는—사실 헤까닥했다고 하는 게 옳을 것이다—웃음을 지으며 서 있었다.

"으히히히히! 어떠냐? 이제 좀 내가 얼마나 무서운 분이신지 알 것 같냐?!"

…아무래도 반쯤 미쳤다는 것을 정정해야 할 것 같다. 지금 쟈밀은 완전히 미쳤다. 그것도 나조차 지금까지 본 적이 없을 정도로 아.주. 확.실.히. 미친 상태라고 할 수 있을 정도였다. 게다가 그의 능력이 조금 센가? 대회장에서 조금이라도 마법을 쓸 줄 아는 자들은 모두 쟈밀을 저지하기 위해 저항했지만 그 정도로 밀릴 쟈밀이 아니었다. 오히려 더욱 꼭지가 돌아버려서는 광기 어린… 이 아닌 광기 넘치는 모습

으로 도시를 뒤집어엎기 시작한 것이다.

"으히히히!"

쾅쾅쾅!

"우헤헤헤!"

쿠르르르!

"겔겔겔겔!"

와창창창!

"푸히흐흐우히우헤헤헤쿠헤에!!"

#&*·@$%!♁♀∀Σ口♧Ҝ♨♨♨♨!

이제는 거의 무차별 파괴 수준이었다. 이미 그의 손에 의해 도시의 반 이상이 날아가 버렸다. 나? 나야 이미 안전을 위해 바리어를 친 상태였다. 그가 한번 미치면 아무도 말릴 수 없다는 것을 이미 경험해 본지라 애초에 포기한 채 이렇게 있는 것이다. 약간만 미쳐도 못 말리는 쟈밀인데 저 정도로 미쳤으면 할 말 없으니까.

"우히, 우헤~ 푸히흐허느하하하! 쿠헤헤쿠헤에… 이라?"

그렇게 얼마나 파괴 행위를 자행했을까? 꽤나 신나게 도시를 때려 부수던 쟈밀은 그제야 제정신이 돌아와서는 얼떨떨한 모습으로 자신의 주변을 둘러보는 것이었다. 물론 이미 그의 주변에 성한 것이라고는 없었다. 겨우 나 하나만이 그와 조금 떨어진 곳에서 바리어를 친 채 서 있을 뿐 나머지는 이미 도망가 버린 상태였다.

"이, 이런. 내가 무슨 경망스러운 짓을……."

"……."

대체 이렇게 무시무시한 일을 저질러 놓고 기껏 한다는 짓이 어색하게 웃으며 뒤통수를 긁는 것이라면 나는 대체 뭐라고 해야 하는 건가?

정말 어이가 없어서 말도 안 나올 수준이었다. 지금의 그의 모습은 마치 본인조차 아끼지 않는 장난감 하나 부숴놓고 '이걸 어쩐다?' 라고 말하는 듯했다.

"이거 원참, 간만에 조금 요란하게 저질러 버렸군."

"…뭔가 더 할 말은 없나요?"

"그, 글쎄다. 아하하하!"

"이봐요……."

"자자, 이미 엎질러진 물을 어쩌겠니. 지금 우리가 할 수 있는 것은 이 사태를 어떻게 수습하느냐가 아니겠니?"

"어떻게요?"

그는 어찌어찌 내 관점을 돌리려고 하는 듯했으나 나의 '어떻게요?' 한마디에 다시금 굳어서는 '아하하하' 라는 어색한 웃음만 흘리고 있었다. 역시 이 사람, 아무것도 생각해 둔 것이 없었어.

"어, 어쩌기는……."

"어쩔 건데요?"

"당연히!"

"당연히?"

"도망쳐야지!"

휘청.

그 말과 동시에 쟈밀은 내 말은 들을 생각도 하지 않고 바로 내 손을 잡고는 거의 끌고 가다시피 도시를 벗어났다.

● 제2장

엘프

엘프를 무엇이라고 생각하는가?
그들은 아무것도 안 하는 자들이다.
아무것도 하지 않는 것이 그들이 하는 일인 것이다.
그들은 주어진 것을 지킨다. 하지만 그뿐이다.
더 이상의 발전을 이룩하려 하지 않는 것이다.
그들은 비록 주변에 동화할 줄 알지만 역시 그뿐이다.
때문에 그들은 지금에 이르러 거의 인간과 다름없는 생활을
하고 있게 되었다고 나는 감히 생각한다.
그들이 우리 인간과 다른 점은 인간에 비해
보다 자연과 가까이서 지낸다는 것,
그리고 그 자연을 지키기 위해서는 어떤 일도 서슴지 않는다는 것이다.
하지만 그들의 생활 및 일상 모습에서는
인간의 그것과 유사한 점이 너무나도 많다.
이미 그들의 모습은 고대 시대에 전해지는 문헌의 엘프들과
너무나도 다르다.
자연식으로 생활을 하는 그들을 인간의 관점에서 볼 때
어쩌면 그것은 단순한 '원시적 생활'에 그칠 뿐이라고
할 수도 있을 것이다.
그리고 그것이 엘프라는 종족을 인간보다
발전하지 못하게 한 원인이라고 생각한다.
그렇다면 그들은 왜 그렇게 진화를 거부하는가?
왜 발전을 거부하는 것인가? 나는 여기서 감히 말하겠다. 그것은…….

—프로튼 왕립 아카데미의 교장 가일럭의 강의 中에서.

잠시간의 헤어짐

"배고파, 배고파, 배고파, 배고파."

"…조용히 좀 해라."

"배고파, 배고파, 배고파, 배고파, 배고……."

"좀 조용히 솜 해라! '배고파'가 귀에 박힐 지경이다!"

"하지만 정말 끔찍하게 배가 고프단 말이에요."

"나라고 배부른 줄 아냐?!"

벌써 삼 일째다. 요 삼 일 동안 밥다운 밥을 못 먹은 채 나와 쟈밀은 산속을 헤매고 있었다. 물론 산속에서 길을 잃었다든가 하는 패턴은 아니었다. 문제는 바로 얼마 전… 이 아니라 벌써 몇 달 전이 되어버린 클레인 시—쟈밀이 박살내 버린 도시—의 사건 때문이었다.

일전에 쟈밀이 클레인 시를 완전히 때려 부순 뒤 우리들은 완전하게 악당으로 찍힌 채 우리의 인상착의가 적힌 수배 전단이 프로튼 국내

각지에 뿌려졌다. 덕분에 우리는 몇달 동안 편하게 쉬지도 못한 채 계속 도망에 도망뿐인 여행을 하고 있었다.

일전에 한번 그 문제의 전단지를 읽어본 적이 있었는데 그 내용이 가히 놀라운 수준이었다.

[현상 수배]

아래 두 인물은 겉으로는 미남자와 미소년의 외모를 하고 있지만 사실 그들의 정체는 사악한 악마가 변신한 것으로 그 미모로 사람을 꾀어내어 잡아먹는 악랄한 자들이다. 실제로 그들에게 잡아먹힌 이들은 현재 수천 명에 이르고 있으며 그것조차 확인된 숫자일 뿐 정확한 희생자의 수는 아직 불명이다. 게다가 이들은 악마라는 이름에 걸맞게 강력한 마법 능력을 가지고 있으므로 그들을 보았을 경우 즉시 함부로 가까이 가지 말고 몸을 피해 가까운 관청이나 경비 초소 등에 연락해 주기 바란다.

클레인 시에서 처음 출현한 이들은 한 미친 마법사에 의해 소환된 것으로 여겨지며 소환되자마자 클레인 시를 초토화시키고 수천 명을 잔인하게 살해했으며 수만 명에게 부상을 입힌 데다가 수백 명의 처녀를 잡아먹었다.

이들을 사로잡거나 목을 가져온 모험가들에게는 포획의 경우 15므크릿, 수급을 가져올 경우 8므크릿의 상금을 수여한다.

　　　　　—프로튼 국왕 골튼 덴 라이돌 제이던트 레이베널 하벨린 프로튼.

　　　　　도장 쾅(도장 쾅이라고 써 있는 게 아니라 도장이 찍혀 있다는 뜻).

세상에, 나와 쟈밀이 악마?! 게다가 그 미모로 사람을 꾀어내어 잡아먹는다는 건 대체 무슨 소리야? 지금처럼 아무리 배가 고파도 사람 잡아먹을 생각은 추호도 없었는데. 게다가 언제 우리가 수천 명의 사람을 죽이고 수백의 처녀를 잡아먹었다는 거지? 내심 수배 전단의 범행 전적은 도저히 믿을 게 못 된다는 것이 와 닿는 순간이었다.

게다가 얼마 전부터는 기사단에게까지 쫓기는 몸이 되어버렸다. 대략 이 주 전, 아마도 우리에 대해 잘 모를 거라 생각하고 들어간 작은 마을의 여관에서 간만에 식사다운 식사를 하려던 순간 우리는 갑자기 여관 안으로 들이닥친 기사단 덕에 다 차려진 밥상을 뒤집으며 도망쳐야 했었다. 물론 나나 쟈밀의 실력이라면 그런 기사단 정도야 그리 어렵지 않게 제압할 수도 있었지만 더 이상 일을 벌이기 싫다는 내 주장에 우리는 결국 이 비참한 도주 생활을 하게 되었다.

다가닥 다가닥!

그렇게 막 나와 쟈밀 사이에 또 한 번 말싸움이 벌어지려는 순간 내 귀로 말발굽 소리가 들려왔다. 역시 엘프의 청각은, 그것도 숲 속에서의 청각은 정말 대단하단 말야. 게다가 덤으로 들려오는 이 묵직한 소리는 아무리 생각해도 단순히 말만 지나가는 게 아니었다. 분명 그 뒤에 매달린 것은 엄청 푸짐한 것이리라.

"쟈밀, 마차가 지나가는 것 같은데요?"

"응? 밥상이 지나간다고?"

이 지경이다. 사실 내가 떽떽거리는 게 좀 심해서 그렇지 사실은 쟈밀의 상태가 더 심각한 것이었다.

"오늘도 덮칠 거예요?"

"덮치다니? 우리가 산적이냐? 그냥 한 끼 식사만 빌리자는 건데."

"갚을 건가요?"

"…따지지 마."

뭐, 나도 만만치 않지만.

"자, 일단은 가보자고. 밥을 얻어먹게 되든 뺏어 먹게 되든 말야."

"네."

이러다 정말 우리들 산적 되는 거 아냐? 하지만 머리 속에서는 그런 걱정과 갈등 때문에 지끈지끈해도 몸은 그런 머리의 애환을 무시하기라도 하듯 거침없이 마차가 가는 곳을 향해 달리고 있었다.

다각다각!

산 한가운데로 크게 나 있는 포장 도로와 함께 나와 쟈밀의 눈에 들어온 것은 길다란 수송 행렬이었다. 그것은 식료품을 취급하는 상단의 무리인 듯 마차마다 야채와 과일 등을 가득 싣고 있었다.

"진수성찬이다아!"

행렬을 본 우리의 입에서 가장 먼저 나온 말은 이것이었다. 눈앞에 펼쳐진 음식의 행렬을 본 우리들은 반쯤 이성을 상실한 채 마차를 향해 달려들었고 그것은 상당히 큰 실수였다.

"잡아라!"

"우오오오!!"

먹을 것으로 가득 차 있는 줄 알았던 마차 안에는 마차마다 서너 명의 기사들이 숨어 있었다. 게다가 단순히 마부인 줄로만 알았던 자들까지 검을 빼 들며 우리에게 달려드는 것이었다.

"이런, 함정이었군."

하지만 그렇다고 해서 크게 놀라거나, 당황하거나, 아니면 겁을 먹을 우리가 아니었다. 비록 이번에는 그 수가 조금 많았지만 이미 기사단의 습격 정도야 한두 번 겪은 일이 아니었기 때문이다.

"하지만 저 위장용 음식도 음식은 음식이렷다!"

게다가 저 숫자의 기사들이 숨어 있으려 하다 보니 자연 그들이 들어 있던 마차의 수와 그들의 몸을 가리던 음식들의 수도 제법 많았다.
저 정도면 오늘은 성대하게 먹을 수 있으리라.

"공겨억!"

"와아아아!"

우두머리로 보이는 자의 명령에 따라 기사들은 일사분란하게 우리
들의 주위를 포위했다. 아니, 포위하려 했다.

"늦어."

퍼억!

"쿠아악!"

어느새 나타난 쟈밀의 주먹에 벌써 한 명의 기사가 쓰러졌다. 그리
고 그 기사가 땅바닥에 쓰러지기도 전에 그는 이미 또 다른 한 명의 기
사를 향해 주먹을 날리고 있었다.

요 근래 들어 쟈밀에 대해 발견한 것이 있었다. 마법만 잘할 것 같았
던 그는 육체적으로도 대단한 강자였던 것이다. 보통 기사 정도는 상
대도 안 될 정도로. 이미 그의 실력에 비해 저 기사의 실력은 '한주먹
거리' 라는 말도 아까울 정도였다.

퍼억!

"끄악!"

빠악!

"끄윽……!"

빠악!

"크헉……!"

물론 나라고 해서 가만히 있지는 않았다. 나도 즉시 그를 돕기 위해
마법을 발동시켰다.

"매직 미사일!"

주문과 동시에 내 주위에는 수많은 빛의 화살들이 생겨났고, 곧 그것들은 내 주위에 있던 기사들을 향해 날아갔다.

"실드!"

태태태탱!

물론 매직 미사일 정도가 쉽게 먹힐 것이라고 생각하지는 않았다. 뭐니 뭐니 해도 프로튼의 기사들은 마법 왕국의 기사라는 말에 걸맞게 칼 솜씨뿐만 아니라 마법 실력도 어느 정도는 있으니까(그 말을 반대로 뒤집으면 칼솜씨는 다른 나라에 비해 떨어진다는 것일 수도).

"디스펠! 그리스! 이럽션!"

그들이 매 공격을 막는 사이 나는 바로 다음 주문의 영창에 들어갔다. 육체적 공격 능력은 몰라도 마법 하나는 확실히 자신있었으므로 자신있게 캐스팅에 들어갔다. 주문은 금방 완성되었고 막 부딪치려는 매직 미사일을 막아내던 실드는 나의 디스펠에 의해 사라졌다. 그리고 바로 그리스 주문으로 인해 그들은 발 밑이 미끄러져 넘어지게 되었고 그런 그들을 향해 방향성을 가진 지진이 달려들었다.

쿠구구구!

"으아악!"

"크악!"

"커헉!"

땅의 반동으로 인해 그들은 여기저기로 튕겨져 날아갔고 개중에는 튀어오른 돌에 맞고 쓰러진 이들도 있었다. 하지만 이런 조금은 난폭한 마법이 난무하는 가운데에서도 다행히 죽은 사람은 없었다.

퍼퍼퍼퍽!

"끄악!"

"끄억!"

"케엑!"

그리고 그것은 쟈밀에게 덤벼들었던 사람들 역시 마찬가지였다. 그의 손이 수십 개로 늘어난 것 같은 착각을 줄 정도로 무지막지한 주먹질은 자신을 향해 달려오던 기사들에게 티끌만큼의 자비도 없었다. 하지만 그래도 그의 주먹질에 난타당한 이들이 저렇게 꿈틀대고 있는 것을 보면 확실히 죽지는 않은 것이리라. 다만 그와 나의 차이가 있다면 나의 경우는 거의 우연에 가깝다시피 할 정도로 힘 조절이 힘들었지만 쟈밀의 경우에는, 적어도 내 눈으로 보기에는 마치 식후 운동이라도 하듯 가볍게 기사들을 제압하고 있다는 것처럼 보였다.

…생각해 보니 상당히 큰 차이잖아?

털썩.

그렇게 어느새 마지막 기사까지 쓰러졌다. 물론 죽은 자는 한 명도 없이 모두 기절만 한 상태였다.

"후우, 이렇게 요란하게 설칠 줄은 몰랐네."

"하지만 덕분에 오늘은 푸짐하게 먹을 수 있게 됐잖아?"

에휴, 처량하다. 언제부터 이렇게 한 끼 식사에 연연하며 살게 되었는지. 게다가 이 기사들은 우리가 자신들을 죽이지 않는다는 것에 뭔가 생각나는 게 없나? 설마 계속해서 우리가 사람을 잡아먹는 악마라고 생각하는 건 아니겠지?

"자자, 먹을 수 있는 것만 후딱 챙겨서 달아나자."

아쉽게도 그 많던 음식들은 아까 전의 난투로 인해 꽤나 많은 양이 먹을 수 없게 되어버린 상태였다. 물론 쟈밀의 경우야 알아서 음식을 밟지 않도록 제어를 했지만 나의 경우에는 그런 것이 전혀 없었기에, 게다가 우리를 덮친 기사들이 밟은 음식은 어쩔 수 없었다. 더구나 내가 뿌려댄 마법으로 인해 도저히 그 원형을 알아볼 수 없게 된 것들은 말할 것도 없었다.

하지만 그래도 아직 먹을 수 있는 음식은 충분히 있었다. 아무래도 위장하기 위해 윗부분만 덮을 정도의 식료품이라도 그 양이 십여 대의 마차이다 보니 그 전체 양은 거의 마차 세 대 분에 달한 것이다.

"룰루루~ 어, 이쪽에는 햄도 있군. 럭키~"

비록 머리 속으로는 참 생활 비참해졌다고 생각할망정 몸은 콧노래를 부르며 바닥에 떨어진 것 중 먹을 수 있는 음식들을 골라내고 있었다.

"룰루루~ 어라?"

그러던 중 내 뒤로 그림자가 지는 것이 보였다. 그때 나는 '쟈밀인가?' 라는 안일한 생각에 천천히 뒤를 돌아보았다.

"악마, 죽어라!"

하지만 그것은 착각이었다. 미처 기절하지 않은 기사 한 명이 뒤돌아본 내 앞에서 칼을 치켜든 채 서 있었던 것이다. 제법 부상이 큰 상태인 듯 그 움직임은 느렸다. 하지만 그렇다고 해도 내가 피하기에는 이미 늦어 있었다. 그의 검은 이미 내 머리를 향해 휘둘러지고 있었던 것이다.

"로넬 휨!"

퍼억!

하지만 그전에 먼저 그 기사를 향해 날아온 것이 있었다. 그것은 앞쪽만 보면 단순한 롱 소드로 볼 수도 있었다. 약 30여 센티미터의 손잡이 양쪽으로 1, 2미터 정도인 날이 달려 있는 특이한 모양의 검이었다. 어디선가 나타난 그 검은 기사의 머리를 부수고 그대로 날아가는가 싶더니 곧 날아왔던 방향으로 되돌아갔다. 그리고 그것이 되돌아간 자리는 쟈밀의 손아귀였다. 아마도 쟈밀이 저 검의 주인이리라. 게다가 보통 검이 아닌 것 같은데…….

하지만 그 무엇보다도 인상적이었던 것은 쟈밀의 표정이었다. 그는 매우 노한 듯 굉장히 무서운 표정을 하고 있었던 것이다. 그 정도로 노한 그의 모습은 지금까지 한 번도 본 적이 없었다. 게다가 표정과 더불어 그의 몸으로부터 뿜어져 나오는 위압감은 멀리 있는 나까지도 확실하게 느낄 수 있을 정도였다.

"감히… 누구를 건드리는 것이냐?"

하지만 그의 그런 표정은 잠시였다. 그는 내가 그의 얼굴을 바라보고 있다는 것을 의식해서인지 곧 그 표정을 지우며 내게 다가왔다.

"란, 괜찮냐?"

그는 방금 전까지는 어디에도 가지고 있지 않던 검을 든 채 나에게 다가왔다. 가까이에서 보니 더욱 신비한 검이었다. 모양새 등의 겉모양이 아닌 무언가… 느낌이라고 해야 할까? 어쨌든 그런 신비한 느낌이 들었던 것이다.

"괜찮냐고 묻잖아. 괜찮아? 설마 크게 다친 건 아니겠지?"

주룩.

하지만 따로 대답을 할 필요는 없는 것 같았다. 마침 때를 맞추어 내 머리에서 가늘지만 핏줄기가 흘러내렸으니까. 아마도 아까 기사가 쓰러질 때 검끝에 살짝 베인 듯하다.

"아니, 이게 무슨 일이야?! 우리 사랑스러운 란 머리에 상처가 나버리다니!"

　약간 머리가 따끔하기는 했지만 그런 것은 문제가 아니었다. 무엇보다도 지금의 쟈밀이 내가 알고 있는 쟈밀과 동일 인물이라는 점이 나에게 안도감을 주었다. 아까의 그는 도저히 그라고 생각할 수 없을 정도로 다른 분위기를 발산했기 때문에 내심 불안했던 나였다.

　"일단 치료부터 하자. 리커버리."

　그의 손에 밝은 빛이 맺혔고, 곧 그것은 내 머리로 옮겨왔다. 그러자 머리의 따끔한 통증이 사라졌다. 쟈밀은 손수건을 꺼내 이미 말끔히 나아서 상처의 흔적조차 남지 않은 내 머리에 흐른 피를 닦아주었다. 그런데 이런 작은 상처에 리커버리씩이나 쓰다니…….

　"후우, 흉터 같은 보기 안 좋은 게 남지 않아서 다행이다."

　쟈밀도 참, 무슨 이 정도 상처에 흉터까지 생긴다고. 하지만 쟈밀은 나에게 작은 상처 하나라도 생기면 언제나 저런 식으로 행동해 왔기에 그다지 뭐라고 할 생각은 들지 않았다. 이미 적응이 되는 것이었고 그가 이렇게 극진하게 대해주는 것이 나쁜 것은 아니었기 때문이기도 했다.

　"흐음… 역시 이렇게 도망 다니는 것은 별로 좋지 않군. 할 수 없지……."

　쟈밀은 문득 무언가를 생각하는가 싶더니 곧 몸을 돌려 어느 한 방향을 향해 걸어가기 시작했다. 그의 발걸음으로 보아 결코 무작정 가는 것은 아니라고 생각한 나는 그를 따라가며 그에게 지금 가고 있는 목적지에 대해 질문했다.

　"쟈밀, 어디 가는 거예요?"

　"너도 따라와. 아무래도 더 이상 도피 생활을 계속하기에는 어려울 것 같다."

"그럼요? 어디 숨어 지낼 만한 데라도 있어요?"

"있지. 그것도 상당히 좋은 곳이."

그는 분명 '좋은 곳'이라고 말하고 있었지만 표정은 결코 그렇지 않았다. 뭐랄까……? 마치 아침 식사로 먹을 스프에 바퀴벌레가 들어 있는 것을 본 표정이랄까? 아니면 스튜를 떠먹다 바퀴벌레를 씹은 표정?

…역겨운 생각은 그만 하자.

"젠장… 란만 아니었으면 그런 데는 안 가는데……."

문득 내 귀로 들려오는 쟈밀의 투덜거림이었다.

엘프의 숲에

"다 왔다."

쟈밀과 내가 도착한 곳은 어느 숲이었다. 하지만 그것은 숲이라고 하기엔 너무나도 거대해 밖에서 대강 보아도 웬만한 도시 두세 개 이상은 할 듯한 규모의 숲이었다.

"여기는……."

"엘프의 숲. 말 그대로 대륙의 대부분이 엘프가 사는 곳이지."

아마도 쟈밀은 이곳에서 얼마간 조용히 숨어 살 생각인 것 같다(이렇게 말하니까 우리가 진짜 범죄자가 된 느낌이네). 아무래도 엘프는 엘프들이 있는 데서 사는 것이 좋을 것 같다고 쟈밀이 말하는 것도 일리가 있고 그의 말에 따르면 엘프의 숲에는 자신이 아는 엘프들도 좀 있다고 한다.

그런데 계속 오면서 생각이 드는데 아무래도 쟈밀은 이곳에 무언가 좋지 않은 기억이 있는 것 같았다. 그렇지 않고서야 저런 바퀴벌레 씹은 듯한 표정을 지을 리가 없잖은가?

그렇다고 해서 원한 같은 게 있는 것 같지는 않은데……. 그렇다면 이곳에 올 이유가 없으니까.

"자, 일단 들어가……."

"거기 있었구나, 이 악마들!"

막 숲 안으로 들어가려던 나와 쟈밀을 막은 것은 일전에도 너무 많이 보아와서 이제는 지겹다 못해 넌덜머리가 나는 기사들의 무리였다. 그들은 언제나처럼 우리들에게 다짜고자 악마들이라고 하며 허리에 차고 있던 칼을 뽑아 들고는 돌진해 왔다.

"돌겨억!!"

"와아아아아아!!"

대장으로 보이는 자의 외침에 다른 기사들도 우렁찬 함성을 지르며 달려왔다. 하지만 쟈밀은 그런 모습에도 하품만 할 뿐이었다. 그리고 그것은 나도 비슷했다.

"…먼저 들어가라. 내가 다 알아서 할 테니."

"네."

이전에 내가 이마에 작은 상처가 난 이후로 쟈밀은 내가 싸움에 끼어드는 것을 결사반대했다. 덕분에 얼마 전부터는 기사들이 나타났다 하면 나는 이런저런 방법으로 숨어 있고 쟈밀이 혼자서 기사들을 전부 처리하였다(물론 죽이지는 않고). 그렇기에 나는 별 망설임 없이 먼저 숲 안으로 발걸음을 옮겼다.

빠악!

"으악!"

깡!

"꽤엑!"

쨍그랑!

"구에엑!"

와장창!

"우꺄악!"

한바탕 요란한 소음과 함께 중간중간에 비명 소리가 들려왔다. 그 소리는 상당히 커서 이미 제법 숲 안으로 들어온 상태였음에도 확실하게 들을 수 있었다.

"헤유……."

문득 한숨이 나온다. 아무래도 이제부터는 저 기사들에게 시달리지 않아도 되겠다는 생각을 하다 보니 마음이 풀린 것 같다.

"자, 가자."

어느새 쟈밀은 내 옆에 와 있었고―이럴 때는 나도 깜짝깜짝 놀라곤 한다―곧 내 앞에 서서 내가 그를 따라갈 수 있게 해주었다.

"저기다!"

"와아아아!!"

막 본격적으로 나무가 우거진 숲 속으로 들어가려고 하는 순간 또다시 저쪽에서 누군가의 목소리가 들려왔다. 그리고 곧 그 목소리의 주인공인 듯한 기사들 한 무더기가 우리들 뒤에 나타났다.

"이 사악한 악마들! 이제 너의 악행도 여기서 끝이다."

"……."

저 대사도 벌써 몇 번째인지 모르겠다. 양손으로 꼽을 수 없게 된 다음부터는 아예 세지를 않았으니까. 어쨌든 저 기사들의 우두머리로 보이는 자는 이전에도 지겹게 들었던 대사를 나불대며 검을 뽑아 우리들을 향해 겨누며 크게 소리쳤다.

"돌격억!"

"우와와아아아!!"

"멈추시오!"

그렇게 기사들이 우리 둘을 향해 성난 들소 떼마냥 돌격해 오려는 순간 어디선가 또 다른 목소리가 들려왔다. 그것은 분명 남자의 것이기는 했지만 남자라고 생각할 수 없을 정도로 톤이 높은 미성(美聲)이었다.

"무슨 일로 당신들 인간이 이곳에서 난리를 피우는지 모르겠지만 이곳은 우리 엘프들의 영역, 빨리 이 숲에서 나가주시오!"

어느새 나타났는지는 모르겠지만 지금 우리들의 머리 위 나뭇가지들 위에 올라서 있는 엘프들이 활을 겨눈 채 우리들을 향해 말하고 있었다. 대충 보건대 그들의 수는 약 10여 명 정도인 것 같았다.

"아름다운 숲의 종족이여, 이렇게 무례하게 그대들의 영토를 침범한 것은 진심으로 미안하게 생각하고 있소. 하지만 그것에는 그 나름대로의 이유가……."

"이유 따위를 물은 적은 없소. 빨리 이 숲에서 나가주시오. 그리고 그것은 그쪽 두 명도 마찬가지요."

그들은 아무 전후 사정도 듣지 않은 채 매섭게 우리들을 향해 말했고 우두머리로 보이는 그 엘프의 지시에 다른 엘프들은 우리를 향해 활을 겨누었다. 하지만 저 기사들의 우두머리는 쉽게 포기할 생각이 없는 듯, 심지어는 우리 둘에 관한 것도 잊어버린 듯한 모습으로 다시 한 번 엘프들을 설득하려 하였다.

“숲의 종족이여, 부디 제 말을 들어주……”

“어라? 너, 모스라그 아니냐?”

그런데 계속 미심쩍은 표정으로 엘프들을 바라보던 쟈밀은 돌연 손
가락을 튕기며 질문했다. 그의 질문에 방금 전 엘프들에게 지시를 내
리던, 즉 지금 저 엘프들의 우두머리로 보이는 이는 기묘한 표정을 지
으며 쟈밀에게 질문했다.

“…저를 아시는지요?”

“이 자식이, 날 모르겠냐? 이제 고작 300살 넘었을 녀석이 벌써 건
망증에라도 걸렸나?”

“아… 설마……?”

방금 전까지만 해도 절대로 웃지 않는다고 광고하는 듯 딱딱하게 굳
어 있던 그의 얼굴에 미묘한 웃음이 피어났다. 그리고 이내 그는 활짝
웃으며 외치듯이 말했다.

“쟈밀, 쟈밀님이시군요!”

“그래, 나 왔다.”

그는 반가움을 이기지 못했는지 곧 나무 아래로 뛰어내렸다. 하지만
거의 3미터 위에서 뛰어내렸음에도 그는 아무렇지 않다는 듯 가볍게
착지했다.

“하하, 이게 얼마 만입니까? 거의 250년 만인 거 같은데.”

“정확히 259년 하고 38일 만이지.”

“그, 그랬나요?”

정말로 쟈밀이 말한 게 맞는지는 몰라도 너무나도 정확하게, 햇수는
물론이고 일 수까지 기억해 내는 쟈밀의 모습에 모스라그라고 불린 엘
프는 옆머리로 땀방울을 흘리며 어색하게 웃었다.

"이렇게 오랜만에 오시니까 너무 반갑네요. 그런데 이번에는 무슨 일로 오신 거죠? 쟈밀 성격상 그냥 심심해서 오신 것 같지는 않은데……."

"아… 그건 말이지."

상대의 질문에 쟈밀은 쟈밀이 저질렀던 만행(?)과 그로 인해 우리가 얼마나 괴롭힘을 당했는지에 대해 설명해 주었다. 물론 그 이야기는 상당히 우리에게 유리하게 진행되었지만 어쨌든 있었던 일을 설명했다는 것은 변함이 없었다.

"…해서 지금 이 꼴인 거다."

"아하, 결국 도피행할 장소를 이곳으로 정했다는 거로군요!"

"…이봐."

"사실이잖아요."

쟈밀은 인상을 쓰며 모스라그를 겁주려고 한 듯했지만 정작 그는 오히려 피식 웃으며 받아넘겨 버렸다.

"자, 그럼 오랜만에 장로 할아범이나 만나러 가볼까?"

"나이로 따지자면 쟈밀이 더 할아범 아닌가요?"

"예끼!"

그렇게 얼렁뚱땅 사태를 넘어가려고 하는데 그제야 저 기사는 자신이 할 일이 무엇인지 생각난 듯 우리를 향해 외쳤다.

"서라! 이 악……."

"아, 미리 말해 주는데 이 엘프들은 나와 달라서 진짜로 너희들을 죽일지도 몰라."

"……."

이미 엘프들은 우리들의 편이 되어 있었고, 나무 위 엘프들의 화살은 저 기사들을 향해 겨누어져 있었다.

누가 그랬던가? 엘프들의 활 솜씨는 활을 겨누는 것만으로도 그 상대를 죽일 수 있다고. 활을 겨눈 엘프들에게서 뿜어져 나오는 기세는 옆에서 보고 있는 내가 느껴도 너무나 날카로웠고 섬뜩했다. 기사는 그런 엘프들의 행동에 상당히 당황한 듯, 그리고 제법 겁을 먹은 듯 엉거주춤 뒤로 물러나기 시작했다.

"제, 젠장. 두고 보자. 전원 후퇴!"

그의 지시와 거의 동시에 기사들은 마치 썰물 빠지듯 숲 밖으로 도망쳐 갔다.

"그런데 이 아이는 누구죠? 그러고 보니 엘프로군요."

"아, 이 아이는 말이지… 뭐, 뭐야!?"

와글와글.

인간들이 물러가자 나무 위에 있던 엘프들은 한꺼번에 밑으로 내려와서는 쟈밀 주변으로 모여 웅성거렸다.

"쟈밀, 오랜만이에요. 왜 이렇게 한참 안 왔어요?"

"안녕하세요, 쟈밀. 그런데 얼마 전에 저 레이렐과 결혼했어요. 지금이라도 저희들에게 축복해 주지 않겠나요?"

"쟈밀!"

"쟈밀!"

웅성웅성.

"이, 이봐!"

쟈밀은 엘프들에게 인기가 좋은 듯하다. 저렇게 엘프들이 반가운 표정으로 그에게 달려들어 앞 다투어 인사말을 건네는 것을 보면. 하지만 당사자인 쟈밀은 자신의 주변을 빽빽하게 메우는 엘프들 때문에 제법 괴로운 듯한 모습이었다.

"이, 일단 조금 비켜봐!"

우르르르.

그의 외침이 숲을 쩌렁쩌렁하게 울리고 나서야 엘프들은 당황하며 뒤로 물러났다. 방금 전에 자신의 주위를 메우던 엘프들로 인해 숨이 막혔는지 쟈밀은 잠시 동안 기침을 하고 숨을 골랐다.

"젠장, 반가워하는 것은 좋은데 이렇게 몰려오면 내가 질식사하겠다. 콜록콜록."

그의 모습에 엘프들은 잠시 당황하며 어색한 웃음을 지었지만 곧 다시금 그의 주위를 빽빽하게 에워쌌다.

"잠깐, 잠깐. 일단 마을에 가서 이야기하자, 응?"

쟈밀은 한참 동안 자신에게 매달리는 엘프들을 설득하느라 진땀을 흘렸고, 그렇게 십여 분이 지나서야 엘프들은 조금 진정되는 기미를 보였다.

"휴우, 대체 말이야……."

그제야 엘프들이 떨어져서 자유롭게 움직일 수 있게 된 쟈밀은 나에게 다가왔다. 그는 작게 웃으며 나를 향해 말했다.

"아하하, 엘프에 대한 이미지가 깨졌다는 듯한 모습을 하고 있구나."

내가 이럴 때 무슨 말을 하면 좋을까. 하지만 그런 생각을 하는 와중에도 내 고개는 아주 자연스럽게 끄덕여지고 있었다.

"그런데 이 아이는 누구예요?"

"설마 쟈밀 아들?"

"에? 설마!"

와글와글.

그리고 어느새 엘프들의 관심사는 쟈밀에게서 나로 옮겨졌다. 그들은 내 주위를 둘러싼 채 이곳저곳은 만지며 흥미로운 듯 떠들고 있었다.

"와아, 이렇게 예쁜 아이가 있다니."

"이 머리카락 봐, 진짜 황금색이야."

"얘, 나 이 머리카락 한 줌만 잘라가면 안 될까?"

그렇게 그들이 내 주위를 돌며 떠들던 중 아까 모스라그라고 불리웠던 엘프가 쟈밀을 보며 물었다.

"그런데 저 아이는 누구죠?"

"그게……."

"오옷……!"

쟈밀이 무언가를 말하려고 하자 엘프들은 또다시 그의 주변에 몰려들어 귀를 기울였다. 그렇게 쟈밀에게 찰싹 달라붙는 그들의 모습을 보니 왠지 웃음이 나왔다.

"뭘 대단한 거 말한다고 이렇게 몰리는 거야? 이 애는 그냥 내 조카라고, 조.카!"

그의 외침에 엘프들은 잠시 나를 향해 고개를 돌리며 대답을 요구하는 시선을 보내었다. 그들의 기세에 잠시 눌린 나는 얼떨결에 고개를 끄덕였고, 그런 나의 반응에 그들은 마치 무언가 잔뜩 기대하고 있다가 그 기대가 깨진 듯 식상한 얼굴을 하며 자기들끼리 수군거리기 시작했다.

"뭐야, 아들이 아니었어?"

"하지만 둘은 꽤나 닮지 않았나?"

“에이, 어딜 봐서 닮았냐?”

“쟈밀이 결혼해서 애를 낳았다고 하면 이건 대사건이었을 텐데, 그렇지?”

“하아, 아깝다. 그랬으면 우리 마을만 해도 지금 있는 여자의 반은 울었을 거야.”

“그 반 중에서 반의 반 정도는 대성통곡할지도… 큭큭!”

“하하하하.”

한참 뭐라고 떠들던 그들은 뭐가 그리 재미있는지 자기들끼리 크게 웃었다. 그리고 반대로 쟈밀의 얼굴은 벌겋게 달아올라 있었다.

“무슨 헛소리를 그렇게 하는 거야!? 어서 마을로 돌아가기나 하자고!”

“예이, 예이.”

엘프들은 곧 모스라그가 앞세워 숲 안쪽으로 걸어가기 시작했고, 쟈밀 역시 그들을 따라갔다. 물론 나도 쟈밀의 뒤를 따라 걸음을 옮겼다.

과거에서 현재로

"다 왔습니다."

모스라그의 안내로 우리가 도착한 곳은 작은 마을이었다. 하지만 인간들의 마을과는 제법 그 모습이 달랐는데 일단은 땅 위에 있는 집이 거의 없다는 것이었다. 집들이 대부분 나무 위에 있었는데 그 집들 역시 자세히 보면 집인지 아닌지 알 수 없을 정도로 자연적(?)인 집이었다.

"흐음, 조금 규모가 커졌네?"

"250년이나 지났으니까요."

"그러니까 정확히 259년 하고……."

"아, 알았으니 그런 것까지 따지지는 마세요."

잠시 모스라그와 쟈밀 사이에 작은 다툼이 있은 뒤 우리는 본격적으로 마을 안에 발을 들일 수 있었다. 그리고 그 순간 한 엘프가 마을 전체에 대고 크게 소리쳤다.

"모두 나와봐! 반가운 손님이 오셨다고!"

"모두 나와봐!"

"모두 나와봐!"

그리고 그의 뒤를 이어 우리와 같이 왔던 다른 엘프들 역시 그의 뒤를 따라 크게 외쳤다.

"무슨 일인데 그렇게 오두방정이야?"

"그것도 여럿이서."

"모스, 무슨 일이길래 그래요!?"

숲을 울리는 그들의 외침에 마을에 있던 엘프들은 집 밖으로 나오며 질문했다. 그들은 갑자기 숲을 크게 울릴 정도로 외치는 엘프들의 행동의 원인이 무엇인가 궁금한 듯한 표정을 하고 있었고, 개중에는 무언가를 방해받은 듯 조금은 신경질이 난 표정으로 나오는 이도 있었다.

그리고 그들은 쟈밀과 함께 온, 정확히는 쟈밀과 나를 데리고 온 엘프들이 그렇게 떠드는 이유를 알고는 얼굴 가득 웃음을 지으며 밑으로 내려왔다.

"쟈밀, 돌아오신 건가요!?"

"왜 이렇게 늦게 왔어요?"

"쟈밀, 그동안 말이죠……."

"쟈밀!"

"쟈밀!"

아까와도 같은 상황—엘프들이 쟈밀에게 들러붙어서 그를 압사시키려고 하는 상황—이 벌어졌고, 덕분에 쟈밀은 또다시 괴로움에 몸부림을 쳐야 했다.

“크악! 크악! 비켜봐, 비켜보라고오!”

“쟈밀!”

“쟈미일~”

웅성웅성~

와글와글~

“크악! 켁켁! 나 죽어어~”

그런데 저런 엘프들의 모습을 보니 쟈밀은 이곳에서 상당히 좋은 인상을 받았던 사람인 것 같다. 그렇지 않고서야 아까도 지금도 그렇고 엘프들이 저렇게 열렬하게—심지어는 사실은 쟈밀을 반가워하는 게 아니고 그를 납작하게 만들어 버리려고 하는 것 같다는 생각이 들 정도로— 환영을 하는 것을 보면 말이다.

그리고 이번에도 한참의 시간이 지나서야 그에게 달려들던 엘프들이 진정이 된 듯 쟈밀은 다시 안정적으로 숨을 쉴 수 있었다.

“휴우, 미치겠군. 날 죽이려고 작정한 것도 아니고…….”

“아… 아하하…….”

투덜거리는 쟈밀의 모습에 방금 전까지 그를 압사시키려던 엘프들은 하나같이 얼굴에 어색한 웃음을 지으며 그의 불평을 무마하려고 했다. 그러던 중 쟈밀은 문득 생각이 난 듯 주변을 살피며 질문했다.

“그런데 장로 할아범은 어디 갔어?”

순간 엘프들의 표정이 어두워졌다. 나는 알 수 있었다. 쟈밀이 말하고 있는 ‘장로’는 이미 이 세상 존재가 아니게 되었다는 것을. 물론 쟈밀도 그들이 왜 저렇게 얼굴색을 어둡게 하는지 이유를 알고 있었기에 그들에게 사과를 하였다.

“…미안하다.”

"아니요. 쟈밀은 모르셨을 텐데요. 괜찮습니다."

쟈밀이 고개를 숙여 사과하자 엘프들은 담담하게 웃으며 그의 사과를 받아들였다. 그리고 이것은 나중에야 안 사실이었지만 엘프들에게 있어 당사자에게 절친했던 이가 죽었을 때 그 죽은 이를 함부로 부르는 것은 상당한 실례라고 한다.

"그럼 이제는 에람드 녀석이 대장로겠군. 이거 참……."

그때 저쪽에서 누군가가 이쪽을 향해 달려오고 있었다. 인간으로 치면 약 40대 정도의 외모를 한 엘프 한 명과 역시 인간으로 쳤을 때 30대 초반 정도 되어 보이는 엘프 여러 명이 얼굴 한가득 미소를 띤 채 오고 있었다.

"쟈밀, 쟈밀님이시군요!"

그들 역시 쟈밀을 보며 대단히 반가워하는 모습이었다. 하지만 아쉽게도(?) 이번에는 쟈밀이 압사되거나 하지는 않았다. 그저 쟈밀의 손을 꽉 쥐었을 뿐이었다.

"하하, 이게 얼마 만이죠? 거의 3백 년 가까이 되는 것 같은데요."

"정확히는 259년 하고……."

"하하하하, 여전히 그 버릇은 변하지 않으셨군요. 아직도 엘프들에게는 그렇게 시간을 따지는 버릇이 있으시군요."

상대는 이미 이런 쟈밀의 말투를 많이 접해보았다는 듯 쾌활하게 웃으며 답했고, 그의 모습에 쟈밀은 가볍게 투덜대었다.

"쳇, 나도 버릇 한번 이상하게 들여 버려서는……."

그렇게 쟈밀과 몇 마디를 더 나누던 그들은 이내 나를 향해 시선을 돌렸다.

"그런데 이 아이는……?"

에람드의 질문에 모든 엘프들의 시선이 순식간에 나에게로 쏠렸다. 하지만 아까처럼 엘프들끼리 이상한 상상까지 하면서 수군대지는 않았다. 단지 쟈밀을 향해 대답을 요구하는 시선을 보냈을 뿐이다.

"조카다."

쟈밀의 대답은 간단했다. 그의 대답에 엘프들의 반응은 다양했다. 어떤 이들은 못 믿겠다는 듯한 표정을 지었으며 또 어떤 이들은 순순히 그의 말을 믿고는 어깨를 으쓱했다. 그런데 문득 저 에람드라는 엘프의 대장로는 나를 이리저리 훑어보는 것이었다.

"……!"

순간 에람드의 표정이 굳어졌다. 아니, 굳어졌나? 그의 얼굴이 굳어졌던 것은 말 그대로 순식간의 일이었기에 나는 내가 잠시 착각을 한 게 아닌가 하는 생각이 들 정도였다. 하지만 적어도 내 기억이 맞는다면 그는 나를 보며 잠시 인상을 굳혔다.

…내 얼굴에 뭐가 묻었나?

"혹시 쟈밀은 이 아이 때문에 오신 건가요?"

다른 장로 엘프가 쟈밀에게 질문했다. 그의 질문에 쟈밀이 간단히 고개를 끄덕여 보이자 그를 비롯한 다른 엘프들의 표정이 기묘하게 일그러졌다.

"설마… 이 아이만 맡기고는 또 휑하니 사라지시려는 것은 아니겠죠?"

"……."

잠시 동안 쟈밀은 대답이 없었다. 저 엘프의 질문을 듣는 순간 그는 마치 기습적으로 엉덩이를 바늘에 찔리기라도 했는지 몸을 한번 움찔하고 떨더니 곧 얼굴 전체에 식은땀이 방울방울 맺히기 시작했다.

이쯤 되면 그가 예정했던 행동이 무엇이었는지 누구나 다 알 수 있을 것이다. 덕분에 나는 쟈밀에게 화를 내었다.

"쟈~아~미~이~일~"

"으, 으응……. 무슨 일이냐, 란?"

쟈밀은 두 눈을 가늘게 뜬 채 그를 노려보는 나의 시선에 위축된 듯 내게서 한 걸음 뒤로 물러섰다. 물론 나도 두 걸음—보폭의 차이다—앞으로 나서서 그가 물러선 만큼 쫓아갔기에 그와 나의 거리는 다시 원래대로 좁혀졌다.

"설마 저분 말대로 날 여기에 맡기고 쟈밀은 다른 데로 가려고 했던 거예요오~"

"아, 아니, 그게 말이다……."

"무책임하네. 분명히 나를 책임지고 맡아준다고 우리 엄마와 약속하지 않았나요?"

잠시였다. 우리 엄마를 언급하는 순간 잠시, 잠시 가슴이 따끔했다. 그것은 엄마에 대한 그리움이었다.

이제는 어느 정도 괜찮아졌다고 생각했는데 역시 아직은 아닌가 보다. 하지만 나는 겉으로는 내색하지 않은 채 계속해서 쟈밀을 노려보았다. 그런 나의 행동에 쟈밀은 두 손을 좌우로 흔들며 부인했다.

"하하하, 설마 내가 그럴 녀석으로 보이니? 내가 얼마나 약속을 잘 지키는데… 아하하핫."

"정말이죠오?"

"그럼, 정말이고말고!"

그렇게 호언장담하는 말투임에도 불구하고 지금 쟈밀의 옆머리로 흘러내리고 있는 저 커다란 땀방울은 대체 무엇이란 말인가? 한번 더

따져 볼까 생각했지만 이걸로 쟈밀이 어디 가지 못하게 잡아두는 데에
는 성공했다고 생각했기에 그만두기로 했다.

“그럼 다행이군요. 마침 두 분이 기거하실 좋은 집이 하나 있습니다.
안내해 드릴까요?”

“그, 그러지.”

억지로 체념의 표정을 감추려는 표정이 역력하면서도 쟈밀이 웃으
며 고개를 끄덕이자 에람드도 그저 웃으며 그를 안내했다.

“…….”

제법 멀었다. 밖에서 볼 때부터 엄청 큰 숲이라는 것은 충분히 짐작
했지만 마을 하나가, 그것도 이렇게 인원 수가 적은 마을의 규모가 이
렇게 클 줄은 몰랐다. 숲 속이라서 그런지 그다지 지치지는 않았지만
벌써 20분을 넘게 걸었는데도 아직 마을 안이었으니.

그리고 약 10여 분을 더 걸어간 후에야 우리는 에람드가 말했던 ‘우
리가 살 집’에 도착했다.

“여기입니다.”

그것은 상당히 커다란 집이었다. 아니, 나무 위에 있어도 무리없을
정도로 아담하면서도 나름대로 신비한 멋이 있는, 다른 엘프의 집들과
는 달리 이것은 거의 인간식의 집에 가까웠다. 크기도 그랬지만 뭐니
뭐니 해도 모양새가 그러했다.

“이곳은……!”

쟈밀은 이 집을 알고 있는 듯 작은 탄성을 내질렀다. 그의 그런 모습
에 에람드는 고개를 끄덕였다.

“네, 예전에도 쟈밀이 기거하셨던 집이지요.”

“아직까지… 남겨두었나?”

"네, 뭐니 뭐니 해도 쟈밀이 있었다는 증거인데요."

아까도 몇 번이나 생각한 것이지만 쟈밀은 엘프들에게 정말로 많은 존경을 받았었나 보다. 게다가 아까 250여 년 만에 만났다는 이야기를 하는 것을 보면 역시 그는 보통 인간은 아니라는 생각도 들었다.

"그럼… 얼마간 신세 좀 지겠다. 란, 들어가자."

쟈밀은 에람드에게 가벼운 목례로 감사의 뜻을 표한 뒤 내 손을 잡으며 집 안으로 발걸음을 옮겼다.

그것은 정말로 일반적인 인간들의 가정집과 다를 것이 없었다. 겉모양은 물론 내부까지도.

"와아~"

겉에서 보기에는 그다지 커 보이지 않았던 집이었는데 막상 들어가고 보니 내부는 대단히 넓었다. 게다가 자주 청소를 한 듯 마치 빛을 내는 게 아닌가 하는 착각이 들 정도로 깨끗했고 탁자부터 시작해서 옷장, 그리고 식기 등의 잡다한 집기까지 갖추어져 있었다.

하지만 그 무엇보다 내 눈을 사로잡는 것은 구석에 있는 방에 갖춰진 제법 큰 서재였다. 그곳에는 거의 십여 개에 이르는 커다란 책꽂이가 있었고 그 책꽂이 안에는 수백, 수천에 달하는 책들이 빽빽하게 꽂혀 있었다.

"…녀석들, 이렇게까지 안 해도 되는데."

그의 중얼거림으로 미루어보건대 아마도 엘프들은 쟈밀이 이곳을 나간 동안에도 계속해서 이 집을 그대로 내버려 두지 않고 언제나 새것처럼 유지해 두었던 듯하다.

'대체 쟈밀은 얼마나, 그리고 대체 무슨 이유로 엘프들에게 존경을 받고 있는 것일까?

엘프들이 쟈밀을 바라보는 시선은 단순히 우호, 또는 친근함 정도가 아니었다. 그들의 시선에는 한가득 존경과 경외의 빛이 어려 있었고 마치 숭배하듯 쟈밀을 대하였다.

대체 쟈밀과 엘프들 사이에 무슨 일이 있었을까? 무슨 일이 있었기에 엘프들은 그렇게까지 쟈밀을…….

너무나도 궁금한 것이었고 당장 물어보고 싶을 정도였지만 왠지 지금 물어보기에는 적절하지 않다는 생각에 그 생각은 일단 보류하기로 하였다. 집 이곳저곳을 돌아다니던 도중 우연히 보게 된 쟈밀의 행동은 나의 호기심을 억눌렀다.

"……."

쟈밀의 손에는 작은 노트가 들려 있었다. 제법 두꺼운 그 노트에는 작지만 깔끔하고 예쁘게 써진 글씨들이 빽빽하게 들어차 있었다. 쟈밀은 그 노트에 적힌 글을 읽어가고 있었다.

주륵.

쟈밀의 눈가에 물기가 고였다. 노트를 쥔 그의 손에 힘이 들어갔다. 세게 쥔 그의 손은 지나치게 들어간 힘으로 인해 눈에 띌 정도로 떨리고 있었다.

뚝.

노트 위로 물방울이 떨어졌다. 정확히는 쟈밀의 눈물이었다. 노트 위에 자신의 눈물이 떨어진 것을 본 쟈밀은 황급히 옷소매를 이용해 눈물을 닦아내었다. 이미 어느 정도 잉크가 번져 버린 상태였지만 글씨를 못 알아볼 정도로 심한 것은 아니었다.

탁.

작은 소리와 함께 노트가 닫혀졌다. 쟈밀은 그 노트를 품에 끌어안은 채 가늘게 흐느끼고 있었다.

"누님… 누님……."

작은 소리였지만 그 흐느낌은 너무나도 크게 들려왔다. 쟈밀은 그렇게 한참 동안 내가 보고 있는 것도 모른 채 그 노트를 품에 안고 흐느꼈다. 더 이상 그 광경을 보면 안 되겠다는 생각이 든 나는 몸을 돌려 다른 방으로 발걸음을 옮겼다.

뿌드드득.

하지만 발을 디딜 때 문제가 생겼다. 바닥 중에 낡은 나무가 있었는지 내가 움직이는 순간 나무가 마찰하는 소리를 내버린 것이다. 덕분에 방금까지 흐느끼던 쟈밀은 내가 와 있다는 것을 눈치 채고는 재빨리 눈물을 닦아내며 나에게 다가왔다.

"…봤니?"

그가 가장 먼저 물은 것은 이것이었다. 그다지 거짓말을 할 이유는 없다고 생각한 나는 고개를 끄덕였다. 그리고 기왕 이렇게 된 것 이유나 물어보자는 생각에 나는 그에게 질문했다.

"네. 그게 뭐길래 그렇게 울었어요?"

"이건……."

노트를 가리키는 내 손짓에 쟈밀 역시 그것을 바라보며 다시금 어두운 표정을 지었다. 하지만 곧 그런 표정을 지우고 힘없이나마 웃으며 대답해 주었다.

"대단한 건 아냐. 예전에 내가 쓰던 일기장이지."

"일기?"

"그래. 벌써 일기를 쓰는 걸 그만둔 지도 꽤 오래 되었구나. 보고 싶니?"

쟈밀은 내게 일기장을 내밀며 질문했다. 나도 어느 정도는 보고 싶은 생각이 들었지만 왠지 보면 나도 울음이 나올 것 같았다. 아마도 지금 쟈밀이 읽고, 그리고 눈물을 흘렸던 부분에는 분명 엄마에 대한 내용이 있을 것이다. 그렇기에 보지 않기로 했다.

"아뇨. 괜찮아요."

"…그래. 하긴 이런 건 보아도 좋을 게 없지."

이내 쟈밀은 일기장을 조심스럽게 품속에 갈무리했다. 그리고는 억지로 한다는 티가 나면서도 그는 쾌활하게 보이려고 활짝 웃었다.

"자, 일단 식사부터 하도록 하자. 요즘 언제나 쫓겨 다니느라 제대로 된 식사를 해본 적이 거의 없잖니?"

"네!"

나 역시 그를 위해서라도 웃으며 고개를 끄덕였다.

그렇게 오늘은 간만에 제대로 된 식사, 제대로 된 잠자리와 함께 하루를 마감할 수 있었다.

"새근… 새근……."

이미 라니오스는 깊은 잠에 빠져들었다. 그도 그럴 것이, 쟈밀이 그에게 강한 수면 마법을 걸었기 때문이다.

"쌔액… 쌕."

아직도 아기 같은 숨소리를 내며 자는 라니오스의 모습에 쟈밀은 피식 웃어버리고 말았다. 이미 10년을 넘게 살아온 아이답지 않게 아직도 어린 라니오스는 너무나도 사랑스럽게 느껴졌다.

그렇게 라니오스의 옆에서 쟈밀은 그의 머리에 손을 얹었다. 그리고는 그의 머리를 슬슬 쓰다듬어 주었다.

"…미안하구나."

그의 목소리는 낮게 가라앉아 있었고 힘이 없었다. 그리고 미안함의 감정이 가득 담겨 있었다.

"원래라면 네가 제대로 각성하고 시작하고 싶었지만……."

이내 쟈밀은 몸을 일으켰다. 그리고 문을 향해 걸어가며 중얼거렸다.

"이제는 돌이킬 수 없게 되겠구나."

그리고 쟈밀은 문을 열고 밖으로 나갔다. 쟈밀이 문을 열고 밖으로 나가자마자 그를 기다리고 있었다는 듯 서 있는 이가 있었다.

"역시… 저분이로군요."

"……."

쟈밀은 곧바로 대답하지 않고 에람드의 눈을 정면으로 쳐다보았다. 매섭게 째려보는 것이 아니었음에도 그의 기세는 상당히 강했고, 그로 인해 에람드는 잠시 그의 기세에 위축이 되었다. 하지만 그는 곧 원래의 표정을 되찾으며 재차 그에게 질무했다.

"제 생각이 맞다면 저 소년이……."

"그래."

쟈밀의 대답은 간단했다. 하지만 그 짧은 대답 안에 담긴 힘은 상당한 것이어서 그것을 들은 에람드의 안색이 대번에 바뀌었다.

"…안 하실 수는 없는 겁니까?"

"이미 늦었어. 시작해 버렸다."

에람드의 얼굴에 체념의 빛이 떠올랐다. 하지만 그래도 무언가 더 할 말이 있다는 듯 다시 그의 입이 열렸다.

"저는 불안합니다. 과연 저렇게 어린 존재로서 그것을 버텨낼 수 있을자……."

"유감이군. 사실은 나도 그렇게 생각하고 있었어."

"그럼 왜……?!"

"일이라는 것은 언제나 생각하는 대로 되는 게 아니라고 답하고 싶군. 그리고……."

무언가를 더 이야기하려고 하던 쟈밀은 문득 자신의 신경을 건드리는 듯한 묘한 느낌에 하려던 말을 멈추고는 주위를 둘러보았다. 그리고는 이내 입가에 쓴웃음을 머금으며 에람드와 반대쪽에 있는 허공에 대고 말하였다.

"훗, 말로 할 필요도 없겠군. 나와."

지잉.

그의 말이 끝남과 동시에 그가 보고 있던 방향의 공간이 갈라졌다. 그리고 그 틈 안에서 나온 것은 세 명의 인간의 형상을 한 존재들이었다.

그들 중 두 명은 남자였고, 한 명은 여자였다. 남자의 경우 한 명은 검은 바탕을 한 사제복에 검은색 단발을 한 웃는 듯한 눈빛의 가는 눈을 가진 사내였고, 다른 한 명의 남자는 짧게 다듬은 청색 머리에 기사들이 실전에서 사용하는 경갑주를 착용한 남자였다. 그리고 여자는 분홍색 머리카락에 간편한 여행자 복장을 하고 있었다.

"오랜만이군, 레이, 제이, 레디."

쟈밀의 짧은 한마디에 검은 단발의 사내는 가만히 있어도 눈웃음을 짓고 있는 듯한 느낌을 받는 눈의 곡선을 더욱 휘어지게 하며 대답하였다.

"오랜만이라고 할 것까지 있나요? 몇백 년이나 되었다고요."

"정확히는……."

"아아, 됐습니다. 쟈밀의 그 버릇, 여전하시군요."

막 다시 만난 날짜를 정확히 이야기하려는 쟈밀의 말을 막으며 검은 단발의 사내는 진한 웃음을 머금었다. 그리고는 시선을 돌려 에람드를 바라보며 말했다.

"오랜만이군요, 에람드."

"이렇게 다시 만나다니 저로서는 영광입니다."

에람드가 조금은 과장된 자세로 허리를 숙여 인사하자 그런 그의 모습에 검은 단발 사내는 멋쩍은 듯 뒤통수를 긁었다.

"이런, 아직도 그때 일에 대한 감정이 덜 풀리신 듯하군요."

"설마요. 감히 저 같은 자가 어찌 그런 '사소한' 일에 불만을 품겠습니까?"

말의 내용만으로는 아무렇지 않다고 하고 있었지만 그런 말을 하고 있는 에람드의 말에는 가시가 돋혀 있었다. 그걸 너무나도 잘 알고 있는 검은 단발 사내였기에 그는 어색한 웃음을 지으며 슬그머니 에람드의 시선을 피해 버렸다.

"그런데, 찾았나?"

청발사내의 질문에 쟈밀은 고개를 끄덕였다. 그는 방금 전 자신이 나온 집을 가리키며 대답했다.

"저 안에 있다. 하지만……."

"하지만?"

갑자기 가라앉는 쟈밀의 목소리에 가장 큰 반응을 보인 것은 분홍 머리의 여자였다. 그녀는 쟈밀을 향해 귀를 기울이는 식의 과장된 행동까지 해가며 그의 대답을 기다렸다.

"내… 조카다."

"호오~"

"흐음……."

"헤에~"

쟈밀의 대답에 셋은 모두 흥미롭다는 식의 반응을 보였다. 그들은 작은 탄성을 내지르며 쟈밀에게 질문했다.

"그럼 어떻게 하실 것인지……?"

"어떻게 할 거지?"

"그럼 어떻게 할 거예요?"

"……."

쟈밀은 잠시 동안 말이 없었다. 그리고 잠시 후에야 힘겹게 그의 입이 움직였다.

"…죽일 수는 없잖아."

"그럼 결정이군요."

검은 단발의 사내는 쟈밀의 대답이 나오기를 기다리고 있었다는 듯 곧바로 대답했다. 그리고 그것은 다른 이들도 마찬가지였다.

"뭐, 할 수 없군."

"조금 귀찮게 되겠지만 어쩔 수 없겠네요."

"너희들……."

사실 쟈밀은 지금의 일로 인해 많은 고민을 하고 있었다. 혹시라도 저들이 자신의 의견에 따라주지 않으면 어떻게 해야 하는가. 과연 그렇게 되었을 때 자신은 아무렇지 않게 라니오스를 죽일 수 있을 것인가.

하지만 저들은 그런 그의 고뇌를 비웃기라도 하듯 순순히 그의 의견

을 따르겠다고 하였다. 그러한 그들의 태도에 쟈밀은 감사의 마음에
앞서 황당함과 허탈감을 느꼈다.

"뭐, 대가는 나중에 천천히 받도록 하지요."

"싸지는 않다고, 이번 일은."

"당연히 공짜는 아니에요. 알죠?"

지금은 저들이 뭐라고 하든 쟈밀은 고마웠다. 적어도 저들이 자신에
게 협력해 준다는 점에 있어서는 변함이 없기 때문이다.

"좋아, 그러면 일단 방향은 결정된 거고……."

막 무언가 본격적인 이야기를 시작하려고 하던 쟈밀은 문득 자신을
바라보고 있는 에람드의 시선을 눈치 채고는 말을 멈추었다. 그리고는
그를 향해 자리를 비켜달라는 뜻의 눈빛을 보내었다.

"…알겠습니다. 저는 이만."

에람드는 순순히 고개를 끄덕이며 몸을 돌려 자리를 떠났다. 그리고
잠시 후 에람드의 모습이 넷의 시야에서 완전히 사라졌을 때에야 그들
은 비로소 본격적인 이야기를 시작했다.

그리고 지금 이 순간, 그들이 하고 있는 이야기는 얼마 지나지 않아
현실로 실행되었고, 그것은 전대륙에 또 한 번의 커다란 파문을 일으키
게 된다.

● 제3장
잠시 간의 평화

지금 생각해 보면 기묘한 만남이었고 기묘한 시작이었다.

그는 작은 소년의 모습으로 우리 앞에 나타났다.

아니, 어쩌면 그때는 정말 어린 소년이었는지도 모른다.

아마 그럴 것이라고 나는 생각한다.

그는 언제나 활기 차게 행동했다.

그것은 조용한 우리 엘프들 사이에 신선한 충격을 던져 주었다.

그와 더불어 우리 엘프 중에서 두 번 나올 리 없을 거라고

생각하는 별종인 란슬로와 함께 둘은 마을 전체의 분위기를 주도해 갔다.

그리고 언제나 웃는 그들의 모습은 어느새 우리 마을은 물론

다른 마을에까지 활기를 가져다 주었다.

우리 엘프가 그를 만난 것은 엘프들의 역사에

가장 독특한 일 중의 하나가 될 것이다.

물론 그의 가장 친한 벗 중 하나였던 란슬로 역시…….

—한 엘프의 회고록에서.

엽기 엘프

"인간들이여, 이곳은 당신들이 올 수 있는 곳이 아니오. 어서 나가 주시오!"

내 경고에 앞에 있던 인간들은 얼굴빛을 굳혔다. 하지만 언제나 그랬듯이 내가 혼자뿐이라는 것을 알자 곧 나에게 공격을 시도하려는 듯 허리춤에 찬 칼을 뽑으려고 하였다.

하지만 당연히 내 쪽이 더 빨랐다.

"쓸데없는 짓을!"

채챙!

경쾌한 소리와 함께 그들이 꼬나 쥐고 있던 칼들이 조각난 채 바닥에 떨어졌다. 순식간에 죽을상이 된 그들을 향해 나는 다시 한 번 경고했다. 그리고 이것이 내가 저들에게 하는 마지막 경고가 되었다.

"만약 또다시 저항을 한다면 그 다음에는 목을 베겠소. 빨리 이 숲에서 나가주시오."

"제, 젠장……!"

그들은 그야말로 꽁지가 빠지게 그들이 왔던 방향으로 달아났다. 역시나 '엘프의 숲'에 들어온 목적이 분명 좋은 목적으로 온 것은 아닌 듯하였다. 무장을 한 것도 그렇고, 내가 나가라고 했음에도 저항할 생각을 한 것을 보면 말이다. 아마도 저 녀석들 역시 그 '엘프 유괴범'이겠지. 인간들을 쫓아낸 뒤 나는 가볍게 한숨을 쉬었다. 도저히 따분해서 참을 수가 없을 지경이었다.

"후우, 이 짓도 정말 못해 먹을 짓이란 말야."

지금 나는 숲 지키는 일을 하고 있다. 처음에는 굉장히 대단한 일인 줄로만 알았다. 처음 마을에 들어왔을 때 모스 아저씨들의 행동도 그렇고 말이다. 하지만 이 일은 적어도 내게는 전혀 맞지 않는 일이었다. 이 숲에 인간이 들어온다는 일 자체가 거의 없는 데다가―지금 쟈밀의 경우에는 거의 눌러앉다시피 하고 있지만 쟈밀이 보통 인간은 아니니까―설령 들어온다고 해도 무언가 우리들에게―좋은―목적이 있어 온 이들은 거의, 아니, 내가 이 일을 하던 중에는 아예 없었다. 진짜 길을 잃고 숲을 헤매는 이들이거나―하지만 이런 부류는 정말 보기 힘들다―불순한 목적―어린 엘프들을 납치한다던가 등등등. 아직 본 적은 없지만 가끔 술에 취한 채 들어와 숲에 불을 지르는 놈도 있다고 한다. 대체 여기가 인간들 사는 곳에서 얼마나 먼 곳인데 과연 어떤 인간이 술에 취해서 여기까지 올까―으로 숲에 들어오는 이들뿐이라 나에게는 너무나도 지루한 일일 뿐이었다. 그렇다고 숲에 들어온 인간들을 말상대 삼아 놀 수도 없는 노릇이고…….

"내 참, 엘프 부족 최고의 전사에게 시킨다는 게 고작 이런 일이라니……. 아, 엘프 인생 정말 처량하구나……."

이렇게 내가 신세타령을 하고 있는데 뒤에서 인기척이 났다. 하지만 이 인기척은 매우 익숙한 것이었다. 나는 뒤를 돌아볼 필요도 느끼지 않은 채 말했다.

"라엘이냐?"

"응, 나다."

역시나군. 라엘 녀석은 금세 내 앞의 나뭇가지로 와 걸터앉았다. 이 녀석의 이름은 라에트, 줄여서 라엘이다. 20년 전쯤 내가 최초로 사귀었던 '친구' 중의 하나이다.

엘프 마을에 정착한 지 어느새 20년, 그 20년은 나에게 많은 변화를 가져다 주었다. 우선 인간과 차이가 없던 나의 사고관에 변화를 가져다 주었다. 뭐, 하지만 그래 봐야 엘프의 사고관이라고 인간과 그렇게까지 큰 차이가 있는 것은 아니지만…….

하지만 역시 엘프의 상태로, 그것도 숲 속에서 수련을 한 것은 나에게 큰 도움이었다. 마법도, 검술도 이미 웬만해서는 대적할 상대가 없을 수준으로 올라왔으니까 말이다.

"근데 네가 갑자기 웬일이냐? 또 나한테 깨지려고?"

내 질문에 라엘은 고개를 좌우로 저으며 한심하다는 듯한 표정과 말투로 대답하였다.

"됐네요, 미숙아 씨. 누가 너한테 덤비냐?"

"칵!"

미숙아! 미숙아라니! 내 나이 이제 36, 즉 성인이란 말이다앗! 확실히 성인식도 했다구~

하지만 문제는 이 성인식에서 봉착한다.

성인식 당일, 이전에 지겹도록 보아왔듯이 나도 이 의식이 끝나는 순간 다른 성인 엘프들처럼 멋진 어른의 육체로 각성할 줄 알았다. 그것이 당연했으니 말이다. 게다가 성인식 며칠 전부터 마을의 내 또래 엘프들은 성인식도 치르기 전에 이미 소드 마스터에 모든 마법을 9클래스까지 익힌—인간들은 이 경지를 아크메이지라고 한다—내가 성인식까지 거치면 어떤 괴물이 될지에 대해서도 말이 많았다(엘프는 성인식을 거치면 육체적, 정신적 능력이 크게 상승한다. 바로 이 점이 인간들과 결정적으로 다른 점이다).

하지만…….

전. 혀. 크질 않았다. 물론 신체 능력은 아직 잘 모르겠지만 마력의 상승은 있었던 듯하다. 게다가 분명히 성인임을 증명하는 빛이 나를 휘감았었다. 그런데도 육체는 그전까지처럼 여전히 140이 조금 안 되는 키에 허리 아래로 내려오는 금발, 인간으로 치면 12~14세 정도의 어린아이의 몸을 하고 있는 것이다. 게다가 내 얼굴이 엘프들 중에서도 유난히 귀여운 얼굴이었단다. 내 성인식이 끝난 바로 그 다음부터 나에게는 ‘미숙아’라는 별명이 붙어버렸고, 성인식을 한 어제는 내 일생 최악의 날 중 하나가 될 가능성이 너무나 컸다.

게다가 가장 충격적인 것은 쟈밀의 태도였다. 그는 그 당일 뭐가 그리 우스운지 하루종일 배를 부여잡고는 숲이 떠나가라고 웃어젖힘으로써 내 얼굴을 벌겋게 물들인 것이다.

좌우지간…….

나는 최대한 부글거리는 속을 가라앉힌 후 입을 열었다.

“근데 무슨 일로 네가 직접 나한테까지 찾아온 거야? 란슬로 형이 돌아오기라도 했대?”

그러자 라엘 녀석은 너무나도 황당하다는 표정으로 입을 딱 벌리며,

"어, 어떻게 알았냐?"

라고 했다.

"그렇다면 빨리 가봐야지!"

"여어, 얼마 만이냐?"

"하하, 한 7, 8년 정도 나갔다 온 거죠?"

"그래, 이번에는 뭘 하다가 온 건가?"

"뭐, 이렇다 할 거 있겠나요? 그냥 여기저기 여행하다가 온 거죠."

"허허, 역시 젊다는 게 좋구먼."

"이봐요. 누가 들으면 폭삭 늙은 줄 알겠어요. 이제 겨우 600살 좀 넘었으면서."

"하하하, 이 나이쯤 되면 어디 밖에 나다니고 싶은 생각이 별로 안 든다고. 아, 저기 릴이 오는군."

"오빠, 오랜만이네. 이번에는 선물 가지고 왔지? 이번에도 안 가져 왔으면 화낼 거야!"

"하하, 내가 릴 줄 선물을 안 챙겼을 리가 없잖아. 자, 여기."

"와아, 오빠, 고마워. 이건 내 선물."

"아니, 란, 고작 뽀뽀 한번 해줬다고 얼굴이 빨개지는 거냐?"

"아직 젊기는 젊구먼."

"아니에요. 젊은 게 아니라 어린 거죠."

"하하하하하!"

음… 역시 여기에 모여 있군. 란슬로 형도 당연히 여기 있고. 나는 즉시 준비해 온 활과 화살을 잡으며 라엘에게 말했다.

"내가 한 발 쏘고 바로 너한테 던질 테니 잘 받아."

“알았다고.”

전사의 칭호를 받을 때 받은 활. 각성을 하면 가볍게 잡을 수 있을 거라고 내심 기대를 했는데 내 체격이 워낙에 작다 보니 이놈의 활이 거의 내 키와 맞먹는 것이다. 그래 봐야 활을 쏜다는 데에는 별 불편을 느끼지 않았지만 말이다.

아무래도 위치가 나무 위이다 보니 저격하기에는 좋군. 다른 엘프들은 절대 다치지 않게 조심스럽게 큰 란 형의 어깨를 조준. 뭐, 어차피 맞추지도 못하겠지만.

란슬로 형과 나는 둘 모두 란이라는 애칭으로 불린다. 그러다 보니 예전에는 자주 헷갈렸는데 성인식 이후의 일로 인해 나는 작은 란, 란슬로 형의 경우는 큰 란으로 불리게 되었다.

아, 젠장. 갑자기 옛날 생각 나네.

한 4년 전이었나? 둘 모두 소드 마스터가 아닌 시절 큰 란 형과 싸우던 당시 나는 큰 란 형에게 자주… 가 아니라 솔직히 말해서 맨날 졌었다.

콰앙!

망할! 이게 어디 검끼리 부딪쳐서 날 소리냐? 혹시나 해서 한번 직접 막았더니 팔이 떨어져 나갈 것 같네. 우어어, 이게 진짜 엘프의 힘 맞어? 검 두 개를 이용해서 간신히 측면으로 들어오는 검을 막자 이번에는 란슬로 형의 발차기가 들어오는 것이다. 가만, 발차기? 오우, 안 돼에~

퍼억!

무릎을 이용해서 간신히 방어한 후 나는 바로 뒤로 물러나 자세를 바로잡았다. 망할, 이런 무식한. 고작 대무를 하는 데 발차기까지 동원하다니.

지금 내 눈앞에 있는 무식, 야만, 괴력의 엘프 란슬로는 약간은 여유 있는 표정으로 검을 고쳐 잡으며 말했다.

"후훗, 겨우 검으로 한번 맞혀보는군. 무슨 움직임이 그렇게 다람쥐 마냥 재빠른지."

저건 엘프가 아냐. 분명 엘프의 탈을 쓴 드워프나 오우거일 거야. 도대체 저런 무식한 대검을 휘두르는 엘프가 어디 있어? 대체 그레이트 소드를 무슨 쇼트 소드 다루듯이 휘두르는 엘프가 어디 있느냔 말야아~ 이건 사기야!

하지만 이렇게 열심히 속으로 절규하고 있는 나의 태도에는 아랑곳하지 않고 큰 란 형의 공격은 이어졌다.

"자, 그럼 또 간다!"

그의 대검은 마나를 잔뜩 주입받아서 금방이라고 번쩍거릴 정도였다. 저것이 검에 들어갈 마나의 양인지 심히 의심스럽다.

바우우우웅!

검이 대각선 아래쪽에서 올라온다. 뒤로 피할까? 아니면 파고들어? 옆으로 돌아?

결론은 아래로 숙이는 것이었다.

나는 재빨리 몸을 숙여 그의 검을 피한 뒤 재빨리 그에게 달려들었다.

그러나,

부아이아앙!

갑자기 그의 검의 궤도가 바뀌며 또다시 나를 노리는 것이 아닌가.

훗, 하지만 그 정도는 이미 눈치 채고 있었다. 나는 다시 한 번 몸을 숙였다. 이번에는 단순히 몸만 숙인 것이 아니라 몸을 숙이면서 그에게 미끄러져 들어갔다.

그런데…….

콱!

이 양반은 그대로 날 밟아 누른 것이었다. 망할, 완전히 돌에 깔린 개구리가 되어버렸다. 위에서 란슬로 형의 목소리가 들려왔다.

"이걸로 또 내가 이겼군. 후훗."

그리고 그는 나의 등을 누르던 발을 치우며 뒤로 물러났다. 나는 재빨리 일어나 몸에 묻은 흙을 털어냈다. 그리고는 일부러 짜증나는 말투로 말했다.

"치사해. 정말 반칙 왕이야!"

나의 말에도 그는 아랑곳하지 않고 그저 어깨를 한번 으쓱일 뿐이었다. 나는 그에 지지 않을세라 계속 입을 이죽거리며 재차 따지듯이 말했다.

"정말 괴물이야. 어떻게 검에 그 정도나 되는 마나를 집어넣는담?"

란슬로 형은 다시 한 번 어깨를 으쓱하더니 대답해 주었다.

"글쎄? 난 그냥 하다 보니 자연스럽게 되던데?"

무슨 검기도 아니고, 마나가 넘쳐서 머리까지 올라오고 나서도 넘쳐 흐를 정도라도 되나? 흥이다!

"어이, 란. 무슨 생각을 그리 열심히 해?"

아차차, 잠시 옛날 생각에 빠지고 말았군.

"아아, 잠깐 옛날일을……."

그러자 라엘 녀석은 뻔하다는 말투로 내게 말했다.

"네가 이럴 때 할 만한 옛날 생각이라면 분명 예전에 큰 란 형한테 깨진 일의 기억이겠지. 안 그래?"

휘청.

그래, 나 란슬로 형한테 맨날 깨지기만 했다. 검술로만 하면 말이지(란슬로 형은 마법을 전혀 할 줄 모른다). 역시 그는 엘프가 아님을 여실히 증명해 주는 또 하나의 증거라 할 만하다(물론 마법을 쓴다면 나의 낙승이지만. 게다가 그것은 이제 과거일 뿐이다. 나는 이제 소드 마스터, 란슬로 형은? 아직은 아마 아닐 거다. 그렇다는 것은 아무래도 내가 이길 확률이 더 높아지게 되었다는 것을 의미하는 것일 테고).

나는 란슬로 형을 조준해 시위를 당기며 중얼거렸다.

"뭐, 간만의 인사가 이 정도면 괜찮은 거지 뭐."

맞으면 할 수 없는 거고.

그리고 나는 바로 활의 시위를 잡고 있던 손을 놓았다. 나의 손을 떠난 화살은 곧바로 란슬로 형을 향해 날아갔다.

챙!

그리고 란슬로 형은 역시나 나의 기대를 저버리지 않았다. 그는 살짝 뛰어오르더니 곧 등에 메고 있던 검을 휘둘러 간단히 내가 쏜 화살을 튕겨내었다. 음… 어라라?

검이 바뀌었네?

길이는 일전에 그가 쓰던 그레이트 소드와 별로 차이가 나지 않았다. 하지만 검날의 폭이 확 줄어든 것이다. 예전의 그 대검은 검날 폭이 25센티에 이르렀는데 지금의 그의 검의 검 폭은 고작 6, 7센티 정도로밖에 보이지 않았다. 그리고 또 다른 특징이 있다면 검날의 색이 검다는 것 정도… 그런데 검 폭이 그렇게 좁으면 쉽게 부러질 텐데?

검날의 길이는 1.5미터에 달하는데 검 폭은 7센티 정도라… 손잡이까지 합치면 1.8미터에 이르는 검이었다.

좌우지간 나는 들고 있던 화살을 라엘에게 던져 주며 바로 그를 향해 뛰어내렸다. 그리고 양 허리에 차고 있던 나의 검 스팅을 뽑았다.

스팅. 이것은 우리 엘프 부족 최강의 전사에게 주어지는 무기이다. 이것은 일정한 형태가 없다. 이 무기는 주인을 스스로 선택하며—단, 엘프 중에서만 선택을 한다—그 주인에 따라 자신의 모습을 바꾼다는 것이다. 그 사용자에게 가장 이상적인 형태로. 그리고 내가 이 무기의 주인이 되는 순간 스팅은 두 자루의 검이 되었다(검 폭 4센티, 길이 90센티, 손잡이를 합치면 110센티). 이거 둘 다 무기도 강화되었다니 한번 해볼 만하잖아?

이미 마을 광장에 모여 있던 엘프들은 모두 뒤로 물러서 있었다. 란슬로 형을 제외하고 말이다. 그는 곧 그 이상하게 얇은 대검을 겨누며 자세를 잡았다.

"오랜만이구나, 작은 란. 환영이 너무 거창하지 않았어?"

이런 말은 맞장구를 쳐주는 것이 예의.

"아니, 이 정도는 해줘야 할 것 같아서."

마을 광장은 충분히 넓고 모두들 대피해 있다. 걸릴 것은 없다.

"훗, 와라."

나보고 선공을 하라는 란슬로 형의 여유와 동시에 나는 바로 그에게로 쏟아지듯 날아갔다. 그러나 그는 내가 휘두르는 검을 가볍게 막아내고는 바로 반격해 왔다.

"아자차차!"

나의 우렁찬·기합 소리와 함께 나는 스팅을 앞으로 내밀었다. 물론 그냥 대놓고 막았다가는 저 엄청난 괴력남의 힘에 밀려 멀리멀리 날아가 버릴 공산이 컸으므로 정면으로 막아내는 바보 짓은 하지 않았다.

나는 스팅으로 그의 대검을 감아내듯이 한번 흘려내어 대검의 위협에서 벗어날 수 있었다. 원래라면 이 상태로 상대에게 휘감기듯이 말려 들어가 공격을 하는 것이지만…….

어디까지나 이것은 절대 이 기술을 실전에서 써보는 게 오늘이 처음이라서가 아니다. 다 저 괴력남의 힘이 너무 센 것이 원인인 것이다. 어찌어찌해서 나는 간신히 제대로 땅 위에 착지하는 데 성공했다.

"이런이런, 힘이 더 는 것 같아."

그러자 큰 란 형은 자세를 고쳐 잡으며 싱긋 웃었다. 언제나 저렇게 미소를 지은 후에는 쏘아지듯 공격해 들어왔지.

"글쎄, 네 힘이 약해진 게 아닐까?"

역시나 이 말이 끝남과 동시에 그는 팽팽하게 당겨졌다가 쏘아진 화살과 같이 나에게로 날아 들어왔다. 그리고는 몸을 트는가 싶더니 곧 대검을 휘둘렀다. 만약 이때 예전처럼 안으로 파고들어 접근전을 하려고 했다가는 전처럼 발차기를 할 테고 나는 그것을 피하다 밟힐 거다. 무기 깨기를 시도하자니 저 검의 강도를 모르니 불안했다(스팅은 절대 깨지지 않는다). 절대 내가 지금까지 무기 깨기를 성공한 적이 한 번도 없어서가 아니다.

별수없이 나는 뒤로 점프하면서 검기를 날려 공격하기로 했다. 소드마스터의 특권이지. 후후, 문제는 그리 큰 효과가 없다는 거지만 그의 빈틈을 유도하기에는 충분하다고 생각했다.

그런데 이 괴력남은 나를 향해 횡 베기를 한 자세에서 그대로 한 바퀴 돌더니 곧바로 나에게 찌르기를 감행했다. 말이 된다고 생각하나? 아무리 그래도 대검인데, 그걸로 찌르기를 한다고? 검 폭이 좁아도 그렇지, 무슨 대검이 레이퍼어쯤 하는 줄 아나? 하지만 현실은 현실이고 원래 란슬로 형은 상식이 통하지 않는다는 것을 여러 차례 경험해 본 나인지라 금방 궁시렁거리기를 그만두고 스팅을 교차해 방어에 들어갔다.

쾅!

망할, 이게 도대체 검끼리 부딪쳐서 날 소리란 말인가? 부딪치는 순간 엄청난 충격이 몸을 흔들었고 나는 바로 허공에 뜨고 말았다. 게다가 약간 위쪽으로 뜨는 바람에 불리한 상황에 몰리고 말았다. 몸이 가볍다는 것은 이럴 때에 정말 치명적인 약점이 되는 것이다. 이대로는 당한다.

나는 곧 순간의 치기를 발휘해 양손의 스팅을 휘둘러 검기를 날렸다. 하지만 이 괴력남이 괜히 괴력남인가? 그는 곧 자신의 대검에 마나를 주입하더니 그것을 옆으로 크게 휘둘렀고, 그러자 내가 날린 검기는 너무나도 간단하게 사라져 버린 것이다. 세상에! 마나를 주입한 검으로 검기를 깬다고? 그것도 저렇게 간단하게? 정말 큰 란 형은 상식적으로는 생각할 수 없는 엘프였다.

그 후 우리는 서로 자세를 고쳐 잡으며 다시 대치 상태에 들어갔다.

사실 큰 란 형, 즉 란슬로 형의 주 공격은 검으로 이루어지지 않는다. 그는 검보다 발차기에서 더욱 많은 유효타를 낸다. 대검이라는 것을 노리고 근접전으로 들어갔다가는 순식간에 그의 발차기 세례를 맞고 뻗어버리기 일쑤다. 그는 대검을 거의 방어용이나 마무리 공격용으로나 쓰니까 말이다. 그게 아니라면 그저 견제나 페인트 공격. 원래는 이 검법에 사용하는 검은 바스타드 소드였고 근접전 모션도 펀치, 숄더

태클, 헤드 베트—박치기—등의 다양한 동작이 있었으며 검과 격투의 비율도 큰 란 형의 것보다 조화스러웠다. 하지만 란슬로 형은 '종류가 많아서 외우기 귀찮아'와 '박치기라니, 품위 떨어지게' 등을 이유로 모든 것을 발차기로 해결할 수 있게 개량을 가했다. 나도 몇 번 배워보려 해봤지만 신체상의 문제로 인해 포기했다. 그리고 그것은 성인식을 거친 뒤에도 전혀 크지 않은 몸 덕에 더욱 익히기 힘들게 되었다.

란슬로 형은 나를 놀랍다는 표정으로 바라보았다.

"벌써 소드 마스터냐? 괴물 같은 녀석."

"헹, 그쪽도 만만치 않네요, 괴력남 씨."

"괴력남이라니! 그런 듣기 유쾌 못한 단어로 이 몸을 지칭하다니!"

"하지만 형한테 그거만큼 어울릴 만한 별칭도 없을걸?"

큰 란 형은 피식 웃더니 검을 거두었다.

"관두자, 관둬. 이대로 가면 비기면 비겼지 이기진 못하겠다."

…보통 그럴 땐 '지면 졌지 이기진 못하겠다'라고 하지 않나? 어쨌든 이건 항복 선언임에 틀림없으므로 나도 스팅을 거두었다.

'만세~ 드디어 검으로 란슬로 형을 이겼다~'

사실 지금까지 검술로는 한 번도 란슬로 형을 이겨본 적이 없던 나였다.

"뭐야, 벌써 끝내는 거야?"

어느새 라엘 녀석이 내 뒤에서 아쉽다는 듯한 표정을 짓고 있었다.

"그래, 끝났다. 내 활이나 가져와."

"오냐, 여기 있다. 받아라."

휙!

이 녀석이! 그냥 건네주면 되지 왜 던지는 거야?

"내 참, 대체 이 활에 무슨 장난을 친 거야? 무슨 실험을 했는지
원……."

요즘은 마법 이론을 공부하는 중이다. 원래 보통의 마법사들은 실력
을 갖추기 전에 상당한 이론을 먼저 배우고 들어가지만 나는 좀 특이
한 방법으로 마법을 배워서 이론에 대해서는 스펠 사용에 대한 것을
제외하면 거의 무식 그 자체라 봐도 좋을 정도였다. 그래서 요새는 쟈
밀과 함께 집에 콕 틀어박히다시피 하면서 열심히 마법 이론을 공부하
는 중이다. 이론을 모르면 새로운 마법의 개발은 물론 기존 스펠의 가
벼운 응용조차 하지 못하기 때문이다.

그렇게 열심히 공부해서 우리 마을에 있는 대부분의 마법 이론서를
공부하게 되었고, 요새는 한창 마법 실험에 열중하고 있다.

가끔 실험에 빠지면 1, 2달 이상 집 밖으로 나가지 않을 때도 있었
다. 물론 이야기 책에도 자주 나오는 것처럼 집을 한바탕 뒤집어엎어
버리거나 심지어는 통째로 갈아엎어 버리는 일도 있어 몇 차례 쟈밀에
게 꾸중을 듣기도 했다.

문득 그런 생각을 하고 있는데 누군가 나와 란슬로 형을 향해 말하
였다.

"자자, 오자마자 좋은 구경 시켜준 건 좋지만 그래도 너희가 어질러
놓은 것은 너희가 잘 정리해야겠지?"

"네네네네네~"

"그래? 그 말대로라면 정말 이상하긴 하네?"

"그렇지? 분명 뭔가 심상치 않다니까."

흐음… 지금 우리는 마을의 중앙에 있는 회의실에 있다. 큰 란 형이

야 보고할 일이 있어 왔고, 나야 엘프 최고 전사라는 직분 때문에 별수 없이…….

우리끼리 쑥덕거리는 게 보기 싫은지 장로 할아버지가 우리를 나무랐다.

"거기 두 란, 모두 조용히 하게."

"네네네네네~"

지금 이곳에는 이 숲의 모든 부족장들과 기타 중요 직책을 맡고 있는 모든 엘프들이 모여 있다. 큰 란 형이 가져온 이상한 조짐에 대한 이야기 때문이었다. 그 내용은 '최근 마물 수 급증, 지금도 그 수가 늘고 있음'이었다.

어떻게 보면 그리 대단한 일이 아니라고 치부할 수도 있다. 하지만 급증하는 대상이 보통의 몬스터가 아닌 '마물'이었다. 바로 마계의 생명체 중에 하나인 마물이라는 것이 문제인 것이다. 마물, 마족을 비롯한 마계 대부분의 생물들은 이쪽 세계의 생명체들의 부정적인 감정들을 에너지원으로 한다(물론 그들도 음식을 먹기도 한다. 그 음식이란 것이 인간 같은 것들이 될 수도 있고). 그런 부정적 감정을 에너지로 삼는 마물이 늘어나고 있다는 것, 그것도 마계가 아닌 이쪽 세계에서 일어나는 일이다. 분명 보통 일은 아닌 것이다. 500여 년 전의 대륙 전쟁—이것도 말만 대륙 전쟁이다. 거의 지방 구탱이의 국지전이 좀 다른 때보다 많았던 것뿐이었다—이 끝난 뒤 아무 일도 없이 평화만이 계속되던 이 대륙에 대체 무슨 일이 닥치려는 걸까? 절대 평범하게 끝날 일은 아니었다.

"휘유우, 정말 힘든 하루였어. 돌아오자마자 이렇게 달달 볶아댈 수가 있나?"

"형도 참, 그럼 애초에 그런 보고를 하지 말지 그랬어? 덕분에 나도 완전 녹초가 됐다구."

지금 나와 란슬로 형은 란슬로 형의 집에서 이야기를 나누고 있었다.

란슬로 형은 자리에서 일어나더니 벽에 걸어둔 자신의 가방을 들어 올리며 말했다.

"후후, 너를 위한 특별 선물을 보여주지."

그러면서 가방을 열 듯 말 듯하며 나의 호기심을 재촉하는 그였다.

"뭐야? 마법 시약이라도 사왔어?"

시약이라… 내가 마법 실험을 시작한 게 대략 4년인가 5년 전이니 란슬로 형은 내가 마법 실험을 하는지 알 리가 없겠군. 말하자마자 한 심함을 느끼는 나였다.

"짜잔!"

큰 란 형이 가방에서 꺼낸 것은 술병이었다. 그 술병은 적갈색을 띠고 있었고 옆에는 '댄싱 드래곤' 이라고 쓰인 종이 딱지가 붙어 있었다.

"술이잖아?"

그러고 보니 술을 먹어본 지도 오래됐군. 한 25년 가까이 됐나? 쟈밀의 술을 몰래 마셔봤던 게……

나는 말없이 컵 두 개를 가져왔다. 그러나 란슬로 형은 검지손가락을 까닥거리며 말했다.

"안 돼, 안 돼. 어허! 아직 성인식도 하지 않은 어린애가 술을 마시면 안 되지."

내 표정이 묘하게 변하는 것을 본 큰 란 형은 피식 웃었다.

"야야, 그렇다고 그렇게 얼굴 굳히냐? 표정 풀어라. 내 기억이 맞다면 너 성인식 할 날짜가 얼마 안 남았을 텐데. 그래서 내가 이렇게 서둘러 돌아온 거고."

오늘 이 양반이 내 얼굴 얼마나 굳는지 실험해 보려고 작정을 했나? 그는 내 속을 아는지 모르는지 계속 말을 이어갔다. 게다가 뭐가 그리 신이 나는지 연신 실실 웃고 있는 그의 모습은 더욱 빠른 속도로 내 성질을 긁고 있었다.

"야, 부럽다. 안 그래도 센 니가 성인식을 해서 각성을 하면 또 얼마나 강해질까? 후후, 질투나네? 응, 어라? 야야, 왜 그래? 어디 아퍼?"

나는 간신히 입을 열어 짜내듯이 대답했다.

"저기… 형……."

"응, 왜?"

"나, 성인식 했는데?"

그러자 그는 한차례 크게 웃으며 더 내 속을 갈아냈다.

"하, 하하, 하하하하하! 야, 아무리 술이 마시고 싶어도 그렇지, 그렇게 빤히 들여다보이는 거짓말을 하냐?"

틀림없어, 이 양반. 내 얼굴이 얼마나 굳어지는지 실험해 보려 온 거야.

"안 돼. 이 술은 네 성인식 때 축하주로 마실 거니까 너도 참아라."

나는 말없이 성인식 때 받은 활을 보여주었다.

그러나…….

"뭐야? 이거 라엘 활 아니야?"

…….

이젠 말이 필요없다고 본다.

“프리즈 애로…….”

나지막하게 주문을 외웠지만 그 결과는? 내 주위에 20개의 얼음 화살이 떠 있었다. 모양은 아이스 애로와 비슷하지만 효과는 비교 자체를 거부한다. 왜냐하면 맞는 순간 그 부위가 얼어버리기 때문이다.

“야야, 진정해. 진정하라구.”

란슬로 형은 양손을 흔들며 나를 말렸다.

“…아, 그런 거였냐? 역시 넌 별종이야. 캬~”

내가 말한 전후 사정을 들은 란슬로 형은 뭐가 그렇게 좋은지 히죽히죽 웃고 있었다. 아무래도 술기운 같은데…….

나도 술기운 때문인지 평소보다 더욱 흥분이 되는 것 같았다.

“후욱, 후우~ 그래서 나도 미칠 지경이라니까! 성인식 하루 만에 마을 안은 물론이고 숲 전체에 미숙아라는 별명이 쫙악 퍼졌지 뭐야?!”

“하하하하하하, 미숙아, 미숙아래. 하하하!”

“칵!”

지금 뭐가 좋다고 저렇게 집 떠나가게 웃는 거야!? 누구는 그것 때문에 울화통 터져 죽을 판인데.

“아하하하, 하지만 웃기잖아. 좀 봐주라.”

“…그런데 그 검을 크레이모어라고 한다고?”

화제를 돌릴 겸 해서 나는 그가 가져온 묘한 대검을 가리켰다. 그러자 그는 자신의 옆에 세워두었던 그 크레이모어라고 하는 검을 무릎 위에 올리며 가볍게 쓰다듬었다.

“어, 나도 처음에는 그냥 무식하게 대검이라고 불렀는데 알고 보니 이런 종류의 검을 크레이모어라고 하더군.”

“흐음… 보아하니 보통 검은 아닌 것 같은데?”

“어, 드워프 중에서도 알아준다고 하는 아저씨가 블랙 다이아몬드를 가공해서 만들어준 거야.”

“호오…….”

“뭐, 그 최고라는 호칭은 자칭이었지만 말야.”

블랙 다이아몬드. 그것이라면 이미 보통의 검을 만드는 ‘금속’ 이 아닌 ‘보석’ 인 것이다. 그런 것을 가공하여 저런 검을 만들 정도라면 분명 드워프 최고라는 호칭이 아깝지 않으리라.

“어라? 뭐야? 벌써 다 마신 거야? 란아, 한잔 더 부어라.”

두런두런 이야기를 나누며 술을 홀짝이는 동안 어느새 술잔을 가득 채웠던 술은 동이 나 있었다. 그의 부탁에 나는 옆에 놓아두었던 술병을 들어 그의 잔에 부었다.

“어이구, 여기 있습니다, 란 형님. 아, 그리고 나도 한잔 부어줘.”

“여기 있네, 란 동생.”

일차적 감상을 말하자면 정말 독한 술이었다. 처음 마실 때에는 목구멍을 따끔거리게 하는 자극 하며 여러가지로 먹기 힘든 술이었는데 지금은 나 역시 그와 마찬가지로 어느새 술잔을 다 비운 상태였다.

“이 술 이름이 ‘댄싱 드래곤’ 이라고 했나?”

“그래그래. 내가 이걸 가방에 넣은 채 산을 넘을 때 얼마나 고생한지 알아? 라이지 산맥을 넘는데 말이지, 갑자기 오크 떼가 나타나는 거야. 평소 같으면 다 사뿐이 즈려 밟아줄 텐데 가방에 모셔둔 이 녀석 때문에, 또 도망친다고 얼마다 혼을 뺐는지……. 이놈들, 나중에 걸리이기만 해봐아라!”

그는 그 당시 자신의 앞을 가로막아서 번거롭게 만든 장본 오크가 바로 눈앞에 있기라도 한 듯 흥분한 표정으로 주먹을 휘둘렀다. 아무래도 자칫하다가는 저 클레이모어까지 들고 휘두를 것 같을 정도였다.

"그때 나도 같이 가자. 나도 이제 어른이니까아~ 인간 세상에 나가 보고 싶어어~"

"헹, 인간 세상에서 살다가 기어들어 온 녀석이 무슨. 어라? 다 떨어졌나?"

"뭐야? 끝이야?"

"흥흥, 나를 뭘로 보는 거냐? 내 가방 열어봐라. 한 병 더 있으니까."

"에구구, 웃샤. 이거? 자아~ 대령했습니다. 한잔 더 받으시오."

"잔 받았소. 그쪽도 한잔 받으시오."

"얼씨구!"

"아싸!"

그리고 계속해서 서로 주거니 받거니 하면서 술을 마셨던 걸로 아는데 이상하게 이 다음이 기억이 안 난다.

3일 후.

끼이익!

"란슬로 오빠, 작은 란 오빠랑 그렇게 할 말이 많아? 3일 동안 릴도 만나러 안 올 정도로? 응? 이게 무슨 냄새… 까악! 오빠! 오빠? 큰 란 오빠랑 작은 란 오빠 둘 다 정신 차려봐!"

"이렇게 모인 것… 상당히 오랜만이지?"

쟈밀의 한마디에 다른 이들이 모두 고개를 끄덕였다. 그들의 수는 쟈밀을 포함해 모두 6명이었는데 그중 3명은 일전에도 그를 만나러 엘프의 숲에 왔던 이들이었다.

지금 쟈밀과 그 외의 인원이 있는 곳은 라니오스나 그 외의 생명체들이 존재하는 공간과는 다른 곳이었다. 그 공간은 지극히 폐쇄적이고 보통의 존재들은 접근조차 거부하는 곳이었다. 하지만 지금 이곳에 있는 이들은 애초에 그런 것엔 신경도 쓰지 않는다는 듯 태연한 모습으로 커다란 원형의 테이블을 사이에 둔 채 앉아 있었다.

가장 먼저 이야기를 시작한 것은 쟈밀이었다. 그는 팔장을 낀 채 고개를 비딱하게 기울이며 입을 열었다.

"역시 이대로 가면 재미가 없을 것 같지?"

"그렇긴 하군. 역시 마족만 그렇게 전쟁터에 던져 넣는 건 형평성에 맞는 일도 아니고 말야."

청발사내의 동의의 말에 다른 이들은 크게 고개를 끄덕였다. 그리고 검은 단발의 사내는 무언가 생각해 둔 것이 있는지 진하게 눈웃음을 지으며 검지손가락을 들어 올려 보였다.

"그래서 말인데……."

"…뭐냐?"

하지만 상대의 모습에 쟈밀은 호기심이나 반가움에 앞서 불안함을 느꼈다. 그것은 과거에서부터 지금에 이르기까지 저자가 저런 표정을 짓고 저런 동작을 취하면서 하는 발언 치고 결코 곱게 끝난 일이 없기 때문이었다.

"얼마 전 저는 상당히 흥미로운 것을 발견했습니다."

"……?"

"뭔데? 뭔데요?"

그의 발언에 가장 큰 반응을 보인 것은 그의 옆에 앉아 있던 소녀였다. 인간으로 치면 대략 10대 중반 정도의 모습을 하고 있는 그녀는 어깨 아래까지 오는 갈색 머리카락에 간편한 드레스를 입고 있었다.

"하아, 라오. 이렇게 매달리면 대답을 할 수 없어요."

"어차피 레이는 그런 거 신경 쓰지 않잖아요."

자신의 목에 매달려 오는 갈색 머리 소녀 라오의 모습에 한마디 하는 레이였지만 그녀는 아무렇지 않게 대꾸하여 그의 옆머리에 커다란 땀방울이 흐르게 만들었다. 결국 그는 포기한 듯 여전히 라오를 매달아둔 채(?) 이야기를 꺼내었다.

"여러분들 모두 기억하실 겁니다. 대략 700년 전쯤에 일어났던 사건."

"파괴신의 파편 말이냐?"

레이의 이야기에 쟈밀이 생각난다는 듯 대뜸 그에게 질문하자 레이는 싱긋 웃으며 고개를 끄덕였다.

"그렇죠. 그겁니다."

"그래, 그게 뭘 어쨌는데?"

평소 레이가 무언가 일을 주도할 때마다 크고 작은 피해를 보았던 쟈밀이었는지라 레이에게 질문하는 그의 태도는 상당히 삐딱했다. 하지만 레이 역시 이런 정도의 태도는 많이 접했는지라 아무렇지 않게 그의 질문에 대답해 나갔다.

"요점만 말해서… 아직 안 죽었더군요."

"……."

잠시 일행들 사이에 정적이 감돌았다. 하지만 그들의 정적은 경악이나 공포, 두려움 등과는 상당히 거리가 먼 것이었다. 오히려 '이제는 너무 지겨워서 짜증이 난다' 라는 식의 반응이었다.

"그래서? 그 녀석을 이용해 보자는 거냐?"

"뭐, 그런 셈이죠. 언제나 때려잡아서 봉인하거나 소멸시키기만 해서는 재미가 없잖아요?"

"조금 위험한 거 아냐?"

"뭐가 걱정입니까? 이렇게 6명이나 모여 있는데 고작 그런 파괴신의 파편 정도가 무서울까요?"

"만에 하나라는 게 있는 거다."

"만에 하나가 아니라 일 억에 하나라 해도 고작 파편 정도가 우리들을 어찌할 확률은 없습니다."

"……."

무언가 더 이야기를 해서라도 저 무모한 녀석을 막아야겠다고 생각하는 쟈밀이었지만 어느 정도 레이와 이야기를 하자 어느새 자신도 조금씩 그의 생각도 괜찮겠다는 생각이 들고 있었다. 무엇보다도 자신들이 지금 언급하고 있는 '파괴신의 파편' 이라는 존재는 그다지 위협적인 적수가 아니었기 때문이기도 하다.

"뭐… 나쁠 건 없겠지. 그럼 네가 제안한 계획인 만큼 시나리오의 수정은 네가 다 알아서 해."

"물론 그래야겠지요. 맡겨주십시오."

"그런데 그 '파괴신의 파편' 은 현재 누구의 모습을 하고 있지?"

"아아……."

쟈밀의 질문에 레이는 잠시 자신의 품속을 뒤지더니 곧 작은 서류 뭉치 하나를 꺼내었다.

"여기 대강 적혀 있습니다. 미리 준비해 왔죠."

"…철저하군."

"제 신조 아니겠습니까?"

"흥."

웃으면서 대답하는 레이의 모습에 쟈밀은 코방귀를 뀌며 레이가 내미는 서류를 받아 들었다. 그리고 그것을 제대로 읽어보기도 전에 쟈밀은 놀랄 수밖에 없었다.

"이건……."

"어라? 알고 계십니까?"

"모를 리가 없지."

이윽고 원래의 표정을 되찾은 쟈밀은 천천히 서류를 읽어보기 시작했다. 그리고 그것을 읽어 나갈수록 그의 표정은 기묘하게 일그러져 갔다.

"…이자는 아무래도 내가 잘 아는 자인 것 같군."

"호오, 그렇습니까?"

"아무래도 이것을 다 읽을 필요는 없겠군."

화르륵.

쟈밀의 손에 들려 있던 서류들에 불이 붙는가 싶더니 이내 그것들은 완전히 타버려 재조차도 남지 않게 되었다. 그리고 그는 자리에서 일어나며 다른 모두에게 말했다.

"자아, 이제부터는 쉴 여유라는 게 존재하지 않겠군. 상당히 바쁘게 돌아가겠어."

막 몸을 돌려 그들이 있는 방을 나서려고 하는 쟈밀을 향해 누군가가 질문했다.

"그런데… 그 아이는 괜찮을까요?"

쟈밀에게 질문한 상대는 여자였다. 군청색 머리카락을 길게 기른,

가는 선의 외모가 너무나도 그녀를 가냘파 보이게 하는 그녀는 한가득 걱정을 담고 있었다.

"괜찮… 겠지. 아니, 괜찮아야 해."

하지만 쟈밀 역시 확증이 없는 듯한 모습이었다. 그는 내심 불안함을 느끼면서도 애써 그 감정을 억누르며 방문을 나섰다.

"젠장, 그 아이가… 이렇게 되지만 않았으면 그냥 죽여 없애면 되는데… 왜 하필……."

나가는 도중 그는 결국 쌓였던 불만이 터진 듯 허공에 대고 뭐라고 투덜대며 거칠게 방을 나갔다.

거친 방문자

어느덧 이곳 엘프의 숲에서 살게 된 지도 거의 90년이 되어가고 있었다. 하지만 90년이라고는 해도 언제나 일상적인 일들만이 있는, 몇 년에 한 번도 빠르다고 할 정도로 일어나는 작은 사건들을 제외하면 너무너무 따분할 정도로 조용한 생활이었다. 이미 지루한 숲 경비대 일은 그만둔 지 오래고 지금은 쟈밀과 함께 마법 연구나 하고 가끔 가다 란슬로 형과 함께 잠시 인간 세상을 돌아다니다 오는 정도가 생활의 전부였다.

내심 놀라운 일 중의 하나가 바로 쟈밀에 대한 것이었다. 처음 이곳에 왔을 때의 엘프들의 반응과 대화 내용에서도 짐작한 것이었지만 90년이 지난 지금도 쟈밀은 전혀 나이를 먹지 않은 상태였다. 그는 시간이라는 것과는 전혀 연관이 없는 사람이라는 듯 인간이면서도 전혀 나이를 먹지 않고 있는 것이다.

인간의 수명은 보통 60년에서 길어야 70~80년에 불과하다. 마법이나 기타 방법으로 수명을 연장시킨다 해도 반영구적인 삶을 사는 리치가 되지 않는 이상 200~300년이 고작인 것이 인간이었다. 일부 기록 중에는 500년 이상이나 살았다고 하는 인간의 이야기도 있지만 그것은 대부분이 고대 왕국 시절의 이야기였을 뿐이고 사실 여부도 희박한 기록들이 대부분이었다. 엘프들의 이야기까지 종합해 볼 때 쟈밀은 거의 600년을 살았다고 하니 이미 그는 인간이라고 하기에는 너무 많은 무리수가 따르고 있었던 것이다.

게다가 요즘 들어 이상한 것은 쟈밀의 시선이었다. 그는 가끔 안쓰럽다는 식의 시선으로 걱정을 담아 나를 바라보았는데 내가 그에 대한 질문을 하면 언제 그랬냐는 듯한 대답과 함께 고개를 돌려 버렸다. 질문을 해도 어물쩡 넘어가 버리기 일쑤라서 이제는 아예 포기해 버린 상태였다.

"무슨 생각을 그렇게 하고 있어?"

한참 요즘 일어난 일—요즘이라고 해도 수십 년의 간격이 있지만—에 대한 생각을 하고 있을 때 나를 다시 현실로 불러들인 것은 란슬로 형의 목소리였다.

"으… 으응, 왜 불렀어?"

"너 지금 당장 걸음을 멈추든가 앞을 보는 게 좋을 거다."

"그게 무슨… 아얏!"

따악!

하지만 그의 말은 별 소용이 없게 되었다. 그도 그럴 것이, 이미 내 머리는 앞에 있던 나뭇가지에 부딪쳐 버렸으니까.

게다가 이 엘프는 뭐가 그리 즐거운지 킥킥 웃으며 나를 약 올리는 것이었다.

"큭큭, 우리 숲에 이렇게 낮은 위치에 있는 가지도 다 있었구나. 란 녀석이 부딪칠 정도로 말야. 큭큭."

"뭐야?!"

"웅? 내가 무슨 말 했던가?"

역시나 저 뻔뻔 엘프는 내가 따지자 딴 곳을 보며 휘파람을 불기 시작했다.

"끄으응……."

결국 나 혼자 열받아 버린 채 툴툴대며 앞을 향해 걸어갔고—그러면서도 이번에는 머리에 부딪칠 만한 나뭇가지가 없나 살피는 나였다—그러다 보니 우리는 어느새 숲 외곽에까지 와 있었다.

"이번에는 머츠론 쪽에 가보자. 그쪽은 좋은 술이 많이 있다고 하더라."

"그래?"

그의 말로 인해 생각난 거지만 아마 우리 엘프 중에 란슬로 형만큼 술을 좋아하는 엘프도 드물 거다. 나도 꽤 좋아하는 편이지만 란슬로 형만큼은 아닌데다가 집에서 술을 마시려고 하면 쟈밀이 어린애 취급을 하며 못 마시게 하느라 별로 마시지는 못하는 반면 란슬로 형은 혼자 사는지라 상당히 자유롭게 술을 마시는 편이다. 내심 쪼오오금 부러운 일이다.

두두두두!

그때였다. 무언가가 지축을 두드리는 소리가 나며 땅이 흔들리는 것을 느낀 것은.

"야, 란!"

"왜, 란 형?"

"저거 말야……."

란슬로 형이 손가락으로 가리킨 곳은 숲 바깥이었다. 그가 가리킨 곳은 분명 이 주변이 초원임에도 불구하고 마치 황무지를 연상시킬 정도로 커다란 먼지구름이 일어나고 있었다.

두두두두두두두!

그리고 그것은 이쪽을 향해 다가오고 있는 듯 점점 그 거리가 가까워지고 있었다. 아마도 소리 등으로 미루어보건대 말발굽 소리인 것 같았다.

"일단 나무 위로 올라가자. 인간들이 쳐들어오는 거면 단숨에 해치우자고."

"그러자."

어차피 우리 둘의 실력이면 웬만한 인간은 세트로 몰려와도 전부 한 방에 나가떨어지기에 우리 둘은 서로를 보며 자신있게 고개를 끄덕인 뒤 잽싸게 나무 위로 올라갔다. 하지만 우리는 나무 위로 올라감으로써 그들이 '쳐들어오는 것'이 아니라는 것을 짐작할 수 있게 되었다.

"형, 저거……."

"어, 보고 있어. 저 시커먼 것은 뭐지?"

이쪽으로 미친 듯이 달려오고 있는 것은 커다란 마차였다. 말이 8마리나 매달려 있는 대형 마차였는데 문제는 마차가 아니었다.

키에에엑!!

꾸아아악!!

진짜 문제는 그것의 양 옆에 매달려 있는, 그리고 그 주변에서 마차를 쫓아 달리거나 날고 있는 시커먼 덩어리들이었다. 그것들은 각기 개

성적인 외모를 과시하며 괴성을 지르며 마차를 향해 달려들고 있었다.

챙챙챙!

파카캉!

그리고 마차 주변에서 몇몇 인간들이 말을 타고 달리면서 그 검은 덩어리들과 싸우고 있었다. 하지만 이미 여기저기에 크고 작은 상처를 입은 상태였고 한결같이 지친 기색이 역력했다.

퍼억!

"으악!"

한 명의 인간이 나가떨어졌다. 한 검은 덩어리가 그가 타고 있던 말의 옆구리를 들이받아 버린 것이다.

쿠당탕!

"쿠에에엑!"

콰앙!

그리고 연이어 몇 마리의 검은 덩어리들이 한꺼번에 마차를 들이받기 시작했다. 아까의 말과는 달리 제법 버티는 듯했지만 역시 금방 한계를 드러내는 듯하였다.

퍼억!

이히히히히힝!!

그러던 중 공중을 날고 있던 검은 덩어리 한 마리가 마차를 끌고 있던 말에 올라타 그 말을 깨물었다. 그러자 고통을 이기지 못한 듯 그말은 크게 요동을 쳤고 덕분에 마차를 끌던 다른 말들과 부딪치기까지 하였다.

이히히히히힝!!

쿠당탕탕!

결국 말들은 앞뒤, 좌우로 고꾸라지며 엎어졌고 그로 인해 맹렬한 속도로 달리다 갑자스러운 급정거(?)를 당한 마차는 미처 그 속도에 의한 힘을 이기지 못하고 허공으로 떠올랐다.

그것을 바라보던 큰 란 형이 문득 내게 말했다.

"야… 란."

"응?"

"저 마차… 이쪽으로 오는 거 맞지?"

"응."

"왠지 이대로 여기 있으면 부딪칠 거 같다는 생각 안 들어?"

그렇다. 무시무시한 속도로 달려오느라 엄청난 힘이 실려 있는 저 마차는 지금 거의 2미터 가까이 떠올라서는 우리가 올라와 있는 나무 위까지 덮쳐 오려고 하고 있었던 것이다.

"피해!"

슈슉!

콰광!

우리는 가까스로 몸을 날려 마차를 피할 수 있었고, 결국 마차는 방금 전까기 우리가 서 있던 나뭇가지를 덮치며 다시 땅으로 곤두박질쳤다.

쿠쾅!

아마 보통 마차라면 필시 산산조각이 났을 것이다. 하지만 저 마차는 상당히 훌륭한 물건인 듯 앞부분만이 파손된 채 엎어진 상태였다.

그리고 이제는 옆으로 뒤집어져 위로 나 있게 된 마차의 문이 열리며 누군가 보이기 시작했다.

삐걱.

"공주님, 괜찮으십니까!?"

“흐음… 아직은 괜찮아요.”

먼저 나온 것은 한 인간 기사였고, 그 다음에 달려나온 것은 한 여자였다. 인간으로 칠 때 대략 10대 중반 정도의 외모를 한 그녀는 에베랄드 빛의 머리카락을 허리까지 기른, 전체적으로 화사하게 생긴 여자였다.

“조금만 참아주십시오. 이제 엘프의 숲입니다. 간곡하게 부탁한다면 아마 그들도 차갑게 거절하지는 않을 것입니다.”

이윽고 그 기사는 여자를 향해 가볍게 목례를 하더니 곧바로 그 여자를 덥석 안아 들었다.

“잠시 무례를……!”

“꺄악!”

갑작스러운 상대의 태도에 여자는 놀라서는 낮은 비명을 질렀지만 그는 상관하지 않는다는 듯 곧바로 몸을 날렸다.

“이봐, 저 녀석들 이쪽으로 오는데?”

다만 문제가 있다면, 아니, 문제라고 해야 하나? 어쨌든 저들은 마치 우리가 여기 있는 것을 알고 있기라도 한 듯 정확히 우리가 있는 방향을 향해 오고 있었다.

“…나가야 하나?”

“뭐, 별수없군.”

“쳇, 정말 묘하게 신경 건드리는 인간들이군.”

이 정도까지는 아니었지만 그래도 거의 50년 동안—다시 한 번 말하지만 중간에 때려치웠다. 난 올해로 100살이다—한 경비대 일이었으니만큼 여간한 일은 다 겪어본 우리 둘이었고, 그 덕에 우리들은 막 이곳에 도착한 듯한 모습으로 그들의 앞을 가로막을 수 있었다. 라엘이나 모스 아저씨같이 활을 주 무기로 하는 이들 같으면 나무 위에서 활을 겨눈 채 위협했겠지만 나나 란슬로 형이나 접근전을 특기로 하는 관계로 우리는 땅으로 내려와 그들을 가로막았다.

"멈춰라, 인간!"

"이 숲에는 무슨 일이냐!?"

정말 이럴 때마다 하는 생각이지만 너무 웃긴다. 우리 엘프들이 무슨 산도적도 아니고 왜 가는 이들 길을 가로막으며 외쳐야 하는지…….

하지만 더 웃긴 것은 저 인간의 반응이었다. 내 결단코 저런 반응을 보인 인간은 처음이었다.

"도와주십시오, 숲의 종족이여!"

그는 거의 코가 바닥에 닿을 정도로 허리를 숙이며 우리에게 애원을 해왔다. 아, 물론 그전에 그가 안고 있던 여자는 옆에 내려둔 상태였다.

"에?"

우리 둘은 뭐가 뭔지도 채 이해하지 못하고는 당황한 채 서 있었다.

"지금 저희들은……."

"키에에엑!"

저 기사는 무언가 더 설명을 하려고 하는 듯하였지만 더 이상 그의 말은 이어질 수 없었다. 어느새 그의 뒤를 따라온 시커먼 덩어리들이 그와 여자, 그리고 우리들까지 포함해 덮쳐 오려고 하고 있었기 때문이다.

"젠장! 이래서는 안 싸울 수 없잖아?!"

"여튼간 인간이란 정말 성가시다니까."

우리는 이 대사를 하며 칼을 뽑아 들었지만 싸우러 튀어 나가기에 앞서 아차하는 심정이 먼저 들었다.

아마 우리가 이런 대사를 엘프가 아닌 다른 종족들 앞에서 했다는 사실이 다른 엘프들에게 알려지면 아마 나이 든 고지식한 분들께 한소리 들을 게 뻔했으니까. '고귀해야 할 숲의 종족인 엘프가 그런 천박한 말투가 뭐냐!? 그것도 하필이면 인간들 앞에서?!' 라고 하겠지.

내 솔직히 쟈밀과 함께 이곳에 오기 전만 해도 엘프가 이렇게 가식적인 종족일 줄은 예상도 하지 못했었다. 난 이제까지 들어왔던 이야기들과 그 외 서적 등을 보며 엘프는 태어나면서부터 고귀함과 기품이 몸에 배어 있는 그런 종족인 줄로만 알고 있었던 것이다(그리고 아마 이것은 대부분의 인간도 마찬가지로 하는 생각일 것이다).

하지만 내가 이곳에 오는 순간부터 그 환상에는 금이 가기 시작하더니 1년도 채 되기 전에 그 환상은 모조리 깨져 버리고 말았다. 모든 예법과 기품은 다 교육받은 것이고 심지어는 인간 귀족의 예법까지 배우는 이들까지 있었던 것이다. 나야 그 정도까지는 아니었지만…….

게다가 당연하다는 듯 엘프들끼리 있을 때, 특히 엘프의 숲에 있을 때에는 원래의 모습(?)으로 홱 변신하는 모습에는 어이가 없었다. 뭐, 이제는 익숙해졌지만(정확히는 나도 물들어 버린 거지만).

크아아악!

이런저런 생각을 하는 동안 어느새 저 시커먼 덩어리들은 우리들의 바로 앞까지 와 있었다.

키아아악!

덩어리들은 우리들을 습격하기 시작했고, 그중 일부는 나를 향해 앞발인지 뒷발인지, 그것도 아니면 옆발인지 구분하기 힘든 부위로 공격을 시도해 오고 있었다.

"차앗!"

푸악!

"하아!"

퍼억!

하지만 그런 허점투성이 공격에 맞을 이는 아무도 없었다. 아니, 저여자 아이는 저런 것도 맞을 수 있겠구나. 어쨌든 나와 란슬로 형, 그리고 저 인간 기사는 어느새 저 여자 아이를 둘러싸고 감싸주며 달려오는 검은 덩어리들을 상대하고 있었다.

치이이익!

키에에엑!

그러던 중 무언가 이상한 점을 발견했다. 내 공격을 받은 덩어리들은 하나같이 상처 부분이 타 들어가며 고통스러운 듯 바닥을 뒹구는 것이었다. 그것이 비록 작게 스치기만 한 상처여도 말이다.

"어… 어라?"

반년 란슬로 형 쪽은 만대였다. 저 덩어리를 두 토막을 내도 그것들은 각자가 다시 덤벼오든가 아니면 다시 뭉쳐져서 덤벼오는 것이었다.

"뭐, 뭐야, 이 이상한 것들은……?"

당황한 란슬로 형의 모습에 인간 기사는 그를 향해 말했다.

"저것들은 마물입니다. 보통의 공격은 통하지 않고 은이나 미스릴, 오리하르콘으로 만든 무기 내지는 마나, 또는 검기를 주입받은 무기로만 타격을 받습니다!"

호오, 저게 마물이라 이거지? 사실 60여 년 전쯤까지만 해도 밖에서는 마물이 늘어나네 어쩌네 하면서 시끄러웠지만 난 그 당시 전혀 밖에 나가지 않고 있었고, 그 이후로는 갑자기 마물의 수가 줄어들어 버리는 바람에—물론 전해 들은 이야기이다—마물이라는 걸 실제로 보는 것은 이번이 처음이었다. 내가 바깥에 나왔을 때는 아무리 찾아보아도 마물은커녕 마물에 대한 이야기를 듣지도 못했으니……

그런데 란슬로 형은 그렇게 싸돌아다녔으면서도 저런 거 한 번도 본 적이 없었나? 궁금해진 나는 곧바로 질문했다.

"형, 형은 많이 돌아다녔잖아. 저게 마물인지 몰랐어?"

"유감이지만 나도 마물이라는 걸 오늘 처음 본다."

"뭐야? 예전에 돌아다니면서는 한 번도 못 보았던 거야?"

"나도 전해 듣기만 한 거라고."

"……"

참, 어떻게 보면 운 한번 억세게 좋다고 해야 하겠다. 어떻게 그렇게 돌아다녔으면서 마물과 한번 마주친 적이 없었을까?

"어쨌든 그냥 공격으로는 안 되는 걸 알았으니……"

부웅!

작은 공명음과 함께 란슬로 형의 클레이모어에 무지막지한 기가 모이기 시작했다.

"이제 네놈들은 끝이다!"

푸캉!

콰콰콰쾅!

속이 텅 빈 금속 통을 후려치는 듯한 소리와 함께 연이어 커다란 폭음이 들려왔다. 물론 그것이 방금 눈앞에서 일어난 폭발 덕분이라는 점에는 뭐라고 할 게 없었다.

"흥, 별것도 아닌 것들이."

약간의 흙먼지가 가라앉은 뒤 나타난 모습은 장관도, 그 무엇도 아니었다.

"내 참……."

그저 마치 숲 속에서 프로스트 자이언트라도 나타나서 그 덩치에 걸맞는 괭이로 한 일백스물여덟 번쯤 괭이질을 한 정도……?

어쨌든 간단히 말해서 란슬로 형의 전방 주변이 전부 묵사발이 났다는 것이다. 다행히 이곳이 숲 외곽이어서 큰 참사가 생기지는 않았지만 어쨌든 나무들을 갈아엎은 건 변함없는 일이다. 이 모습을 보는 엘프로서 머리가 아파오는 건 어쩔 수 없는 일이리라.

"아아… 또 저질렀군."

이걸로 벌써 몇 번째더라? 하여튼 저렇게 생각없고 대책없이 자연을 파괴하는 엘프가 또 있을까?

예전에 이런 일이 있었다. 인간들이 숲에 들어와 크게 불을 질러 버리고 그 혼란을 틈 타 마을까지 쳐들어와서는 어린 엘프를 잡아가려고 한 적이.

그 당시 엘프들은 인간들에게 붙잡힌 어린 엘프들을 구하는 일보다는 숲에 난 불을 끄는 일을 더 중요시하고 있었다(이 부분은 내심 엘프에 대해 한심하다는 생각이 들기도 하는 것이었다). 아이스 스톰이나 블리자드 등의 광범위 냉각 마법을 쓰면 불을 끌 수도 있겠지만 그래서는 불타죽을 식물들을 얼려 죽이는 것뿐이 되지 않았기에 엘프들은 일일이 얼음이 아닌 물 계열의 마법을 써가며 불을 끄고 있었다. 물론 정령을 쓰는 이들은 보다 수월한 방법으로 불을 껐고 이렇게 많은 엘프들이 동원된 진화 작업의 속도는 상당히 빨랐지만 워낙 인간들이 이곳저곳에 불을 질러놓은데다가 인간들이 바람 마법까지 써가며 불을 확산시키는 바람에 마치 숲 전체가 불에 휩싸인 듯한 착각이 들 정도였다.

그 와중에 사고를 친 것이 란슬로 형이었다. 마법을 전혀 쓰지 못하는 그는 납치범들의 격퇴와 아이들의 구조를 맡았었다. 고작 20여 명의 인원으로 200여 명의 인간들을 상대해서 어찌어찌 아이들을 구조한 뒤 후퇴하려고 한 구조대였으나 워낙 인간들의 머릿수가 많다 보니 그것도 여의치 않은 상황이었다. 결국 강행해서라도 탈출을 하겠다고 결심한 엘프들은 다소의 희생이 있더라도 어느 한 면을 돌파하여 다른 엘프들의 도움을 받는 쪽으로 의견이 모아졌다.

문제는 여기서 터진 것이었다. 100살도 채 되지 않은 나이에 소드마스터가 되어 상당히 유명한 상태였던 란슬로 형은 가장 실력이 좋은 자신이 길을 트겠다고 하며 앞으로 나서더니… 아까의 그 기술로…….

결과는 지금 눈앞에 일어난 현장과는 비교할 정도가 아니었다. 그 한 번의 공격으로 거의 50여 명의 인간들이 산산조각이—토막나거나 한 수준이 아니었다—나서 날려가 버렸고 수십 그루의 거목이 쓰러지고 부러졌다.

그 기술로 인해 인간들은 기가 질려 순식간에 달아나 버렸지만 란슬로 형은 전혀 칭찬을 듣지 못했다. 오히려 숲을 갈아엎은 바람에 나이든 엘프들로부터 하루 종일 잔소리를 들었던 것이다.

사실 그 당시의 구조대 중에는 뛰어난 엘프가 많았다(명색이 '구조대'이니 당연한 게 아닌가?). 하지만 역시 '숲의 종족' 이랍시고 숲을 걱정하며 싸우느라 제 실력이 나오지 않았던 것뿐이었다. 그런데 란슬로 형은 생각이 없던 건지 아니면 신경을 쓰지 않은 건지 냅다 숲을 갈아엎었던 것이다.

게다가 그 뒤로도, 처음과는 비교도 안 될 정도로 작은 규모이기는 했지만 그와 비슷한 사건을 수차례 저지름으로써 '숲 파괴꾼 란'이라는, 엘프로서는 매우매우 불쾌하다 못해 최악이라고 해도 될 만한 별명을 얻게 되었다.

털썩.

"푸아, 역시 이걸 하면 힘이 쭈욱 빠진다니까."

그리고 역시 언제나처럼 저 기술을 쓴 란슬로 형은 진이 다 빠진 채 그대로 바닥에 주저앉았다. 하지만 이미 상황은 대강 정리되었으니 별 문제는 없겠지. 다만 저렇게 갈아엎었으니 뒤탈은 좀 심하겠군.

"도, 도와주서서 감사합니다."

그리고 곧 그 기사와 여자가 우리를 향해 왔다. 기사의 경우는 30대 정도의 짧은 갈색 머리를 한 평범한 외모의 남자였고 여자의 경우는…….

멍~

"……."

…….

"…어이, 란. 뭐 해?"

철썩~

"흐꺅!"

꽤나 오랫동안 내 정신이 나간 상태였나 보다. 덕분에 나는 등짝으로부터 상당히 따끔한 감촉을 느낄 수 있었다. 란슬로 형이 손바닥으로 세게 내 등을 친 것이다.

너무 예뻤다. 단순히 걷고만 있는데도 어딘지 모를 고귀함과 가냘픔이 있었고 약간은 불안한 시선으로 이쪽을 보는 눈동자는 살짝 건드리기만 해도 깨질 것 같은 별 가루였다.

그녀는 이쪽을 향해 무어라고 말하려는 기사를 향해 손짓으로 제지하더니 곧 이쪽으로 다가왔다. 그리고 막 이쪽을 향해 인사하려고 움직이는 그녀의 움직임 하나하나가 마치 나의 눈에 박히듯 각인되고 있었다.

"구해주서서 감사합니다."

막 살짝 고개를 숙이며 인사하는 그녀의 모습을 보던 도중 내 눈에 유난히 띄는 것이 하나 있었다. 바로 그녀의 귀가 뾰족하다는 것이었다. 하지만 우리들 정상적인 엘프들에 비해 그 길이가 짧은 것을 보면 아마도 하프 엘프인 듯하다.

"은인이 되신 두 분께 무어라 해야 할지 모르겠군요. 사실 저희는… 꺄악!"

"위험합니… 끄악!"

퍼억!

그때였다. 갑자기 그녀 옆의 공간이 비틀어지면서 갈라지는가 싶더니 누군가의 팔이 튀어나왔고, 그것을 안 기사는 그녀를 밀어내며 자신이 대신 공격을 받아내었다.

쿠당탕!

그는 몇 번이나 바닥을 구르다 나무에 부딪쳐서 간신히 멈출 수 있었다. 하지만 그 충격으로 인해 그는 상당한 상처를 입은 듯 입으로 검은 피를 토하고 있었다.

"쿨럭쿨럭!"

"라판트 공!"

우웅!

하프 엘프 여자는 고통스러운 모습으로 입에서 피를 토하는 기사를 보고는 다급히 그를 향해 달려가려고 한 듯하였으나 그녀는 갈 수 없었다. 누군가가 그녀와 기사의 중간쯤에 나타나 그녀를 가로막았기 때문이다.

그의 분위기를 한마디로 표현하자면 온통 검은색이었다. 머리카락, 옷, 칼집, 신발, 장갑……. 다만 그의 얼굴만이 새하얀색이어서 명확한 대비를 이루었다.

"……!"

갑자기 공간을 가르며 나타난 상대의 등장에 여자는 놀란 듯 뒷걸음질쳤지만 이내 제자리에 멈춰 서며 그를 노려보았다.

"너, 너는 누구냐!? 감히 뭐 하는 자이길래……."

"이거 실례."

시커먼 사내는 여자에게 허리를 숙였다. 그것은 겉으로 보기에는 상당히 정중한 태도였지만 그의 얼굴 한가득 비웃음이 담겨 있는 것은 누구나 알 수 있을 정도로 뚜렷했다.

"제 소개가 늦었군요. 제 이름은 카랏트, 미천하나마 어둠 속에 몸을 담고 있는 자입니다."

"결국 마족이라는 소리네."

그의 장황한 설명을 란슬로 형은 단 한마디로 일축했다.

마족.

신족과 정반대 속성이라는 점을 제외하면 대부분의 특성이 같은 그들은 우리 중간계에 속한 이들과는 상당히 다른 존재이다. 우선 그들은 육체가 없는 일종의 정신체이다. 비록 이곳 중간계에 올 때는 정신체만으로 현신이 불가능하므로 반육체의 상태가 되기는 하지만 어쨌든 우리들 일반 생물에 비해 훨씬 유리한 조건을 가지고 있다는 점에는 변함이 없다. 단, 그들이 죽는다는 것은 완전한 소멸을 의미하기 때문에 부활도 뭣도 통하지 않는다는 게 단점이라면 단점이랄까?

게다가 중간계에 오는 대부분의 마족은 웬만한 중간계의 존재로서는 감히 맞서기 힘든 능력을 가지고 있는 경우가 태반이다. 뭐, 그럴 능력도 없으면서 신계나 마계에서 이곳으로 건너올 녀석은 없으니까 그런 것이지만.

어쨌든 자신을 그런 마족이라고 소개한 저 카랏트라는 녀석은 우리는 신경도 쓰지 않은 채 심지어는 방금 전의 란슬로 형의 말도 전혀 들리지 않았다는 듯한 모습으로 여자를 향해 다가갔다.

"오, 오지 마……!"

여자는 그가 두려운 듯 안색이 파리해지며 뒷걸음질치기 시작했다. 하지만 보통 이런 구도에서는 어느 정도 뒷걸음질치면 더 이상 뒤로 가지 못하게 막는 장애물이 생기기 마련이다.

턱!

역시 그녀의 바로 뒤에 버티고 있던 커다란 나무가 그녀의 진로를 방해했고 덕분에 그녀는 나무에 등을 기댄 채 멈춰 서서는 두려움이 가득한 눈으로 카랏트를 바라보고 있었다.

"얌전히 저를 따라오신다면 거친 짓은 하지 않습니다. 부디 순순히……."

"매직 미사일!"

타카카캉!

마치 추근대기라도 하는 듯한 목소리로 막 여자를 향해 손을 내밀려던 그는 내가 날린 매직 미사일로 인해 그 행동을 취소해야만 했다. 그는 자신을 향해 날아오는 마법의 화살들을 향해 손을 내밀었고, 이내 그의 손 주변에 검은 막이 형성되면서 나의 마법 화살들을 막아내었다.

"…당신들과는 아무 상관 없는 일입니다. 저는 이 숙녀 분에게 볼일이 있을 뿐입니다."

그는 그렇게 말하며 가늘게 뜬 눈으로 나를 째려보았다. 그의 시선으로부터 섬뜩한 기운이 느껴지는 것으로 보아 그는 나를 위협하려고 하는 듯하였지만 내가 어디 그런 정도에 넘어갈 녀석이던가.

"유감이지만 조금 상관이 있게 돼서 말야."

사실 나도 잘 모르겠다. 생전 경험해 보지 못한 이상한 감정이 머리 속에서 꿈틀대는 느낌이라고 할까? 어쨌든 저 여자가 위험에 처하는 순간 그런 느낌이 머리 속을 스쳤고, 그 순간 나도 모르게 저 마족을 향해 마법을 발사하게 된 것이었다.

"후, 목숨이 아까운 줄 모르시는 분이군요."

그 말과 함께 그는 자신의 허리에 차고 있던 검을 뽑았다. 그의 검은 레이피어와 롱 소드의 중간쯤 되는 검날 두께를 가진 검이었다. 그리고 천천히 나를 향해 걸음을 옮기며 칼끝을 나에게 향했다.

"그 옆의 분은 어쩌실 겁니까? 아직 늦지는 않았습니다."

아무래도 저자는 우리를 너무 깔보고 있거나 아니면 자신의 실력을 너무 과신하거나 둘 중의 하나일 것이다. 그러지 않고서야 저런 거만한 태도를 보일 수가 없으니까.

"뭐… 별수없군."

란슬로 형은 나와 같이 싸워준다는 뜻을 밝히며 자리에서 일어섰다. 그리고는 그의 검은색 클레이어모어를 잡으며 내가 넌지시 말했다.

"네가 웬일이냐, 스스로 남을 도울 줄도 알고?"

"그건……."

대답을 하려고 말은 꺼냈지만 그 다음의 설명은 하나도 나오지 않았다. 그리고 더불어 왠지 모르게 얼굴이 따뜻해지는 듯한 느낌도 받았다.

"…뭐야? 너 설마……?"

"아무 말도 하지 마."

솔직히 나도 잘 모르겠다. 처음에 쳐다봤을 때에는 참 예쁘구나 하는 정도였는데 어느새 지금 와서는 알게 모르게 이상한 감정들이 생기고 있었던 것이다.

설마 나 지금 저 여자한테 호감이 생기는 것은 아니겠지?

"알았냐, 란? 여자는 말이다, 겉보기에는 안 그럴 거 같아 보일지 몰라도 사실은 남자에게 있어 세상에서 가장 무서운 존재가 될 수도 있는 존재란다. 물론 그 반대가 될 수도 있긴 하겠지만 말이다. 그러니까 아무리 상대의 첫 인상이 좋고, 첫눈에 반하게 되는 일이 있어도 신중에 신중을 기하면서 상대를 살펴야 한다. 알았지?"

계속 이상한 생각이 떠오르자 나는 쟈밀이 해주었던 말을 떠올리며 속마음을 가라앉히려고 하였다.

"뭐 해? 온다!"

하지만 굳이 그럴 필요는 없었던 거 같다. 저 카랏트라는 마족이 공격을 시작해 왔기 때문이다.

"이제 더 이상 돌이키실 수는 없습니다."

채앵!

그제야 정신을 차린 나는 간신히 양손의 스팅을 들어 올려 그의 공격을 막아낼 수 있었다. 하지만 카랏트는 그냥 물러서지 않고 힘으로 나를 내리누르며 기분 나쁜 웃음을 지었다.

“호오, 제법이시군요. 웬만해서는 이 공격조차 받아내지 못하고 목숨을 잃는 게 대부분인데.”

그의 검에 흑기가 맺히기 시작했다. 알 수 없는 불쾌함을 잔뜩 머금은 흑기는 어느새 검 전체를 휘감았고, 그와 동시에 양팔로 전해오는 중압감이 더해졌다.

“하지만 그것도 한 번으로 끝인가요? 안타깝군요.”

“크윽…….”

입으로는 짧은 신음성을 내뱉었지만 나는 웃을 수 있었다. 그의 옆으로 란슬로 형이 공격을 하고 있었으니까. 이것으로 한 번에 끝이 나게 되는 것은 내가 아닌 저 마족이 될 것이다.

“타아!”

피웅!

하지만 그 짧은 미소는 곧 당혹감으로 바뀌어야 했다. 분명 빼도 박도 못하고 란슬로 형의 클레이모어에 두 동강이 났어야 마땅한 가랏트는 그런 나의 생각을 비웃기라도 하듯 사라졌다. 그리고 바로 란슬로 형의 머리 위로 나타나며 그를 향해 검을 휘둘렀다.

“아차, 당신이 있었다는 것을 잊을 뻔했군요.”

채앵!

하지만 나의 경우와 달리 란슬로 형은 그리 힘들지 않게 카랏트의 검을 막아내었다. 여유롭게 자신의 검을 막아내는 란슬로 형의 모습에 카랏트는 제법 놀란 듯한 표정을 지었다.

“뭐야? 이 정도 가지고 그렇게 으스대었던 거냐?”

카앙!

오히려 그는 란슬로 형의 힘에 밀려 뒤로 튕겨져 날아가 버렸다. 하지만 란슬로 형은 날려가는 그를 그냥 놔두지 않겠다는 듯 곧바로 그를 향해 몸을 날렸다.

"타아!"

채챙

란슬로 형은 빠르고 정확히, 그리고 강하게 상대를 밀어붙였다. 그의 강렬한 기세에 카랏트도 상당히 당황스러운 듯한 모습으로 간신히 란슬로 형의 공격을 막아내거나 피해내었다.

"차아!"

픽!

하지만 그것도 그리 오래 가지는 않았다. 연속해서 검을 휘두르던 란슬로 형은—나도 왜 특기인 육탄전을 안 하고 칼만 휘두르는지 궁금할 즈음이었다—살짝 몸을 틀며 그의 옆구리를 걸어찼고, 그로 인해 갑작스레 몸의 균형이 무너진 카랏트는 옆으로 쓰러졌다.

"끝이다!"

파악!

하지만 란슬로 형의 공격은 헛수고로 돌아갔다. 막 그의 클레이모어가 카랏트의 몸통을 분리시키려는 찰나 그의 몸이 사라져 버린 것이다.

"치잇!"

채앵!

어느새 란슬로 형의 뒤로 나타난 카랏트는 그의 목을 노리고 검을 찔렀지만 이미 예측하고 있었다는 듯 란슬로 형은 몸을 비틀며 검으로 카랏트의 검을 튕겨내었다.

"합!"

부웅!

그와 동시에 몸을 돌려 올려차기를 한 란슬로 형이었지만 또다시 카랏트는 사라져 버림으로 공격을 피해냈다. 그리고 오히려 란슬로 형의 옆에 나타나면서 그에게 검을 휘둘렀다.

"크윽!"

챙챙챙챙!

란슬로 형은 계속해서 카랏트의 위치를 파악하고 그를 향해 공격을 하였지만 카랏트 역시 순순히 맞지는 않겠다는 듯 계속해서 공간 이동을 반복하며 그의 공격을 피하고 있었다.

"매직 미사일!"

나도 란슬로 형을 엄호하기 위해 마법을 사용하며 그를 도왔지만 쉽지 않았다. 뭐니 뭐니 해도 이리저리 피하면서 가끔 한 대씩 공격하고 또다시 도망치는 저자의 공격 방식은 우리들에게 있어 너무나도 생소한 방식이었다.

부우웅!

"……?"

그러던 중 나는 문득 그가 공간 이동을 하기 전에 있었던 곳의 공간이 작게 흔들리고 있는 것을 발견했다. 그것은 마치 가볍게 튕겨놓은 고무줄마냥 가늘게 떨리고 있었다.

"마족과 신족들은 상대하기가 껄끄럽지. 특히 마법을 못 쓰는 자가 상대하기에는 여러 가지로 귀찮은데 그 이유 중 하나가 바로 공간 이동이야. 인간들은 어떤 사건으로 인해 워프 이외에는 대부분의 이동 마법을 쓸 수 없게 되었지만 신족과 마족은 그럼에도 아무런 제약을 받지 않고 공간 이동을 할 수 있거든. 덕분에 다 이겨놓은 싸움에서 상대를 그냥 보내야 하는 경우도 있고, 상대 신족, 마족이 이리저리 이동하면서 싸우게 되면 여간 괴로운 것이 아니지. 하지만 방법이 없는 것은 아냐. 그 존재가 하위인 저들일수록 공간 이동을 할 때 잠시 공간이 흔들리게 되고 하위의 존재일수록 그 시간이 길지. 이때는 공간 이동을 하지 못해. 아직 완전하게 원하는 위치로 이동하지 못하는 것은 아직 본체의 일부가 그 흔들리는 공간 속에 남아 있기 때문이지. 즉 이때……."

문득 쟈밀에게 들었던 말이 생각났다. 그는 마구 공간 이동을 반복하며 싸우는 신족이나 마족과 싸울 때 대처할 수 있는 방법을 가르쳐 주었고 그에 대한 것이 생각난 나는 곧바로 그 방법을 사용해 보았다.

투앙!

"크윽!!"

쿠웅!

그 방법은 대단히 효과가 있었다. 이것을 하자마자 그는 마치 모이지 않은 것이 밀려나듯 한쪽으로 날아가서는 한쪽에 있는 나무에 처박히고 말았다.

"윈드 커터!"

갑작스러운 공격을 당한데다가 저렇게 세게 나무에 부딪치기까지 하는 바람에 제법 충격을 받은 듯 카랏트는 짧은 비명을 질렀고 그 틈을 이용해 나는 마법으로 공격을 시도했다.

슈카카칵!

하지만 이런 공격이 닿을 때까지 처박혀 있을 정도로 큰 타격을 받지는 않았던 듯하다. 그는 자신에게 날아오는 바람의 칼날들을 보고는 재빨리 옆으로 몸을 날렸고 결국 내가 날려 보낸 바람의 칼날들은 애초에 목표했던 카랏트를 베는 대신 애꿎은 아름드리 나무 한 그루만 토막 내버렸다.

쿠웅!

파바밧!

이미 나와 란슬로 형은 제법 많은 전투를 경험하는 동안 서로 손발을 맞춰오던 사이였기에 그 다음으로 연계하는 것은 그다지 어렵지 않았다. 방금 잘려 나간 나무가 쓰러지기도 전에 나와 란슬로 형은 눈빛을 교환할 필요조차 없이 카랏트를 향해 몸을 날렸다. 나는 밑에서, 란슬로 형은 위에서 그를 공격해 들어갔다.

"하앗!"

챙채챙!

파캉!

"크악!"

첫 번째 소리는 내가 스팅으로 카랏트를 공격하면서 난 소리였고, 두 번째는 란슬로 형이 위에서 카랏트를 찌어 누르면서 나는 소리였다. 급하게 몸을 피하느라 어설픈 자세를 하고 있던 그는 용케 내가 한 공격은 어찌어찌 막은 듯하였지만 그로 인해 머리 위가 텅 비게 되었고 그 빈틈을 란슬로 형은 놓치지 않았다.

쿠앙!

역시 란슬로 형의 괴력은 언제 봐도 대단했다. 빠른 공격을 하기 위해 그다지 많은 힘을 싫지 못했을 텐데도 밑에서는 상당한 흙먼지가 일어날 정도로 세게 처박아 버린 것이었다. 하지만 그런 것에 감탄을 하면서도 나는 자연스럽게 다음 공격을 이어가고 있었다.

"아이스 랜스!"

피피핑!

푸악!

"크아악!"

허공에 생겨난 얼음 창들은 곧 밑으로 떨어졌고 곧 무언가가 땅에 박히는 소리와 살덩이를 관통하는 소리가 동시에 들려왔다. 그리고 더불어 카랏트의 것으로 추측되는 비명 소리도 함께 들려왔다.

"크학… 크아학……!"

먼지가 걷히고 보인 카랏트의 모습은 엉망이었다. 방금 전까지만 해도 깨끗하다 못해 미끈하기까지 했던 그의 옷은 이리저리 찢겨져 있었고 몸 곳곳에 상처를 입은 그의 몸에서는 피 대신 검은 기운들이 새어 나가고 있었다.

"그렇게 잘난 척을 하더니 결국 이런 꼴이군. 기분은 어떠슈?"

처음에만 해도 엄청 잘난 체를 하며 우리를 깔보았던 것이 마음에 안 들었던 듯 란슬로 형의 목소리는 상당히 비꼬는 투였다. 하지만 그런 란슬로 형의 태도에도 카랏트는 화를 내기는커녕 고통 속에서도 미소를 지으며 우리들을 바라보았다.

"훗, 아무래도 제가 너무 여러분들을 얕본 것 같군요."

돌연 그의 주변으로 강한 흑기가 일어났다. 그리고 그것은 이내 그의 주변을 감싸기 시작했다.

"하지만 다음에는 이렇게 되지 않을 겁니다. 후후후후."

그를 감싸던 흑기가 순간 사방으로 흩어졌다. 하지만 이미 그곳에서 카랏트의 모습은 사라진 후였다.

"쳇, 도망쳐 버렸나?"

내심 아까운 듯 란슬로 형은 입맛을 다시며 그가 사라진 방향을 바라보았다. 그리고 내심 아쉬운 것은 나도 마찬가지였다. 앞으로 한 번이면 확실히 해치울 수 있었을 텐데.

"라판트 공, 파란트 공! 정신 차려요!"

그러던 우리의 귀로 누군가의 목소리가 들려왔다. 그것은 아까의 그하프 엘프 소녀의 목소리였다. 그녀는 좀 전에 카랏트에게 공격을 당하는 바람에 부상을 당한 기사의 옆에서 애처로운 눈빛으로 그를 바라보고 있었다.

"고, 공주 전하……."

하지만 이미 그는 틀린 상태였다. 그의 몸을 보건대 아마 여기 오기전에 이미 작지 않은 부상을 입은 듯했다. 그리고 아까 카랏트의 공격으로 간신히 버티고 있던 그의 목숨에 돌이킬 수 없는 상처를 주었을 것이고. 즉 이미 그의 목숨은 지금에 와서 회복 마법을 걸어도 살 수 없는 상태였다.

"저는… 이미 틀렸습… 쿨럭!"

인간 기사는 매우 괴로운 표정을 지으며 입으로 한 덩어리의 핏덩이를 토해내었다. 하프 엘프 소녀는 그런 그의 모습에 더욱 애절한 모습으로 그를 보았다. 그녀의 표정으로 보건대 아마 무언가 말을 하고 싶은 상황이면서도 입이 열리지 않는 듯하였다.

"죄송하지만… 여러분들께 부탁이 하나… 있습니… 숲의 종……."

그는 우리를 향해 고개를 돌리며 무언가를 이야기하기 시작했다. 하지만 서서히 목소리가 꺼져 가는 것이 곧 죽게 될 것 같았다. 그는 죽기 전에 할 부탁은 하고 죽자는 것인지 우리가 그의 말에 대답하기도 전에 다음 말을 이어갔다.

"이분은… 소브… 공… 이미르… 모셔다… 셨으면……."

그 말을 끝으로 그의 눈이 감겼다. 조금씩 떨리며 힘겹게 움직이던 그의 입술은 이미 굳어버린 듯 멈춰 있었다. 죽은 것이었다.

"라판트 공……?"

아무래도 이 여자 아이는 누군가의 죽음을 이렇게 가까이서 보는 것이 처음인가 보다. 그녀는 반쯤 넋이 나간 모습으로 그를 바라보더니 이내 옆으로 허물어졌다.

"어어어……!"

막 바닥으로 쓰러지려는 그녀를 부축한 나는 그녀가 이미 기절한 상태임을 알 수 있었다. 정신적 충격이 꽤나 컸었나 보다.

"야, 란, 이제 어쩔 거냐?"

작은 키로 간신히 그녀를 부축하고 있는 내게 란슬로 형이 물어왔다. 하지만 이미 내 대답은 정해져 있었다.

"일단은 마을로 데려가자. 여기에 버리고 갈 수는 없잖아?"

"…별수없군."

다행히 란슬로 형도 별말없이 수긍해 주었다. 그리고는 나에게서 여자를 받아 들더니 이내 그녀를 번쩍 안아 들고는 마을을 향해 걸음을 옮겼다.

"젠장, 이번 여행은 시작부터 이상하군."

란슬로 형의 투덜거림을 마지막으로 우리는 더 이상 아무 말 없이 마을로 향했다.

공주를 지키는 쉘프

나와 란슬로 형이 데려왔던 여자 아이가 깨어난 것은 그로부터 이틀
이 지난 후였다.

"흐으음……."

가는 신음 소리와 함께 그녀는 눈을 떴다.

"아, 일어나셨습니까?"

나는 최대한 정중한 말투로 그녀에게 말을 건네었다. 하지만 그녀는
그런 내 목소리를 듣더니 흠칫 놀라며 내 쪽을 바라보았다.

"저… 저기……."

"당신은 이틀 동안이나 정신을 잃고 계셨습니다. 조금은 걱정했습니
다."

순간 나는 내가 한 말에 놀랄 수밖에 없었다. 걱정을 했다니……?

분명 이 여자 아이는 그저께 만난 것이 초면이었다. 그전에는 한 번

도 만난 적이 없었다. 분명 그랬다.

그런 여자 아이를 걱정하다니? 그것도 단순히 외부인에 불과한데다가 우리 엘프들에게는 '더러운 아이' 취급을 당하는 하프 엘프인데…….

"아, 죄송… 합니다. 제가 그만 은인에게 실례를……."

"아, 아닙니다. 실례라고 할 것까지는 없습니다."

고개를 숙이는 그녀의 모습에 나는 양손과 고개를 크게 흔들며 대답했다. 그리고 이런 행동을 하면서도 나는 나 자신의 행동에 의아함을 느껴야 했다.

'내가 대체 왜 이러지?

내가 이렇게까지 다른 이 앞에서 쩔쩔매던 적이 있었을까?

"저… 제 이름은 레아시아 벨자크 소브런이라고 합니다. 구해주셔서 진심으로 감사드립니다."

그녀는 가슴에 손을 얹으며 살짝 허리를 숙여 보였다. 그리고 나도 막 내 이름을 대답하려고 하는 순간 밖에서부터 누군가의 목소리가 들려왔다.

"성이 소브런이라는 것은 소브런 제국 황가의 황족이라는 것이군."

어느새 왔는지 쟈밀은 문 옆에 비스듬하게 몸을 기댄 채 팔짱을 끼고 하프 엘프 소녀를 바라보고 있었다.

"오랜만이군, 아힌세르린. 이번에는 황족 놀음인가?"

"에……?"

그녀를 보는 쟈밀의 시선은 매우 날카로웠다. 그리고 그런 쟈밀의 시선에 그녀는 잔뜩 겁을 먹은 듯 순식간에 표정이 새파랗게 질려 버린 채 이불을 끌어당기며 몸을 움츠렸다.

"누, 누구시죠?"

"…누구냐고? 지금 모른 척하겠다는 건가?"

쟈밀은 조금 화가 난 듯 인상을 찌푸리며 그녀에게 다가갔다. 그리고는 거칠게 그녀의 머리채를 잡아당겼다.

"꺄악!"

그녀는 작게 비명을 질렀지만 쟈밀은 전혀 아랑곳하지 않았다. 나는 이런 사태에 당장 쟈밀을 말리고 싶었지만 쟈밀에게서 뿜어져 나오는 위압감은 그것을 힘들게 하고 있었다.

"그런다고 내가 모를 것 같다고 생각하진 마라. 네년 때문에 난 자칫하면 커다란 실수를 할 뻔했다. 알겠냐?"

점점 쟈밀의 언성이 올라가는가 싶더니 마지막에 가서는 크게 고함을 질렀다. 쟈밀이 이렇게까지 화를 낸 것을 본 적이 없는 나로서는 크게 놀라울 따름이었다.

"좋아, 지금 당장 확인해 주지. 네년의 그 유치한 연극도 곧 끝이다."

이내 쟈밀의 손에 푸른색의 빛덩이가 생겨났다. 그리고 쟈밀은 그 손을 소녀의 이마로 가져갔다.

파지직!

순간 소녀의 이마에서 작은 스파크가 일어났다. 그 충격으로 인해서인지 소녀는 기절해 버렸고, 내가 재빨리 움직여 자칫하면 침대 아래로 떨어질 뻔한 그녀를 안아서 다시 침대에 뉘어주었다.

"…이런, 실수했군."

소녀가 기절하자마자 쟈밀은 급히 그녀의 이마에서 손을 떼더니 내가 그녀를 침대에 뉘어주자 작게 중얼거렸다. 그는 나와 소녀를 번갈아 보며 미안한 표정을 지었다.

"이거… 아무래도 내가 착각한 것 같다. 미안하게 되었군……."

그는 그렇게 말하며 대강 넘어가려고 하는 듯하였지만 이미 상당한 호기심이 발동한 나는 그를 그냥 보내줄 생각이 없어진 상태였다.

"쟈밀, 대체 무슨 일이 있었기에 그랬던 거예요?"

"으… 응?"

"그렇게 무섭게 인상을 쓰는 쟈밀의 모습은 오늘 처음 봤어요. 대체 예전에 무슨 일이 있었기에 그런 거예요?"

나는 집요하게 그에게 질문했지만 벌써부터 뒤로 슬금슬금 물러나는 쟈밀의 모습을 보니 아무래도 대답을 듣기에는 글렀다는 생각이 들었다. 쟈밀이 저럴 때는 보통…….

"아, 그러고 보니 지금 좀 바쁜 일이!"

쌔앵~

역시나 도망쳐 버렸다. 아마 뒤쫓아가도 도망친 흔적은 찾을 수도 없을 테지.

내가 지금까지 저런 쟈밀의 태도를 접한 것은 전부 3번이었고 이번으로 4번째였다. 첫 번째는 영웅전쟁에 대한 일을 물어볼 때였고 두 번째는 이곳 엘프의 숲에 대한 것을 물어볼 때였다. 세 번째가 영웅전쟁을 종식시킨 초병기 '이노센트'에 대한 것을 물어볼 때였고 지금이 네 번째였다.

이것들을 종합해 볼 때 아무래도 쟈밀은 내가 생각하고 있는 것보다 훨씬 오랜 세월을 살아온 것 같다는 생각이 들었다. 이전까지는 길어야 대략 500년 정도였을 것이라고 생각했다.

하지만 그는 무려 2600여 년이나 전에 있던 이야기까지 알고 있었

다. 저렇게 무조건 회피하려고 하는 것으로 보아 분명 전혀 모르는 것
은 아니었다. 무언가 알고 있으리라. 그것도 세간에는 전혀 알려지지
않은, 절대 좋지는 않은 내용의 사실까지도…….

하지만 아무리 생각해도 이상한 점이 많았다. 우선은 우리 엄마에
대한 것이었다. 엘프가 아무리 오래 살아도 1000년에서 1200여 년 정
도를 사는 것을 생각하면 그녀의 동생인 쟈밀의 나이가 2천 년을 넘었
다고 생각할 수가 없었다. 그리고 무엇보다도 인간으로서 그런 세월을
산다는 것 자체가 불가능한 일이었다. 리치가 된다 하더라도 그 정도
의 세월을 버틸 수는 없을 것이다. 그 얼마 남지 않은 육체가 완전히
사라지게 되든 아니면 정신이 더 이상 견디지 못하고 미쳐 버리게 되
든.

"에휴, 하지만 이런 생각 하면 뭐 하나?"

이렇게 말도 안 된다고밖에 생각할 수 없는 가설까지 생각하며 상상
들을 늘어놓으면 뭐 하나, 정작 당사자는 아무 말도 해주지 않는데.

그런 생각을 하며 나는 다시 정신을 잃게 돼비린 하프 엘프 소녀를
침대에 뉘어 이불을 덮어주었다.

그렇게 쟈밀의 당황스러운 행동에 의해 정신을 잃게 된 하프 엘프
소녀가 다시 정신을 차린 것은 해가 지고 저녁때가 지나서였다.

"흐으음……."

아침때와 같은 가는 신음 소리와 함께 그녀는 눈을 뜨며 가볍게 주
변을 둘러보았다.

"이곳은……?"

"아까와 같은 장소입니다."

나의 대답에 그녀는 잠시 나를 바라보았다. 그리고는 이내 살짝 고개를 숙이며 입을 열었다.

"저를 구해주신 데에 다시 한 번 감사의 말씀을 드립니다. 아까도 말씀드렸지만 제 이름은 레아시아 벨자크 소브런, 소브런의 제4황녀입니다."

황녀라는 것은 황제의 딸이라는 것이지. 그런데 황제의 딸이라는 이가, 그것도 이런 크로이츠의 옆에 위치한 이런 곳에서 무엇을 한 것이지?

"소브런의 황녀께서 크로이츠 옆에 있는 이 엘프의 숲까지 오신 이유가 무엇인지 질문해도 될까요?"

이 하프 엘프 소녀 레아시아에게 질문을 하면서도 이상한 감정을 느끼고 있는 내 자신을 보며 나는 내가 대체 왜 이러는지 궁금해졌다. 하지만 일단은 그런 생각을 접어두고 그녀의 설명에 귀를 기울였다.

"사실 저는 프로튼의 국왕이신 레미엘 넬 아르다스 자토벨라 드라이거 하벨린 프로튼 2세 전하와의 혼인을 위해 프로튼의 수도 아이어로 향하고 있던 도중이었습니다."

크로이츠와 프로튼은 산맥을 하나 사이에 두고 있었다. 때문에 여간 길을 잘못 든 게 아닌 이상 여기까지 흘러올 이유가 전혀 없었다.

"하지만 저희가 이미르—소브런의 수도—로부터 아이어를 향해 출발한 지 사흘 만에 갑작스러운 마족의 습격을 받았습니다. 자신을 카랏트라고 밝힌 그 마족은 일방적으로 저에게 같이 갈 것을 요구하였습니다. 그의 부당한 요구에 저를 호위하던 이들은 맞서 싸웠으나 그와 그가 함께 이끌고 온 마물들에 의해 무참히 살해당했죠. 몇몇 이들이 그를 향해 칼을 휘두르거나 활을 쏘아보기도 하였지만 전혀 그를 상처

입히지는 못했죠. 말 그대로 일방적으로 병사들이 죽어갔습니다."

이야기가 이어질수록 레아시아의 표정이 어두워졌다. 자신의 주변에서 그렇게 많은 사람들이 죽는 모습을 보았을 테니 당연할 테지만.

"그들은 분명 한꺼번에 저의 호위 병력을 몰살시키고 저를 납치해 갈 능력이 있었음에도 그러지 않았습니다. 그들은 저희 일행의 일부만을 죽이고는 물러갔죠. 그리고 그 다음날에 다시 나타나 또 일부의 일행을 죽이고… 그러는 와중에 저희는 길을 안내할 이를 잃고 잘못된 길로 향하고 말았습니다. 그렇게 도망 아닌 도망을 하다가 결국 모든 이들이 죽게 되고 저만 이렇게 살아남게 되었군요."

그녀의 표정이 침울해졌다. 살짝 건드리기만 해도 금방 울음을 터뜨릴 것 같은 그녀의 모습에 나는 왠지 그녀를 위로해야겠다는 생각이 들었다.

"걱정하지 마십시오. 당신은 반드시 계시던 곳으로 돌아가실 수 있을 겁니다. 반드시!"

"……"

그래도 안 한 것보다는 나았는지 그녀의 표정이 조금은 밝아진 것 같다. 그렇다고 해서 웃음을 짓거나 한 것은 아니고 풀 죽은 표정이 조금 누그러진 것뿐이었지만 왠지 모르게 그것만으로도 조금은 짐을 던 듯한 심정이 되었다.

"…고마워요."

그리고 그녀가 나를 향해 미소를 지어주었다. 비록 힘없는 미소였지만 뭐랄까, 적어도 침울한 표정보다는 훨씬 나았다.

그렇게 너무 오래 멀뚱하게 바라보고 있어서였을까? 레아시아는 자신을 계속 자신을 쳐다보고 있는 나의 시선이 부담스러웠는지 슬며시 고개를 돌렸다. 그리고 그제야 나는 실례를 범하고 있다는 것을 눈치 채며 재빨리 자리에서 일어섰다.

"저… 며칠 동안 식사도 제대로 못하셨죠? 변변한 건 없지만 일단 식사를 준비해 드리겠습니다."

"아… 네."

그 말을 뒤로 나는 그녀에게 내어줄 식사 거리를 차리기 위해 방을 나섰다. 그리고 그렇게 방문을 나서는 와중에 나는 뒤늦게 내 얼굴이 화끈거린다는 것을 느꼈다. 아무래도 새빨갛게 달구어진 것 같았다.

문득 쟈밀의 이야기 중 하나가 생각났다. 그때 한 이야기의 중심은 영웅전쟁에 대한 것이었다. 쟈밀이 영웅전쟁에 대해서 직접 이야기해 준 것 중 얼마 되지 않는 것의 하나인데 어쩌다 보니 그 안에 사랑에 대한 이야기가 조금 섞였던 적이 있었다.

"사랑이라는 것은 의외로 갑작스럽게 찾아오는 경우가 있지. 작은 호감으로 시작해서 갈수록 쌓인 정이 어느새 사랑으로 바뀌는 경우도 있지만 반대로 첫눈에 반하게 되는 경우도 있어. 내가 아는 한 여자도 그랬었지. 뭐… 그 여자가 사랑한 녀석은 이미 두 번 다시 볼 수 없게 되었지만……."

"두 번 다시… 라니요?"

"소멸되었어. 완전히……."

"하아……."

"아차, 내가 무슨 소릴 한 거람. 방금 한 말은 별로 생각할 필요도 없다. 어쨌든 사랑이란 게 참 신기한 거라고만 알아두거라. 어쩌면 너도 그런 감정 을 느낄 날이 올지도 모르겠구나. 아니, 너도 남자이니 언젠가는 여자를 사랑 하게 되는 때가 오겠지. 그때는……."

아무래도 쟈밀의 말은 틀린 게 없는 것 같았다. 지금 내가 느끼고 있는 이 기묘한 감정이 사랑이라는 것이 맞다면 말이다.

"아차, 이러고 있을 때가 아니지. 밥, 밥."

그제야 나는 딴생각으로 인해 얼마나 시간을 허비했는지 깨달았다. 그리고 그 생각을 하자마자 곧바로 주방으로 뛰어갔다.

"에, 또… 그러니까……."

하지만 여기서 문제가 하나 더 있었다.

"그런데 요리는 어떻게 하는 거지?"

평소에는 언제나 쟈밀이 식사를 준비해 주었고 나는 그 뒤처리만 했었기에 직접 요리라는 것을 해본 적이 없었다. 요즘 들어서 이유는 모르겠지만 쟈밀이 자주 자리를 비우는 일이 있었다. 그럴 때마다 란슬로 형이나 라엘 등 아는 이들의 집에 들러 식사를 해결하거나 정히 안 될 경우에는 과일로 대충 때워 버렸기에 지금의 내게 있어 저 소녀를 위한 요리를 한다는 것은 이쑤시개로 드래곤을 잡는 것보다 힘든 일이었다.

"에, 에… 또… 에이, 모르겠다. 평소에 쟈밀이 하는 것처럼 하면 되겠지."

요리가 뭐 대단한 것이겠는가? 아무리 요리 경험이 없는 나라고는 해도 평소에 쟈밀이 요리를 하는 모습은 많이 보아왔고 그가 무엇을 어떻게 만드는지는 '대강' 알고 있었다. 그런 생각을 하니 제법 자신감이 생겼고 그 자신감은 나에게 요리 재료와 조리 도구를 잡게 만들었다.

"그러니까… 여기는 이렇게 자르고… 여기는 이걸 뿌리고……."

하지만 언제 세상일이 그렇게 순탄하게 돌아가던 적이 있었던가? 세상은 이런 나의 용감하다 못해 무모하기까지 한 도전을 비웃다 못해 헐뜯기라도 하겠다는 듯 이 나의 노력의 결과물(?)에 둘도 없는 저주를 내려놓은 것이었다.

"그럼… 감사히 먹겠습니다."

"네, 입맛에 맞으시면 좋겠군요."

이때까지만 해도 레아시아는 그래도 제법 밝은 미소를 짓고 있었다. 어느 정도 충격에서 빠져나온 듯 그녀의 얼굴에는 생기가 돌고 있었던 것이다.

그러나…….

"……!"

내가 차린 요리를 한 숟갈 뜨는 그 순간,

"저기… 무슨 문제라도……?"

그녀의 표정이 확 굳었다. 그리고 연이어 그녀의 얼굴색이 시시각각으로 변하고 있었다. 하지만 그럼에도 그녀는 애써 웃는 얼굴을 유지하며 나에게 말했다.

"아, 아니요. 별다른 문제는 아니고… 아무래도 엘프의 요리는 저에게 잘 맞지 않는 것 같네요."

"그러신가요?"

하긴 아무리 하프 엘프라 해도 인간들의 나라에서 살고 있었으니 입맛도 인간들의 그것에 맞춰져 있겠지.

가만, 하지만 난 여기 오자마자 여기의 음식도 잘 먹었는데? 내가 특이 체질인 건가?

"아니면 맛이 없었나?"

이미 레아시아는 방 안으로 들어간 상태였다. 그곳이 내 방이기는 했지만 일단 정신을 잃었던 그녀를 뉘어주었던 곳이 그곳이었으니 내 방을 잠시 동안 그녀에게 빌려주는 것 정도는 그리 어려운 일도 아니기에 그냥 넘어가기로 했다. 나야 쟈밀의 방에서 자도 되는 거고 무엇보다 여자에게는 남자가 보기에 별것 아닌 것 같은 일도 큰 실례가 될 수도 있다고 했으니 일단은 조심해서 나쁠 건 없지 않은가.

"내가 뭘 잘못했었나? 냥."

그리고 난 거기서 또 한 번 더 크나큰 실수를 하고 말았다. 그 문제의 요리, 아니, 도저히 요리라고 할 수도 없는 '괴물질'을 나마저도 먹어보고 말았다는 것!

"…Å ¥ ☥ ♀ ◻♧♠§★☞☞♨♨♨Ω!!"

그리고 그제야 나는 왜 레아시아가 이것을 먹고 그런 반응을 보였는지 절실하다 못해 사무치게 알 수 있었다.

"대, 대체 뭐가 잘못되었길래……?"

분명 쟈밀이 하던 것과 같다고는 못해도 비슷하게는 했던 거 같은데…….

"그러니까… 일단 마늘을 잘게 썰고… 설탕을 뿌려서… 거기에 사과즙과 얇게 썬 바나나에… 양파에다… 포도를… 오렌지… 마무리로 허브를……."

하지만 아무리 생각해도 어디서 무엇이 잘못되었는지에 대해 감을 잡을 수 없는 나였다. 분명 내가 한 요리─결과물에 대해서는 도저히 '요리'라고 할 수 없는 물건이지만─는 쟈밀이 하던 그것과 거의 같았을 텐데…….

그리고 이것이 사실은 쟈밀이 자주 하던 몇 가지 요리의 단편적인

기억들을 이것저것 엉성하게 혼합시켰기 때문에―예를 들면 처음 부분은
A 요리의 방식을 따르고 중간 부분은 B 요리… 이런 식으로―생긴 일이라는
것을 알아차린 것은 그로부터 많은 세월이 지난 뒤의 일이었다(한마디
로 이것도 아니고 저것도 아닌 녀석이 나왔다는 것이다. 그중에서도 아주 끔찍
한 녀석이).

"…그럼 여기는 이렇게 나가도록 하지. 무엇보다 여기에 있는 녀석
들은 강한 힘으로 밀어붙여야 허리를 굽히는 녀석들뿐이니……. 혹시
반대 의견 있나?"
한 손에 두꺼운 서류 뭉치를 들고 설명을 하는 쟈밀은 질문을 던진
뒤 이야기를 멈추고 자신의 일행들을 바라보았다. 하지만 그에게 무어
라고 의견을 내는 이는 아무도 없었다. 그들 역시 쟈밀의 결정이 가장
효율적이라고 판단했기 때문이다.
"그럼 오늘 회의는 여기까지 하고… 사실 오늘 이상한 일이 있었
어."
막 이야기를 시작하자마자 '이상한 게 있었어' 라는 식으로 얘기를
꺼내는 쟈밀의 모습에 나머지 이들은 벌써부터 호기심이 발동한 듯한
모습을 보였다. 하지만 그가 저렇게 직접 말문을 꺼냈으니 알아서 설
명해 줄 거라는 생각에 그를 보채거나 하는 이는 없었다.
"아힌세르린을 만났었다."
"뭐욧?!"
그의 한마디에 가장 극심한 반응을 보인 것은 분홍색 머리칼의 여자
레디였다. 다른 이들은 단순히 작은 탄성을 지르거나 크게 눈을 깜빡
이는 등의 작은 반응을 보인 반면 그녀만은 거칠게 테이블을 내려치며

크게 소리 지른 것이었다.

"지금 뭐라고 했어요? 그 요망한 년이 살아 있다고요?!"

그녀는 마치 불구대천의 원수를 대하는 듯 잔뜩 인상을 쓴 채 얼굴을 붉히고는 양손은 쉴 새 없이 허공을 가르고 있었다. 만약 그녀가 지금 이렇게 욕을 하는 대상이 자신의 앞에 있었다면 당장 공중 분해를 시켜 버릴 기세였다.

"이봐, 진정해. 아직 말 다 안 끝났어."

그녀의 기세가 너무 지나쳤는지 그런 그녀를 쟈밀이 말리기 시작했다. 하지만 그녀의 기세는 쉽게 누그러들려고 하지 않았다.

"지금 진정하게 생겼어요? 그년 때문에 얼마나 고생했는지 다 잊어버리기라도 한 거예요?!"

"일단 좀 진정해 봐! 다음 이야기를 들으라고!"

이야기를 들으려고도 하지 않고 다짜고자 열을 내는 레디의 모습에 쟈밀도 순간 발끈했는지 레디를 향해 고함을 쳤다. 레디는 그제야 이성을 되찾고는 하던 움직임을 멈추고 괴성을 지르는 것을 그만두었다.

"아, 알았어요. 들으면 될 거 아니에요?!"

그제야 장내는 다시 조용해졌고, 쟈밀은 하던 이야기를 이어서 할 수 있게 되었다.

"그런데 이상한 게 있어. 그녀는 기억을 잃은 것 같아. 아니면 엉뚱한 인물을 착각한 것일 수도 있겠지만 그것은 아니라고 생각되는데."

"호오……?"

레이의 짧은 탄성이 잠시 실내를 진동시킨 뒤 쟈밀의 설명은 계속되었다.

"혹시 전혀 모르는 척 연극을 하는 게 아닌가 해서 직접 머리 속을 조사해 보았는데 여기서 이상한 거야. 바로 '그때' 는 물론이고 그 전후의 기억마저 완전히 백지화되어 있었다는 것."

"실제로 전혀 관계 없는 닮은 이라고 생각할 수도 있지 않을까요?"

그에게 질문을 던진 것은 남색 머리카락의 여성이었다. 등 한가운데까지 길게 흘러내린 머리카락을 매만지는 그녀의 선은 가늘면서도 부드러운 곡선을 이루고 있었고, 그것은 온화한 말투와 더불어 그녀의 조용하면서도 푸근한 이미지를 더욱 강하게 하고 있었다.

"물론 루나의 말대로 잘못 본 것이라고 생각할 수도 있겠지. 하지만 그러기에는 너무 이상한 점이 있었어. 만약 이것만 아니었으면 나도 그냥 착각했는가 보다 하고 넘어갔을 거야."

"무엇인데요?"

"그녀의 기억대로라면 나이는 분명 17살이지. 그런데 그 이전에도 무언가의 기억이 있다는 거야."

"그럼 그 기억을 한번 훑어보면 되지 뭐가 이상하다는 거죠?"

얼굴 가득 궁금함을 담고 자신을 바라보는 루나의 모습에 쟈밀은 잠시 너털웃음을 지었다. 그리고는 다시 입을 열어 그녀에게 설명을 계속해 주었다.

"문제는 그 기억이 '백지' 라는 것이지. 제법 오래된 기억들이 있는 것 같은데 이상하게 전부 사라져 있고 기억이 있었다는 사실 정도만 알 수 있었어."

"……."

쟈밀의 설명에 루나는 아직 완전히는 아니라도 대강의 이해는 간 듯 조심스럽게 고개를 끄덕였다. 그녀의 반응에 쟈밀은 그녀를 향해 부드러운 웃음을 지어 보인 뒤 다른 이들을 한번씩 훑어보았다.

"이런 경우는 나도 처음이야. 혹시 여기 있는 이들 중에서 뭔가 짐작 가는 거라도 있는 녀석 있나?"

"……."

하지만 아무도 무언가를 말하는 이는 없었다. 그로 인해 잠시 동안 방 안은 조용해졌으나 그렇게 아무것도 말하지 않고 가만히 앉아 있는 이들을 둘러보는 쟈밀의 시선만큼은 날카로웠다.

"…굳이 말하지 않겠다면 말하지 않아도 좋아. 하지만 만약 이것으로 인해 우리의 일이 지장을 받아서는 안 되니 이상한 조짐이 보이거나 하면 나에게 즉각 알려주거나 본인이 직접 처리할 것. 알았지?"

끄덕.

쟈밀의 말에 모두가 고개를 끄덕였다. 그리고 쟈밀 역시 그들의 반응을 보고는 고개를 끄덕이며 입가에 작은 미소를 지었다.

"뭐, 좋아. 하지만 '고작 그런 존재가 우리에게 무엇을 할 수 있겠는가'라는 식으로 안심해서는 안 된다. 그런 식으로 있다가 파멸한 존재가 한둘이 아니라는 것은 잘 알고 있을 테니."

농담을 하는 듯한 말투로 이야기를 하는 쟈밀의 모습에 다른 이들은 피식 웃음을 지었다. 하지만 웃음을 짓는 가운데 그들은 다시 한 번 각오를 다지고 긴장의 끈을 조이고 있었다.

"그럼 오늘은 여기서 해산."

쟈밀의 해산 선언에 테이블을 사이에 두고 앉아 있던 그의 일행이 하나둘 자리에서 일어섰다. 그리고는 방문을 열고 밖으로 걸음을 옮겨 갔다. 그렇게 대부분의 이들이 빠져나가고 방 안에는 레이와 쟈밀만이 남게 되었다. 그리고 쟈밀 역시 막 방을 나서려고 하는 순간 레이가 그를 불러 세웠다.

“아, 쟈밀. 잠시만요.”

“…뭐냐?”

워낙에 평소의 원한(?)이 많이 쌓여 있는 레이이다 보니 그에게 반응하는 쟈밀의 태도는 결코 우호적이지 못했다. 하지만 레이는 늘상 있는 일이라는 듯 별 거부감 없이 쟈밀을 향해 말했다.

“일전에 말씀드린 이드라는 자에 대한 이야기입니다만…….”

“……?”

“제법 흥미로운 자료를 발견해서 말이죠.”

그 말과 함께 레이가 품 안에서 꺼낸 것은 작은 구슬이었다. 그 구슬은 비취색의 금속으로 이루어져 있었는데 보통의 금속이라고는 생각할 수 없을 정도로 밝은 광택을 내고 있었다.

“집무실에 가서 한번 보십시오. 적어도 지루하지는 않으실 겁니다.”

“…또 무슨 꿍꿍이냐?”

“에이, 저라고 해서 항상 이상한 일을 꾸미는 것은 아니라고요.”

“…….”

쟈밀은 매섭게 치켜뜬 눈으로, 하지만 살기는 담겨 있지 않은 시선으로 레이를 한번 째려 본 뒤 한 손으로 레이가 들고 있는 구슬을 낚아채서 주머니 안에 갈무리했다.

“일단 봐두기는 하지.”

“그럼 저도 이만…….”

직접 걸어서 문밖으로 나가는 다른 이들과 달리 레이는 그 자리에서 바로 사라졌다. 쟈밀은 그가 사라진 곳을 보며 중얼거렸다.

“분명 이번에도 무슨 꿍꿍이가 있기는 있는 것 같은데… 확실히 짐작을 못하겠단 말야.”

그와 함께 쟈밀의 모습 또한 방 안에서 사라졌다. 그리고 그가 다시 모습을 드러낸 곳은 라니오스와 자신이 함께 사는 집 앞이었다.

찰칵.

"다녀왔다~"

쟈밀은 문을 여는 동시에 쾌활하게 말했지만 그의 말을 듣는 이는 아무도 없었다. 레아시아도, 라니오스도 이미 잠을 자고 있는 시간이었기 때문이다.

"흐음… 조금 늦게 왔던 건가?"

작게 중얼거리며 자신의 방 안으로 들어가려고 했던 쟈밀은 문득 테이블 위에 있는 음식들에 눈길이 가게 되었다. 그것은 아까 레아시아와 라니오스가 단 한입만을 먹었음에도 안색을 바꿀 정도로 그 맛이 심오했던 그 요리라고 하기에도 힘든 '괴물질'이었다.

"호오, 란 이 녀석이 요리도 할 줄 알았나 보군."

물론 레아시아가 만들었을 수도 있으나 황족의 생활을 해온 어린 아가씨가 이런 요리를 만들 수 있을 리는 없으니 아마도 이 요리를 만든 것은 라니오스일 것이리라.

"호오, 일단 겉보기에는 제법 괜찮은 것 같은데."

앞뒤 사정을 전혀 모르는 쟈밀은 자기 마음대로 이야기를 구성해 보고 있었다. 아마도 라니오스는 기특하게 요리를 만들어놓고 자신을 기다려 주고 있다가 밤이 깊어 더 이상 기다리지 못하고 잠이 든 것이라고…….

"기특한 녀석, 어디 맛이나 볼… 흐으읍!!"

문제의 '괴물질'을 먹기 전만 해도 얼굴에 한가득 웃음을 머금고 있던 그는 '괴물질'을 입에 한술 집어넣는 순간 180° 뒤바뀌게 되어버렸다. 그도 그럴 것이, 이 요리의 탈을 쓴 ‘괴물질’의 맛은 너무나도 경악할 것이었기 때문이다.

“£ ∀ Σ§℃ ∞ Ǝ ♥ ♠ ‡ ↕ ♨♨ ☞☜!!”

쟈밀은 잠시 아무런 말도 할 수 없었다. 무언가 말을 하고 싶어도 지금 입 안에 있는 ‘괴물질’로 인해 할 수가 없었다. 그리고 그렇게 한참이 지나서야 간신히 그의 말문이 열릴 수 있었다.

“후아… 후아… 설마 이 정도일 줄은…….”

물론 쟈밀도 대단한 맛을 기대한 것은 아니었다. 이것은 아마도 자신이 기억하는 한에서 라니오스가 최초로 해본 ‘제대로 된 요리’였을 테니까 말이다. 하지만 그는 단순히 자신이 했던 요리를 기준으로 조금 양념의 균형이 이상하게 되어 있거나 단맛이어야 할 것이 짠맛일 정도를 생각하고 있었던 것이다. 그리고 그런 방심이 지금과 같은 결과를 초래한 것이리라.

“허으… 아직도 혀가 마비된 거 같군.”

방금 느꼈던 무시무시한 맛을 되새기며 몸을 떠는 쟈밀이었다. 그리고 이내 그는 잠을 청하기 위해 자신의 방으로 걸음을 옮겼다.

● **제4장**

호위 여행

뭐, 일단은 그렇게 시작했었지.

지금 생각해 보면 내가 아니라

오히려 레아시아가 내게 반했다는 것을 알 수 있었겠지만

그때는 아무것도 몰랐지.

하지만 그래도 후회를 하거나 하지는 않아.

어찌 되었든 지금의 나는 실제로

그녀를 사랑하고 있으니까.

안 그래, 세린?

—라니오스.

공주의 기사가 된 엘프

레아시아가 내 집에서 머물게 된 것도 벌써 사흘째였다. 처음에 이곳에 왔을 당시의 레아시아는 오랫동안의 추격을 피하느라 제법 초췌한 모습이었다. 하지만 3일간 이곳에서 쉬는 동안 원기를 회복하고 그때의 성신적 충격도 거의 극복한 레아시아는 어느새 이미르—소브런의 수도—으로 돌아갈 준비를 하고 있었다.

"꼭 가야 하나요?"

상태를 회복한 레아시아는 너무 아름다웠다. 그래도 처음 만났을 때에는 마족의 추격을 피하느라 옷도 지저분하고 얼굴도 초췌했었기에 그 미모가 덜했지만 지금의 그녀의 모습은…….

'너무 아름다워도 범죄에 속한다' 라는 우스갯소리가 전혀 우스갯소리로 생각되지 않은 정도였다.

"예, 이미르에서 기다리시는 분들께 걱정을 끼쳐 드릴 수는 없으니까요."

그렇게 말하며 그녀는 생긋 웃음을 지어 보였는데 이미 몇 번을 본 웃음이었지만 볼 때마다 머리가 하얗게 되는 것 같았다. 실제로 그녀의 밝은 미소를 처음 보았을 때는 '뇌살당한다' 라는 말의 의미를 조금은 알 수 있을 것 같을 정도였으니까.

"하지만 혼자서는 위험하실 텐데……."

살짝 떠보는 내 한마디에 그녀는 곧바로 나를 쳐다보았다. 당연히 그녀의 시선 속에는 나에게 동행을 부탁하는 의미가 한가득 담겨 있었다.

"…부탁드릴게요. 부디 저를 이미르까지 데려다 주실 수 없을까요?"

사실은 거절하고 싶었다. 이런저런 핑계를 대서라도 그녀를 여기에 붙잡아두고 싶은 생각이 굴뚝같았지만 이미 내 입은 그런 나의 의지와 상관없이 움직이고 있었다.

"물론 그렇게……."

"하지만 너 혼자서 괜찮겠어? 상대는 마족인데?"

내 말을 자르고 들어온 것은 쟈밀이었다. 그는 안락의자에 앉아서는 오른손으로 찻잔을 들어 올려 보이며 말했다.

"만약에 마족 여러 명이 한꺼번에 습격해 오면 너 혼자로는 버거워. 게다가 너는 저 아가씨도 지켜야 하잖아."

"하지만……."

"길 알어? 내가 알기로 넌 방향 감각도 좋지 못하고 언제나 나나 란슬로와 함께 여행하느라 이 주변의 지리 말고는 제대로 길을 아는 곳이 없잖아."

"그래도 그 정도는 지도가 있으면……."

"란슬로는 어느새 혼자 나가 버렸고… 아무래도 마족이 다시 습격
해 올 경우엔 그래도 너를 도와 같이 싸워줄 엘프가 필요할 텐데, 따로
부탁할 엘프 있어? 번거롭고 귀찮게 숲 밖으로 나가면서까지 저 아가
씨를 호위하는 일에 협조해 줄 엘프가."

말투는 상당히 가벼웠지만 그 안에 담긴 내용은 결코 그렇지 못했
다. 그의 말대로 나 혼자서 레아시아를 보호하면서 이미르로 가기에는
여러 가지로 힘든 점이 많았다. 일전의 카랏트와의 싸움을 통해 나는
마족과 싸운다는 것이 얼마나 까다로운 일인지 절실히 알 수 있었던
것이다.

카랏트의 능력은 솔직히 나나 란슬로 형에 크게 못 미쳤다. 하지만
마족과 신족 등의 정신체들이 사용하는 고유 능력인 공간 이동을 통한
공격은 상당히 방어하기나 반격하기에 까다로운 공격 방법이었고, 그
것은 비단 나에게 마족과의 전투 경험이 없어서만은 아니었다.

게다가 그런 존재와의 싸움인 만큼 웬만한 실력으로는 오히려 방해
가 될 뿐이었다. 우리 엘프들 가운데서도 상류급이 실력을 갖춘 이가
필요한 일이 되어버리게 되는데 그런 '상위급의 실력을 갖춘 엘프' 중
에서 내가 마땅히 이런 부탁을 할 수 있는 이는 란슬로 형뿐이었다. 그
런데 그 란슬로 형마저 지금은 여행을 가버린 상태가 아닌가?

"게다가 저 아이는 '더러운' 반쪽 엘프이지. 그런 반쪽짜리 옆에 있
는 것을 반길 정도로 성격 좋은 엘프는 아마 거의 없을 텐데. 그것도
생판 모르는 사이인 아이를."

"……"

쟈밀은 아무래도 레아시아를 그다지 좋게 생각하지 않는 것 같았다.
푸근한 눈빛으로 나를 보고 있다가도 레아시아를 볼 때는 순식간에 그

눈빛이 바뀌었던 것이다. 그의 날카로운 눈빛에 레아시아는 깜짝깜짝 놀라기도 했고 가끔은 너무 날카로워지는 그의 표정에 나조차 놀랄 때도 있었다.

"하, 하지만… 그래도 저는 가야 해요. 안 그러면……."

"안 그러면?"

"……."

레아시아를 쳐다보는 쟈밀의 시선에는 '가소롭다' 는 뜻이 담겨져 있는 듯하였다. 그리고 그의 날카로운 시선에 레아시아는 하려고 하던 말도 제대로 하지 못한 채 입을 다물고 말았다.

"쟈밀, 너무 심한 거 아니에요? 대체 왜 그렇게 레아시아를 미워하는데요?"

결국 보다못한 내가 나서서 한마디 하자 그제야 쟈밀은 레아시아를 노려보는 것을 그만두었다.

"아, 알았다. 내가 잘못했다. 그러니까 그렇게 화내지는 말아라, 응?"

하지만 나는 여전히 삐친 표정을 한 채 쟈밀을 바라보며 말했다.

"사과는 저에게 하는 게 아니잖아요. 레아시아한테 해야죠."

"……."

쟈밀의 표정이 확 굳어졌다. 하지만 그것도 잠시, 내가 계속 그를 노려보고 있자 그는 결국 한숨을 푹 쉬며 마지못한 표정으로나마 레아시아에게 사과를 했다.

"미안하게 되었군. 너를 계속 보고 있으면 과거의 어떤 녀석이 떠오르는 바람에 나도 모르게 너에게 악감정이 생겨 버려서……."

"그게 사과하는 사람의 자세예욧?!"

불만 담긴 내 외침에 쟈밀은 떨떠름한 표정을 지었지만 레아시아는 그런 정도의 쟈밀의 사과도 받아들일 수 있다는 듯 고개를 저으며 두 손을 내저었다.

"아니요. 이렇게 난데없이 찾아와 신세를 지고 있는 것만으로도 죄 송한 일인데요. 신경 쓰지 않으셔도 돼요."

정말 보고 있을수록 사랑스러워 미칠 지경이다. 보통 책에서 나오는 왕족들이라는 족속은 자기 자존심 세우기 바쁜데다가 타인의 입장은 전혀 고려하지도 않고 사고를 저지르는 이기적인 녀석들로 묘사되던 데…….

그런 점에서 이 레아시아란 아이는 천사 그 자체가 아닌가? 예쁘기 만 한 게 아니라 이렇게 예의도 바르고.

"하아… 워프 마법만 사용이 가능했으면 좋았을 텐데."

워프, 이동 마법의 절정이라고 할 정도로 훌륭한 이 마법은 수십, 수 백 킬로미터 이상 떨어진 거리도 눈 깜짝할 사이에 이동시켜 주는 마 법이다. 그것은 중요한 만남이 있을 때나 비상시에 대단히 유용한 이 동 수단이 되었고 한때는 워프 마법과 이동 마법진의 보급이 활발해져 절정기였을 당시에는 조금 규모가 있다고 하는 마을에 거의 하나씩 이 동 마법진이 배치될 정도였다고 한다. 심지어는 길을 가다가도 걸어가 기 귀찮으면 길바닥에 마법진을 그린 뒤 좌표 지도를 보며 워프 마법 을 할 정도였다고 했으니 말이다. 물론 워프 마법을 할 정도로 실력이 뛰어난 마법사의 이야기겠지만 말이다.

하지만 문제는 약 700에서 800여 년 전에 일어났다. 아직 그 원인이 무엇인지는 정확하게 밝혀지지 않았으나 무언가의 이유로 인해 이 세 계의 공간의 균형이 흔들리게 된 것이다. 그로 인해 도시 간 또는 국가간 이동 같은 장거리 워프를 하게 될 경우 거의 백에 구십구 번의 확률로 사라져 버리게 된 것이다. 덕분에 그 당시 수많은 유능한 마법사들이 이유도 제대로 판명되지 않은 채 공중 분해되었다고 한다. 게다가 그 공간의 불균형은 아직까지 이어지고 있었다. 현재 이것은 사라진 것이 아니라 다른 차원으로 날려간 것이라는 이야기도 있으나 확인된 이야기는 아니다. 좌우지간 다른 차원이든 아니면 공간의 틈새에 끼어서 공중 분해가 된 것이든 일단 우리가 살고 있는 이 세계에서 그 모습이 사라지게 된다는 데에는 변함이 없다. 다만 블링크 정도의 수 미터에서 수십 미터 정도를 이동하는 단거리 이동 마법의 경우는 사용해도 별 무리가 없는 것이 확인되었다. 텔리포트의 경우도 수 킬로미터 정도는 큰 위험이 없다고 한다. 조금 수틀린다고 해도 좌표가 어긋나서 몇 미터 정도 엉뚱한 곳에 떨어지는 정도랄까?

하지만 이런 현상에도 예외는 있었다. 마족의 공간 이동과 드래곤들의 용언을 통한 이동이 그것인데 이것은 워프 마법과는 조금 다른 원리이다. 워프는 진짜로 '건너뛰는' 것이지만 공간 이동과 용언은 가는 거리를 짧게 만들어내는 쪽에 가깝다. 하지만 뭐니 뭐니 해도 그 두 가지 방법은 신족, 마족과 드래곤들만이 쓸 수 있는 방법이므로 인간이나 우리 엘프들 같은 존재들에게는 그다지 해당 사항이 없었다.

덕분에 지금은 예전처럼 원시적인 수송 수단을 쓸 수밖에 없는 것이다. 직접 걸어가거나 말 등의 짐승을 이용하거나……

프로튼에는 비공정이라고 하는 하늘을 나는 쇳덩이가 있다고 하지만 그들도 그것을 한 번 움직이는 데에는 막대한 비용이 들어가기 때문에 전시, 또는 행사 등의 공적인 일이 아니면 거의 사용하지 않는다고 한다.

"하아… 어쩌지?"

어째 내가 더 고민을 하는 것같이 되어버리는 것 같다. 하지만 지금의 나로서는 도저히 저렇게 불안한 모습으로 걱정을 하고 있는 레아시아를 그냥 놔둘 수가 없었다.

"…꼭 가야겠냐?"

그때 마침 내가 너무 고민하고 있는 것을 보고 안 되겠다 생각했는지 쟈밀은 넌지시 나를 도와주겠다는 의사를 비춰주었다. 당연히 나는 고개를 끄덕였다.

"도와주실 거죠?!"

"저 아이는 둘째 치더라도 네가 걱정돼서 내가 직접 가고 싶지만 그건 상황이 여의치 않으니 안 되겠고… 기다려라."

그 말과 함께 쟈밀은 자리에서 일어나 지하실로 들어갔다. 아무래도 지금 당장 내가 유용하게 쓸 수 있는 도구를 만들어주려고 하는 것 같다.

그러고 보니 요즘 들어 의아한 점이 하나 있었다. 대략 40여 년 전부터인가, 쟈밀은 20일에서 한 달 정도를 주기로 어딘가 다녀오는 것이었다. 보통 하루 정도를 소요해서 다녀오는데 어디를 무슨 목적으로 다녀오는지 질문하면 항상 대답을 회피하거나 애매한 대답만을 해주었다. 거의 10여 년 동안 집요하게 질문도 했었지만 다른 것은 거의 다 대답해 주는 쟈밀도 이것만은 일절 함구하고 있었기에 결국 포기해 버렸다.

"저어… 죄송합니다. 제가 그만 폐를 끼쳐 드린 것 같아서……."

레아시아는 또다시 나에게 고개를 숙여 사과를 한다. 그런 그녀의 태도에 오히려 내가 미안해져서는 나 역시 고개를 숙인다.

"아니요. 이런 모습 보여 드린데다가 안 좋은 소리까지 듣게 만든 제가 더 미안하지요."

"아니요. 라니오스님은 잘못하신 것 없어요. 오히려 제가 감사드려 야지요."

활짝 웃는 그녀의 모습에 또다시 내 얼굴이 발갛게 달아오른 듯 얼굴이 화끈거렸다. 덕분에 나는 발개진 얼굴을 조금이라도 감추기 위해 고개를 숙이며 대답했다.

"아니요. 그리고 라니오스님이라니요, 그냥 란이라고만 불러주세요."

"그럼… 저도 레아라고 불러주세요."

그때였다. 쟈밀이 드디어 무언가를 만들기 시작한 듯 지하실로부터 요란한 소리들이 들려오기 시작했다.

우우우웅!

카가가가각!

빠드득!

우지끈뚝딱!

뿌웅(?)!

아무래도 오래 걸릴 것 같았다. 그렇기에 나는 조용히 지하실 입구 에 사일런스 마법을 걸었다. 물론 바닥 등을 통해서 계속 시끄러운 소 리가 들려왔지만 아까보다는 훨씬 조용해졌다.

"죄송해요. 쟈밀이 지금 이상하게 화를 내고 있어서 그렇지 사실은 좋은 분이에요."

"네……."

무언가 말을 해야 한다. 무언가 말을 해야 한다. 무언가 말을 해야 한다.

　방금의 한마디가 끝이었다. 무언가 더 이야기를 하고 싶은데도 더 이상의 이야깃거리가 나오지 않는 것이다.

　하지만 다행이라고 해야 할까? 그렇게 약 10여 분을 서로가 아무 말도 하지 않고 어색하게 테이블 하나를 사이에 두고 앉아 있던 도중 내 머리 속에 스치는 질문거리가 생각났다.

　"그런데 레아는 황족이라고 했지요?"

　"아… 네."

　"하프 엘프 황족이라… 아, 나쁜 뜻으로 한 말은 아니에요. 다만 엘프가 왕비가 되는 것은 참 신기한 일이다 생각해서……."

　하지만 아무래도 말을 실수한 것 같았다. 레아시아, 레아의 표정이 조금 어두워졌으니까.

　"저… 제가 무슨 실수라도……?"

　내 조심스러운 질문에 그녀는 억지로라는 기색이 역력한 어색한 웃음을 지으며 고개를 저었다.

　"아뇨. 아무것도 아니에요. 그게……."

　그녀의 얼굴이 다시 굳어졌다. 그녀는 고개를 푹 숙이며 중얼거리듯이 작게 말했다.

　"저는 양녀라서… 어머니가 안 계시거든요."

　"……."

　난 뒤늦게야 내가 왜 이따위 이야기를 꺼냈는지에 대한 후회를 하기 시작했다. 하지만 이미 입 밖으로 나온 말이고 그녀의 귀에 들어가서 대답까지 들었으니 늦어도 한참 늦은 후회였다.

　"죄, 죄송합니다. 괜한 것을 물어봐서."

"아니요. 괜찮아요. 이미 한참 전의 이야기인 걸요."

말은 저렇게 하지만 아마 상심히 클 것이다. 나만 해도 이미 엄마가 돌아가신 지 거의 100년이 되어가는데도 가끔씩 엄마 생각이 나는데……

그런 어머니에 대한 추억 없이 그 막연하기만 한 어머니를 생각한다는 것은 얼마나 더 가슴이 아플까?

"란, 일단 외관하고 내부 마법 조합은 완성했으니 이제 마나가 모이는 것을 기다리면 된다. 아마 내일이나 모레쯤이면 될 거야. 웅?"

언제 나타났는지 쟈밀은 바로 우리 옆에 서 있었다. 그는 나와 레아의 표정을 살펴본 뒤 질문했다.

"뭐야? 내가 없던 사이 무슨 일 있었니?"

"아, 아뇨. 별일없었어요."

"어, 그럼 다행이고."

그 말과 함께 쟈밀은 걸음을 옮겨 자신의 방 안에 들어가서는 문을 닫아버렸다. 아무래도 그는 지금의 상황을 조금 오해하고 있는 듯했다.

"아, 저는 잠시 할 일이 있어서 이만……."

사실은 아무 일도 없지만 일단은 이 자리를 벗어나고 싶은 마음에 나는 어설픈 변명과 함께 일어났다. 다행히 그녀는 아무 말 없이 고개를 끄덕여 주었고 나는 조금은 미안한 마음을 덜어내며 밖으로 나갈 수 있었다.

그리고 집 밖으로 나온 나는 전력으로 숲 속을 달렸다. 방금 전까지의 생각을 잊어버리기 위해.

"이런 바보! 대체 말을 해도 그렇게 걸리냐?!"

나 자신이 한심해서 미칠 지경이었다. 어떻게 된 것이 분위기를 띄우려고 한 말이 이렇게 되어버린 것인지.

"바보바보바보바… 악!"

퉁!

한참을 앞도 제대로 살펴보지 않고 마구 내달리던 나는 무언가와 부딪치는 바람에 뒤로 나가떨어지고 말았다.

"이봐, 좀 제대로 보고 다… 어라? 란 아냐?"

"어? 란 형?"

지금쯤이면 아무도 없거나 정기적으로 숲 안의 순찰을 도는 이들뿐이 없어야 할 시간에 나타나 나와 부딪친 것은 란슬로 형이었다.

"어… 형, 벌써 갔다 온 거야?"

내 질문에 그는 어깨를 으쓱하며 웃음을 지어 보였다.

"아니, 아무래도 혼자 가는 건 안 되겠다 싶어서 말야. 분명히 너와 함께 간다고 약속했는데 혼자 가는 건 좀 야박하잖아?"

순간 내 머리 속으로 섬광처럼 지나가는 한 가지 생각이 있었다. 그리고 니는 그 세획을 바로 실천하기로 했다.

"형!"

생각 같아서는 란슬로 형의 양 어깨를 덥석 잡으면서 부탁하고 싶었지만 아무래도 키 차이가 너무 나다 보니 그것은 불가능했다. 그래서 차선책으로 그의 손을 덥석 붙잡는 나였다.

"뭐, 뭐야, 갑자기……?"

"나 좀 도와줘!"

아무래도 이것으로 해결될 것 같았다.

레아시아를 안전하게 이미르까지 데려다주는 것이…….

"그럼 다녀오겠습니다."

"그래. 차 조심… 이 아니지. 어쨌든 잘 다녀오거라."

"쟈밀도요."

"그래."

"그럼 갈께요."

"그래, 란슬로도 조심해라."

그렇게 나와 쟈밀은 서로 인사를 나누며 각자의 길을 향했다. 나와 란슬로 형, 그리고 레아시아는 소브런 쪽을 향했고 쟈밀의 경우는 머츠론 쪽을 향해 걸어가기 시작했다.

쟈밀은 이번에는 조금 긴 여행을 해야 한다고 하며 당분간 나와 만나지 못할 거라고 했다. 역시 이번에도 그 목적에 대해서는 아무 말이 없었지만 언제나 그랬기에 그 점은 그다지 신경 쓰지 않았다. 다만 이번에는 몇 년은 볼 수 없을 거라고 한 그의 말이 꽤나 신경 쓰이기는 했다. 하지만 별일없을 거라는 확신이 있었기에 걱정하지는 않았다.

"이봐, 란. 그 지도 한번 펴봐라."

"어."

나는 가방에서 쟈밀이 만들어준 지도를 꺼내었다. 얼핏 보기에는 조금 두꺼운 가죽으로 만든 지도 정도로 보일지 모르지만 사실은 대단한 마법 기술로 만들어낸 지도이다.

"와아, 진짜 나오네. 여기가 우리가 있는 위치야?"

"응."

쟈밀이 만들어준 이 지도에는 우리가 있는 위치를—정확히는 지도가 있는 위치를—작은 점으로 표시해 주는 엄청난 기능이 있었던 것이다.

물론 지도라는 것의 특성상 이것이 실제 대륙과 완벽하게 같은 모양일 수는 없지만 어쨌든 대강은 비슷한 모양으로 그려져 있으니 지도라고 하는 것일 테고, 그렇다면 적어도 길을 잃거나 하는 일은 없을 것이라는 것이 쟈밀의 이야기였다. 쟈밀의 말대로라면 10에 7, 8은 맞는다고 했으니까.

그리고 그가 준 또 하나의 아이템이 지금 내가 걸고 있는 귀걸이였다. 이것 역시 보통의 마법사들은 만들기는커녕 구경조차 못해볼 정도로 대단한 아티펙트인데 이것의 기능은 바로 마력을 저장한다는 것이었다. 그것도 자동으로.

보통의 마력 저장기의 경우는 자신이 직접 마력을 주입해야 하지만 이 녀석은 착용만 하고 있으면 남아도는 여분의 마력을 알아서 흡수해 저장한다는 것이었다. 게다가 사용도 자동이어서 내 안의 마력이 다 떨어지면 알아서 사용이 되게 되어 있다고 한다. 이것은 마족과의 싸움을 대비한 것이었다. 검을 휘두르는 것보다는 마법을 난사하는 쪽이 더 승리의 가능성이 컸으니까.

그리고 마지막으로 받은 아티펙트가 바로 소형 결계였다. 나와 란슬로 형 단둘이 여행을 할 때야 숲으로 다니면 얼마든지 하루 안에 마을에 도착할 수 있었기에 캠프라는 것이 거의 필요가 없었지만 이번에는 레아를 데리고 가야 하기 때문에 아무래도 야영이 필수가 되어버린다. 이것은 그것을 대비한 것인데 이것으로 만들어진 결계는 9서클의 마법사나 소드 마스터가 되지 않는 이상은 파괴하는 것이 거의 불가능하다고 한다. 마력석이 포함되어 있어 마력을 충전해 두면 그 효과가 지속되기에 따로 결계를 유지하느라 정신을 집중하고 있을 필요도 없다.

쟈밀이 준비해 준 이 세 가지 아티펙트 덕에 벌써부터 우리의 여행은 세 배 이상 편해진 느낌이었다.

"자, 그럼 가볼까?"

역시나 첫발을 내디딘 것은 란슬로 형이었다. 그는 기운차게 웃으며 앞장섰던 것이다.

그저께 내가 동행을 부탁했을 때 란슬로 형은 의외로―어쩌면 의외가 아닐지도―순순히 승낙해 주었다. 그는 레아가 하프 엘프라는 사실에도 그다지 거부감을 보이지 않았고 오히려 밝게 웃으며 레아를 대해주었다. 내심 그 점에는 너무나도 고마웠고 다행인 일이었다.

"뭐 해, 빨리 안 오고?"

"란, 어서 오세요."

아무래도 생각이 좀 길었나 보다. 이미 란슬로 형과 레아는 저만치에서 나를 보며 빨리 오라고 하고 있는 것을 보면 말이다.

"어, 갈게."

그리고 이렇게 나에게 끝없는 운명을 부여할 여행이 시작되었다.

마족이냐, 아니면 마(馬)족이냐?

"형, 거의 다 왔어?"

"이제 다 왔어."

…….

"형, 이제 다 왔어?"

"이제 조금만 더 가면 돼."

…….

"형, 얼마나 더 가야 해?"

"어, 이제 거의 도착했어."

…….

"형, 아직이야?"

"쪼오금만 더……."

…….

“형, 대체 얼마나 남은 거야?”

“…이봐.”

갑자기 란슬로 형이 몸을 홱 돌리며 나와 레아를 바라보았다. 게다가 그냥 뒤를 돌아보기만 한 것이 아니라 매우 괴기스러운 표정을 한 상태로 우리 둘을, 정확히는 나를 노려보고 있었다.

“너 말야, 대체 몇 번이나 질문해야 하는 거야!? 5분이 멀다 하고 ‘형, 아직 멀었어?’ 를 연발하고 있으니 내가 정말 속이 뒤집어진다, 뒤집어져!”

“하지만……..”

나는 자세한 설명을 하는 대신 내 옆에서 숨을 몰아쉬고 있는 레아를 바라보았다.

“죄송합니다. 제가 너무 빨리 지치는 바람에…….”

“…에휴, 차라리 내가 말을 안 하고 말지.”

란슬로 형은 짧은 불평만을 하고는 더 이상 아무 말도 하지 못한 채 몸을 돌려 계속 길을 재촉했다. 그리고 나와 레아 역시 그의 뒤를 따라 걸음을 옮겼다. 하지만 레아의 걸음이 워낙 느리다 보니 란슬로 형은 우리들보다 훨씬 앞서 가게 되어버렸다.

“에휴~ 이럴 때는 이 지도가 별 쓸모가 없군.”

쟈밀이 준 지도에는 큰 단점이 하나 있었다. 실제 대륙과 지도의 축척비가 너무 크다 보니—지도가 대륙 전체를 표시하면서도 그 면적이약 1제곱미터 정도밖에 되지 않는다—하루 걸리는 정도의 비교적 짧은 거리를 이동해서는 도저히 그게 이동한 건지 가만히 서 있는 것인지 이 지도로써 확인하기가 힘들었던 것이다.

“어, 마을이 보인다.”

다행히도 앞서 가던 란슬로 형이 마을을 발견한 듯하자 덕분에 레아의 표정에도 조금은 희색이 돌아왔다.

"그러고 보니 란, 너 인간의 마을에 가는 게 얼마만이더라?"

"한 15년 조금 덜 될 거야."

그러고 보니 참 묘했다. 15년 전에도 나는 지금과 별 차이가 없는 모습을 하고 있었지만 그때의 레아는 말도 제대로 못하는 아기였을 때였지 않은가? 하지만 지금은 이렇게 아름다운 소녀의 모습으로 내 옆에 있다니.

그런데 막 계속 걸음을 옮기던 형은 걸음을 멈춘 채 잠시 동안 움직이지 않더니 뒤늦게야 입을 열었다.

"응? 그런데 저기 이상하지 않아?"

"뭐가?"

"마을에서 연기가 나는데? 그것도 곳곳에서."

"……!"

그의 말에 나는 물론이고 레아마저 지친 것도 잊은 채 재빨리 란슬로 형이 있는 곳까지 뛰어왔다. 그리고 나는 그가 말한 대로 마을 곳곳에서 연기가 나는 광경을 볼 수 있었다.

"저… 저건……!"

그의 말대로 마을 곳곳에서 연기가 나고 있었다. 그것도 새카만 연기가 나고 있었다. 게다가…….

"크아아악!"

"키요오오!"

작지만 무언가의 괴성이 들려오고 있었다. 그리고 이것은 이전에도 들어본 적이 있는 소리였다.

“마을이 마물에게 습격당하고 있는 건가!?”

“그런 것 같군.”

그 말과 함께 란슬로 형은 빠르게 허공으로 몸을 날렸다. 그의 행동에 나 역시 몸을 날리려고 하였으나 란슬로 형이 나를 돌아보며 손을 들어 제지했다.

“너는 그 아가씨를 지키면서 천천히 따라와. 내가 다 처리할 테니!”

그 말과 함께 란슬로 형은 방금보다도 더욱 빠른 속도로 마을을 향해 달려갔고 순식간에 우리와의 거리가 멀어져 갔다.

“란 형… 어느새 저 정도로…….”

나도 모르고 있었다. 어느새 란슬로 형이 저 정도로 빠른 속도를 낼 수 있었을까? 보아하니 지금의 나로서는 오로지 달리는 것에만 신경을 써도 그를 따라잡는 것이 거의 불가능하다고 생각될 정도였다.

“하아… 란 형은 날이 다르게 강해지는구나.”

물론 나도 놀고만 있지는 않았다. 하지만 마법은 갈수록 그 실력이 늘어가는 데에 비하여 검술 실력이나 그 외 신체적 능력은 거의 제자리걸음을 하는 수준이었던 것이다.

“란슬로님… 괜찮을까요?”

아무래도 단신으로 달려가는 것이 꽤나 걱정되었는가 보다. 그도 그럴 것이 그녀는 일전에 카랏트와 그 똘마니들과 싸울 때의 란슬로 형의 모습을 보지 못했으니.

“괜찮아. 란슬로 형이라면……!”

하지만 나도 잠시 간과하고 있었던 것이 있었다. 과연 이번에도 마족이 단 한 명만 나올까 하는 것이었다.

"만약에 마족 여러 명이 한꺼번에 습격해 오면 너 혼자로는 버거워."

쟈밀이 해주었던 말이 생각났다. 만약 그의 말대로 지금 저 마을에 여러 명의 마족이 있다고 한다면 아무리 란슬로 형이라 할지라도 상대하기 힘들 것이다. 무엇보다도 란슬로 형은 마법을 하나도 쓸 줄 모르기에 그 불리함은 더욱 심해질 것이다.

"레아, 아무래도 네 말이 맞을 것 같아."

"네?"

"미안!"

"까아!"

나는 그녀가 내가 한 말의 의미도 전부 이해하지 못했음을 알면서도 더 이상 아무 말 없이 그녀를 안아 들었다. 물론 키 차이가 있다 보니 그것도 여의치 않았지만 어찌어찌 성공했다.

"플라이!"

그리고 그와 동시에 주문을 외우자 나와 내게 안겨 있는 레아는 허공에 떠올랐고 곧 빠른 속도로 란슬로 형이 간 곳, 마을을 향해 날아가기 시작했다.

"한둘이면 몰라도 셋 이상이면 곤란한데……."

만약 저곳에 있는 마족이 셋 이상이라고 하면 상당히 일이 힘들어진다. 그렇게 되면 나는 물론 란슬로 형에게 마족들과 상대하지 말게 할 것을 결심해 두었다. 레아를 보호하면서 셋 이상의 마족과 싸운다는 것은 거의 자살 행위가 될 테니까.

'그런데…….'

내 마법 실력도 실력인지라 날아가는 속도는 대단히 빨랐고 어느새 나와 레아는 마을 외곽에 도달해 있었다.

"크아아악!"

"쿠에엑!"

"으아악!"

"까아아악!"

쿠콰쾅!

쿠당탕!

마을의 모습은 말 그대로 아수라장이었다. 마을 곳곳에서 이리저리 날뛰는 마물들로 인해 이미 상당수의 사람들이 죽었고 몇몇 집에서는 불길과 함께 시커먼 연기가 치솟고 있었다. 아직 살아남은 마을 사람들은 자신들을 향해 달려들어 오는 마물들을 피하기 위해 이리저리 도망치기에 바빴다.

"이런……."

만약 이런 곳에 레아를 혼자 놔두고 란슬로 형을 도우러 갔다가는 레아 역시 순식간에 저기 바닥에 뒹굴고 있는 시체처럼 되지 않으리라는 보장을 할 수 없었다. 때문에 나는 조금 방향을 틀어 마을 외곽의 마물이 없는 곳으로 이동했다.

"여기 있어, 레아. 금방 돌아올 테니까."

재빠르게 가방에 있는 결계석을 꺼내어 결계를 쳤다. 상황이 상황인 데가 넓은 면적이 필요한 것도 아니었으므로 약간의 결계석만을 이용해 작은 결계를 설치했다.

"레아, 이 안에 들어가서……."

하지만 나는 중대한 것을 잊고 있었다는 것을 뒤늦게 생각해 냈다. 그것은 바로 이 결계를 구동시키기 위해서는 결계 안에서 시동 장치에 마나를 공급해야 한다는 것이었다. 결계의 유지야 중심에 위치한 마력석이 알아서 하는 것이지만 일단 시동을 하려면 마법을 쓸 줄 아는 이가 결계 안에서 시동을 걸어주어야 하는 것이다. 게다가 결계가 펼쳐지면 안에 있는 이가 그것을 다시 거두거나 마력석에 저장된 마나가 고갈되기 전까지는 결코 어떠한 방법으로도 결계를 통과할 수가 없었다. 쟈밀의 말대로라면 메테오를 떨어뜨리거나 드래곤이 브레스를 뿜거나 소드 그렌져가 있는 힘껏 죽기살기로 내려치지 않는 이상 이 결계를 깰 수 없다고 했으니 사실상 보통의 방법으로는 이 결계를 통과하거나 부수는 것이 불가능했다.

"어, 어쩌지?"

어쩌면 지금 란슬로 형은 여러 명의 마족들에게 둘러싸인 채 고전을 면치 못하는 상태일 수도 있었다. 어쩌면 죽었을지도 모른다는 생각마저 들었으나 차마 그런 상상은 하고 싶지 않았다.

"저… 왜 그러시나요?"

내가 무엇 때문에 고심하는지 모르는 레아는 의아한 눈빛으로 내게 질문했다.

"저기… 레아, 너 혹시 마나를 사용할 줄 알아?"

"마나… 요?"

"그래, 이런 거."

나는 내 손에 작은 마나의 덩어리를 만들어내어 그녀 앞에 보여주었다. 어차피 이 결계의 장치는 마나의 덩어리로 자극을 주면 작동하는 방식이었고 그 작동에 필요한 마나의 양은 아주 조금만 있어도 되는 것이었기에 나는 일말의 희망을 걸어보았다.

"아, 그런 거라면… 해볼게요."

그녀는 내 손에 만들어진 황금색의 빛무리를 보더니 고개를 끄덕이며 가슴 앞에 양손을 모았다. 그리고 잠시 후 놀랍게도 그녀의 손에 엄청난 양의 빛무리가 생겨났다.

"와… 와앗!"

사람이 가진 마나에는 고유의 색깔과 모양, 그리고 파동이 있다. 그것은 가장 순수한 자연 상태의 마나가 한 존재를 거치게 되면서 가지게 되는 특성인데 나의 경우에는 황금색이었다. 그리고 지금 레아가 만들어낸 마나덩어리의 색깔은 투명한 에메랄드 빛이었다.

그리고 무엇보다 나를 놀라게 한 것은 그 빛 덩이의 크기였다. 처음부터 단숨에 폭발하듯이 생겨난 그 마나의 덩어리는 지금도 무서운 속도로 그 크기를 늘려가고 있었던 것이다.

"그만, 그만 해도 돼!"

내가 이렇게 말하는 순간 또 한 번 아까 이상으로 놀라운 일이 벌어졌다. 방금 전까지 주변을 에메랄드 빛으로 물들인 마나의 덩어리는 마치 거짓말이었다는 듯이 감쪽같이 사라진 것이다.

무슨 목적으로 인해 마나를 전개하면 그것을 전개하는 속도도 능력이지만 그것을 다시 회수하는 것도 능력 나름이다. 방금 내가 본 것이 환상이 아니었다면 레아의 마나 다루는 능력은…….

"레아… 너, 마법사였어?"

이 정도로 능숙하게 마법을 다룬다면 분명 마법사이다. 그것도 이미 내 수준을 뛰어넘은…….

"아, 아니요."

하지만 내게 돌아온 레아의 대답은 부정이었다. 그녀는 당황스러운 표정으로 고개를 저은 것이었다.

"그럼… 이건 대체?"

"저도 모르겠어요. 얼마 전부터… 대략 3개월 전부터 갑자기 이런 일이 생겼어요. 무언가 알 수 없는 힘이 자꾸……."

생각해 보건대 레아에게는 어떤 특수한 능력이 있는 것 같았다. 그리고 마족은 무슨 이유로 해서 그녀의 능력, 또는 그녀 자체를 필요로 하여 그녀를 노리는 것일 테고.

"그런가……? 어쨌든 여기는 위험하니까 이 결계 안에 있어!"

"네, 네!"

방금 전 레아가 마나를 방출한 덕에 결계는 작동되어 지금 그녀의 주변에는 엷은 에메랄드 빛의 결계가 그녀를 보호해 주고 있었다. 쟈밀의 말대로라면 운석이 떨어지거나 드래곤이 브레스를 뿜거나 소드 그렌져쯤 하는 이가 전력으로 내려치거나 하지 않는 이상은 끄떡없겠지.

조금만 달리니 금방 한 무리의 마물들이 보였다. 그리고 그 마물들에 쫓기는 마을의 인간들도 보였다.

일단은 인간들을 구해주기로 할까?

"크아아… 쿠엑!"

최악!

역시 마물 자체는 별 볼일 없었다. 스팅으로 스치기만 해도 순식간에 증발해 버리니까.

마물 무리는 순식간에 소탕되었다. 하지만 마을 사람들은 그렇게 자신들의 목숨을 위협하던 마물들이 너무 허무하게 죽은 것이 실감나지 않는다는 듯 멍한 시선으로 나와 마물이 있었던 자리를 번갈아 보고 있었다.

"으… 으아아아……!"

"뭐 하는 겁니까? 빨리 안전한 곳으로 피하세요!"

보다 못한 내가 빽 소리를 질러서야 인간들은 정신을 차리며 허둥지둥 어디론가 달아났다. 여하튼 인간들이란.

"흐아압!"

그때 내 귀로 란슬로 형의 기합 소리가 들려왔다. 아무래도 이 근처에 있는 것 같았다.

"타아!"

퍼퍼퍽!

"꾸에엑!"

역시 란슬로 형은 대단했다. 그가 한번 검을 휘두를 때마다 최소한 두세 마리의 마물들이 토막나는가 싶더니 이내 산산히 흩어지며 사라졌다. 그리고 그렇게 몇 초가 지나니 어느새 그의 주변에 있던 마물들은 모두 사라져 버렸다.

"이런, 나 혼자로도 충분하니 올 필요 없다고 했잖아. 그리고 그 아가씨는 어디에 있어?"

"안전한 곳에 내가 할 수 있는 최고의 방법으로 보호하고 있으니 걱정하지 마."

"뭐, 네가 잘 알아서 했겠지."

우리는 빠른 속도로 마물들을 처리해 나갔다. 나의 경우야 워낙 스팅이 특별한 무기이다 보니 스치기만 해도 마물은 온몸이 타 들어가며 사라져 버렸고, 란슬로 형이야 워낙에 괴물이다 보니 어느새 대부분의 마물은 우리들의 손에 걸려 흔적도 없이 사라져 버렸다.

"뭐야, 이번엔 단순히 마물뿐인가?"

“설마…….”

아무리 늦어도 이때쯤이면 이 마물들을 끌고 왔던 마족이 모습을 드러내야 할 텐데…….

하지만 그런 쓸데없는 걱정은 할 필요가 없었던 듯하다.

핏!

무언가 가는 검은 선이 나를 향해 뻗어 나왔다. 만약 전혀 주의하지 않은 채 무턱대고 마물들만을 상대하고 있었다가는 그것에 이마를 꿰뚫렸을지도 모르는 일이었겠지만 미리 주의를 하고 있었기에 별 어려움 없이 그것을 피할 수 있었다.

“역시 상당하시군요.”

이어서 이전에도 들은 기억이 있는 목소리가 들려왔다. 그 목소리의 주인공 카랏트는 어느새 우리들의 앞에 나타나 처음 만났을 때와 같은 거만한 모습으로 나와 란슬로 형을 바라보고 있었다.

“과연 대단하십니다. 엘프라는 종족을 다시 봐야 하겠군요.”

만약 저 녀석과 제대로 싸우게 되면 여러 가지로 귀찮게 될 것이다. 아무래도 여기에 온 마족은 저 녀석 혼자뿐인 듯하니 큰 무리 없이 이길 수는 있을지 몰라도 예전처럼 이리저리 공간 이동을 하며 공격을 해온다면 난감한 것이 사실이다. 예전의 방법으로 마족을 잡아낼 수야 있지만 그것도 그것 나름대로 힘든 방법이라서…….

“나도 마족이라는 녀석들을 다시 봐야겠군. 이렇게 멍청한 줄은 몰랐어.”

“그러게 말야. 전에 그렇게 혼이 나고도 이렇게 혼자 찾아오다니. 멍청한 건지 아니면 학습 능력이 떨어지는 건지.”

나와 란슬로 형의 비꼬는 말에도 카랏트는 애써 거만한 웃음을 유지

하며 다시 입을 열었다. 그리고 그가 뭐라고 말을 하려는 순간 이미 나와 란슬로 형은 서로 간의 눈짓으로 저 녀석을 빨리 해치울 방법을 결정했다.

"훗, 그런 여유도 여기까지입니다. 이번에야말……."

"기가 플레어!"

쿠콰!

"쿠엑!"

옛말에 선수 필승이라고 했다. 조금 비겁하다는 생각이 들기도 했지만 어차피 싸움을 걸어온 것은 저쪽. 조금은 치사해도 괜찮다는 결론을 내었다.

"타아!"

푸학!

"끄악!"

내 마법 공격에 이은 란슬로 형의 공격. 하지만 조금은 아쉽게도 란슬로 형의 공격은 카랏트의 팔 하나를 자르는 것으로 끝나 버렸다. 물론 란슬로 형은 카랏트의 팔을 절단낸 뒤 곧바로 연속 공격을 하려고 하였지만 저 녀석도 머리는 돌아가는지 란슬로 형의 공격에 정면으로 맞서지 않고 곧바로 공간 이동을 통해 뒤로 물러섰던 것이다.

"크, 크큭, 제법이시군. 쿨럭!"

카랏트의 황당한 태도에 우리는 잠시 그를 공격하는 것을 망각할 정도로 굳어버렸다. 그도 그럴 것이, 팔이 잘려 나간 어깨로 검은 기운이 새어 나가고 있었고 입으로는 한 웅큼의 검은 무언가를 토하면서도 얼굴에는 애써 웃음을 지어내며 여유있는 척하려고 하고 있으니 오죽하겠는가?

'저건 바보다! 그것도 왕바보다!'

그리고 카랏트에 대한 평가는 어느새 마족이라는 녀석들 전체를 '멍청한 녀석들'로 간주하기에 이르고 있었다.

"당신들의 비겁함은 잘 알았습니다. 하지만 다음은 이렇게 쉽게 이기실 수는……."

"잔말 말고 도망치려면 빨리 가!"

빠악!

"꽥!"

결국 보다 못했는지 란슬로 형이 바닥에 떨어진 제법 큰 돌을 던져 카랏트 녀석의 머리에 정통으로 맞춰 버렸으나 그럼에도 녀석은 정신을 차리지 못한 듯 여전히 웃음을 짓고 있었다(완전히 실성한 녀석으로 보였다. 돌에 맞아 코가 뭉개졌는데도 저렇게 웃는다는 것 자체가 이미 제정신이 아니라는 증거일 테니).

"다음은 이렇게 되지 않을 겁니다. 우후후후후."

스르륵!

전처럼 검은 혹기가 녀석을 감쌌고, 곧바로 카랏트의 모습이 사라졌다. 한마디로 도망쳤다는 것이다.

"하아… 마족은 다 저런 바보들만 모여 있을까?"

물론 저 녀석 하나만을 보고 마족 전체를 평가한다는 것이 어리석은 일이라고는 하지만 저런 머저리에게—레아를 납치해 오는—임무를 맡긴 녀석도 분명 제정신은 아닐 것이라는 생각이 들었다. 그리고 결국 내 머리 속의 마족에 대한 생각은 '말대가리'로 고정되었다. 적어도 지금은.

"아무래도 마족이라는 녀석들은 내가 생각했던 것보다 더 바보였던 것 같군."

"동감이야."

란슬로 형도 나와 마찬가지 생각을 하고 있었다. 하긴 저런 모습을 보고 그런 생각을 안 한다는 것이 오히려 힘들겠지.

"그건 그렇고, 이거 정말 심한데?"

마물들(+바보 마족 하나)이 날뛰는 바람에 피해를 입은 이 마을의 모습은 처참했다. 건물과 도로는 곳곳이 부서지고 망가졌으며 거리에는 시체가 즐비했다. 뒤늦게 여기저기에서 기어나와 이미 죽어서 싸늘한 시체가 되어 있는 가족, 친지의 모습을 본 이들의 오열하는 모습에 나와 란슬로 형은 마물들을 처치하고―멍청한―마족을 쫓아낸 훌륭한 일을 했음에도 왠지 저 인간들에게 미안한 감정이 드는 것 같았다.

"존… 존… 일어나. 괴물들은 전부 없어졌다고. 이제 죽은 척 그만하고 일어나… 존!!"

"제인, 제인! 나야, 베리. 제발 일어나. 눈을 떠줘! 으아아아아!!"

"야, 케인, 일어나. 어? 지금 날 놀리는 거지? 케인, 케인……!"

그렇게 많은 이들이 가까운 이의 죽음에 슬퍼하고 있었지만 그중에서도 가장 내 눈에 들어온 것은 한 인간 여성 옆에 주저앉아 울고 있는 어린 소년이었다.

"엄마… 엄마… 나 왔어요. 일어나요, 네? 나 배고파요……."

이미 죽어버린 여자를 슬슬 흔들고 있는 소년의 두 손은 이미 여성의 시체에서 나온 피로 인해 새빨갛게 물들어 있었다. 하지만 소년은 전혀 신경 쓰지 않는 듯 두 눈에서 하염없이 눈물을 흘리면서도 여성을 흔드는 것을 멈추지 않았다.

"엄마… 엄마… 일어나세요."

순간 내 머리 속에 한 가지 영상이 떠올랐다. 내가 어렸을 때 쟈밀을
처음 만났던 날.

피투성이가 된 채 방 안에 쓰러져 있던, 죽음을 눈앞에 두고 고통스
러우셨을 텐데도 나를 향해서는 애써 웃음을 지어주셨던……

"란, 어떻게 할 거냐?"

상념에 잠긴 나의 정신을 다시 현실로 되돌린 것은 란슬로 형이었
다. 그는 내 어깨를 툭 치며 질문해 왔다.

"뭐, 뭐를?"

"이 상황을 봐서는 도저히 즐거운 식사를 하며 머물렀다 갈 수 없잖
아? 그렇다고 전혀 쉬지도 않은 채 바로 이 마을을 뜨는 것도 좀 그렇
고."

란슬로 형의 말대로였다. 쉬겠다고 여관을 찾아 들어가기에는 지금
의 마을 분위기가 너무 어두웠다. 이래서는 도저히 쉬려고 해도 쉴 수
가 없을 것이다.

그렇다고 바로 다음 마을을 향해 이동하는 것에도 문제가 있었다.
적어도 나와 란슬로 형은 문제가 없었지만 레아의 경우는 전혀 그렇지
가 못했으니까.

하지만 결론은 의외로 빠르게 났다.

"…다음 마을까지 얼마나 걸리지?"

"음… 지도상으로는 대략 이틀 정도군. 물론 그 아가씨 걸음에 맞춰
걸었을 때 이야기로."

"그래……?"

"그냥 가게?"

"별수없잖아?"

그 말을 끝으로 나와 란슬로 형은 조용히 걸음을 옮겼다. 다행이라고 해야 하나, 마을의 인간들은 우리가 자리를 뜨는 것에 그다지 신경을 쓰지 않는 듯한 모습이었다. 정확히는 그럴 새가 없었던 것이겠지만.

웅성웅성.

와글와글.

머츠론은 물론 전 대륙에서도 알아주는 규모를 가진 상업 도시 라드. 그곳에서도 가장 큰 규모를 자랑한다고 하는 '파이웨인' 시장은 언제나처럼 물건을 사거나 팔기 위해 모인 사람들로 인해 발 디디기도 힘들 정도로 붐비고 있었다.

"자아, 맛 좋고 싱싱한 사과를 팔고 있습니다. 엘프들조차 감탄할 정도로 자연의 맛이 살아 있는 사과 있습니다!"

"방금 잡은 싱싱한 고기 있습니다! 싸게 드려요!"

"맥주를 드럼 단위로 팔고 있습니다. 드워프도 놀래고 갈 정도로 맛이 끝내주는 맥주입니다!"

수많은 상인들이 자신이 가지고 나온 물건들을 팔고 있었고, 다른 수많은 사람들은 그것들을 사기 위해 상인을 찾았다.

어떤 이들은 가격을 흥정하고 있었고 또 어떤 이들은 물건을 훔치려고 하다 가게 주인에게 걸려 혼이 나기도 했다. 어떤 이들은 대낮부터 술을 마시고 만취해서는 다른 사람에게 시비를 거는 이도 있었다.

"……."

그리고 그렇게 평소와 별다른 것 없이 생활하는 사람들의 사이를 지나가는 이질적인 분위기의 사내가 있었다. 후드를 깊숙히 뒤집어쓴 그는 활기 찬 시장과는 전혀 다른 세계에 있다고 하기라도 하는 듯 아무 말 없이 시장을 걷고 있었다. 그의 입은 굳게 다물어져 있었고 움직이는 동작 하나하나는 마치 미리 자로 재어둔 뒤 움직이기라도 하는 듯 절도가 있었으며 보폭이 거의 일정했다.

"이드 군인가?"

얼마나 시장을 걷고 있었을까, 그의 등 뒤로부터 누군가의 목소리가 들려왔다. 하지만 사내는 그 자리에 멈춰 서기만 했을 뿐 자신을 부른 이를 확인하기 위해 뒤를 돌아보지는 않았다.

"…누구냐?"

사내의 목소리는 작았다. 만약 그의 목소리를 듣고 있는 이가 보통의 사람이었다면 주변의 웅성이는 소리 때문에 아무것도 듣지 못했을 터이지만 상대는 보통 사람이 아니었다.

"잠시… 괜찮을까?"

"당신과 같이 가야 할 이유는 없다고 본다."

상대의 말에 퉁명스럽게 대답한 사내는 다시 걸음을 옮겼다. 하지만 아직 상대는 포기하지 않은 듯 다시 한 번 그를 불렀다.

"자네가 살던 세계로 돌려보내 줄 수도 있다."

"……!"

사내의 걸음이 멈췄다. 언제까지라도 감정의 변화가 없을 것 같았던 그는 꽤나 흥분한 상태인 듯 어깨가 거칠게 떨리고 있었다.

"너는… 누구냐?"

그제야 상대는 몸을 돌려 자신을 부른 상대를 바라보았다. 그의 질문에 상대는 입가에 기묘한 웃음을 지으며 대답했다.

"내 이름은 쟈밀, 이제부터 너를 이용할 '존재' 이다."

"……."

상대, 쟈밀의 말에 사내는 무겁게 고개를 끄덕였다.

"…들어보도록 하지."

그리고 곧 두 사람의 모습이 사라졌다. 갑작스레 두 명의 사람이 사라지는 모습에 주변 사람들은 놀라며 주변을 살펴보았지만 곧 모두 잊어버리기라도 한 듯 다시 자신들의 일에 열중했다.

그들은 방금 자신들이 본 두 사람의 만남이 앞으로 전 대륙에 어떠한 영향을 끼칠지 전혀 모르고 있었다.

두 번째 바보

다각다각!

"저기 봐, 엘프가 말을 타고 있어!"

"아핫! 정말이네."

"신기하다."

"엘프도 말을 타고 다니던가?"

이거 원, 왠지 말을 타고 가기로 한 것이 후회가 되는군.

일전의 사건—마물+바보 미족=카랏트가 한 마을을 습격한 사건—이후 우리는 약 이틀 정도를 더 걸어 다른 마을에 도착했다. 다행이라고 해야할까, 우리가 도착한 이 마을은 상당히 규모가 큰 마을이었고 제법 규모가 있는 마시장도 있었다.

우리를 따라오면서 금방 지쳐 버리는 레아가 안쓰러웠던 나는 그곳에 들러 제법 괜찮은 말을 한 마리 샀었다. 처음에는 레아만 말을 태우고 나와 란슬로 형은 숲을 통해 이동하려고 했으나 우리가 수도를 향해 갈수록 점점 숲이 없어지는 데다가 설령 있다고 해도 레아가 다닐 큰길과 점점 멀어지는 것을 확인하고는 결국 우리 둘도 타고 갈 말을 한 마리씩 사게 되었다. 아무리 우리들이라고 해도 철인이 아닌 이상은 지치게 마련이고 특히 엘프의 특성상 숲에서는 인간이나 그 외의 종족에 비해 회복이 빠르다고는 하지만 그 반대의 경우엔 오히려 체력의 소진이 빠르기 때문에—게다가 드워프들이 있는 땅굴 같은 데라도 가면 체력 소모가 어마어마하다—레아와 같이 도로를 갈 때 무턱대고 빠르게 이동하다가 마족이라도 만나면 큰일이기 때문이다.

그런데 여기서 두 가지의 문제가 생긴 것이었다. 하나는 지금과 같이 가는 곳마다 인간들이 몰려들어서는 말을 타고 있는 우리들의 모습을 신기해하는 것이었다. 원체 엘프이다 보니 인간들의 신기한 눈초리를 많이 받기는 했지만—그 정도는 이미 익숙해졌다—이렇게 커다란 말을 타기까지 하다 보니 주변의 눈에 확 띄게 되어버린 것이다.

하지만 그것 정도야 어느 정도 참을 수 있다고 해도 문제는 다음이었다. 태어나서 처음으로 말을 타보게 되는 나와 란슬로 형이었지만—레아의 경우는 어려서부터 교양 공부로 승마를 배웠다고 한다—승마라는 것은 의외로 쉬웠다. 적어도 란슬로 형은 그랬다. 물론 나라고 해서 말을 타다가 굴러떨어지거나 한 것은 아니다. 나도 잘 타기는 잘 탔다.

문제는 바로 키에 있었다. 내 키가 워낙 작다 보니—130에 못 미친다—발이 닿지 않는 것이었다. 때문에 말이 빠르게 달릴 때에는 양 다리로 말의 몸통을 꽉 끌어안아야 했는데 그 모습이 제법 추했기에 문제였던 것이다. 지금같이 천천히 걸어갈 때야 별 무리가 없다고 하지만……

"어이, 역시 좀 문제있는 거 아냐?"

내가 한참 작은 키에 대해 속으로 심각한 불평을 늘어놓을 때쯤 해서 보니 란슬로 형도 주변의 시선에 적지 않게 신경이 쓰이는 듯한 모습이었고 레아 역시 상당히 당황스러운 듯한 모습이었다.

"별수없지. 일단은 빨리 이 마을을 벗어나자."

"후아, 무슨 인간들이 그렇게 꾸역꾸역 모여들어서 신기하다는 눈빛으로 쳐다봐. 에휴, 기분 나뻐."

무슨 엘프 보는 걸 어디 동물원 원숭이 보듯 하고 있으니 원…….

"뭐 어때. 말 타고 다니는 엘프가 이상한 거지."

란슬로 형은 낙관적으로 생각하며 넘겨 버리려고 하는 듯했지만 나는 달랐다. 오늘 한 번만 해도 저렇게 인간들이 몰려서 신기하다는 눈초리로 구경을 하는데 어떻게 그냥 넘어가겠는가?

"그래도 이번 마을에서는 푹 쉴 수 있었잖아? 게다가 저 하프 엘프 아가씨도 이제는 편하게 갈 수 있게 되었고. 좋게 생각하라고."

내가 계속 볼을 부풀리고 있는 것을 본 란슬로 형은 그런 내 모습에 피식 웃으며 나를 달래기 위해 이런저런 말로 설득했고 결국 레아가 편하게 갈 수 있다는 것을 위안으로 삼으며 참기로 했다.

"음……?!"

그렇게 계속 길을 가던 도중 란슬로 형은 무언가 이상한 것을 찾아낸 듯 말을 멈췄다. 그리고는 말에서 내리며 나에게 말했다.

"이상하지 않아?"

"…뭐가?"

"아까부터 계속 같은 길을 걷는 거 같아."

그의 말에 나 역시 말에서 내리며 주변을 살펴보았다. 하지만 지금 우리가 걷고 있는 길이 큰 도로인 만큼 진을 짜놓거나 미로를 구성해 놓은 것은 아니었다. 단순히 큰길이었을 뿐이지만……

"정말이잖아!"

란슬로 형의 말이 맞다는 것을 확인한 나는 크게 놀랄 수밖에 없었다. 앞쪽을 볼 때는 그저 그런가 보다 하면서 계속 갔는데 뒤를 돌아보니 여전히 우리가 아침에 떠나왔던 마을이 아련하나마 보이는 것이었다.

"대체 무슨 일이지?"

"일단 조사해 봐야지. 디텍트 매직."

일단 장소가 대로인 만큼 미로를 만들어놓거나 한 것은 아니었으니 무언가 마법적 트랩을 설치해 놓았을 거라고 생각되었다. 북대륙에는 진법이라고 해서 바닥에 마법진과 비슷한 진식을 배치하여 마법적 함정 비슷한 것은 만드는 기술이 있다고 하지만 각 대륙마다 초차원 결계가 쳐져 있는 지금 북대륙에 사는 이가 올 리가 없으니까.

디텍트 매직을 통해 마법적인 것을 감지해 본 나는 내 예상이 틀리지 않았음을 확인할 수 있었다. 우리들의 주변에서 진득한 마법적인 기운이 감지되었으니까.

"역시 누군가 마법을 설치했어."

"해체할 수 있어?"

"해보겠지만… 조금 오래 걸릴 것 같아."

나는 품속에서 단검을 꺼내 손가락을 조금 베었다. 곧바로 손가락에서는 피가 철철 흘러나왔고―애고, 아파라―나는 그것을 바로 주변으로 뿌렸다.

"느 제라테크란 베르하츠 마에르토스 헤이타크……."

바닥에 뿌려진 피는 마치 유리 위를 흐르듯이 흐르며 사방으로 흩어졌고 점점 모양을 갖춰 나가기 시작했다.

이것은 요즘 쓰고 있는 마법과는 상당히 그 구조가 다른 마법이다. 이것을 가르쳐 준 쟈밀의 말로는 고대에 사용했던 마법의 한 종류로 초급적인 언령 마법이라고 한다. 나는 이것은 물론 쟈밀이 알고 있는 모든 마법적 지식을 물려받고 싶었지만 아직은 힘이 많이 들었다. 게다가 워낙 오래된 마법이다 보니 쟈밀조차도 그다지 많이 알고 있는 것은 아니었고 전승법이 거의 소실되어 강제로 때려 박는 식으로 배우고 있었기에 그 진척은 매우 더뎠다.

"아르텝토 페가멘테히젤 모헨제일라우턴 시렐라크아드……."

내 주변을 둥글게 둘러싼 나의 피는 어느새 하나의 마법진의 모양을 이루고 있었다.

"게르펩트 헤르센토 합!"

주문이 완료되자 내 발 밑에 뿌려져 마법진의 모양을 하던 피는 황금색으로 빛나기 시작했고, 곧 사방으로 퍼져 나가듯이 사라졌다.

사실 이 주문을 깨는 데에는 디스펠 마법을 좀 강하게 쓰면 되는 것이었을지도 모른다. 하지만 굳이 이런 방법을 쓴 이유는 첫째로, 대체 누가 무슨 목적으로 우리에게 이런 마법을 걸었는지가 궁금해서였고—아마도 마족들의 소행이겠지만—두 번째로, 이 마법을 역으로 파고 들어서 시전자에게 쓴맛을 보여줄 수도 있다는 생각에서, 그리고 세 번째가 가장 중요한데 레아 앞에서 내가 멋진 마법을 쓰는 모습을 보여주고 싶어서였다.

"……."

하지만 이것은 시작에 불과했다. 이것은 단지 주문을 발동시킨 것일 뿐 상대의 환상 주문을 파훼하는 것은 이제부터 시작이니까.

"역시 언제 봐도 멋지다니까."

"란슬로님, 저게 무슨 마법인가요?"

"저거? 작은 란 말로는 고대어 마법이라고 하더군. 그 외는 나도 잘 모르겠어."

"고대어 마법이요?"

"그렇다고는 하는데 난 잘 모르니까 묻지 말아줬으면 하는데."

"아… 네."

귓가로 레아와 란슬로 형이 대화하는 것이 들려왔지만 지금의 내 정신은 그것보다 지금 우리 주변에 펼쳐진 이 마법을 해제하는 쪽에 더욱 집중되어 있었다(사실 저런 대화가 들릴 정도로 집중이 부족했던 것이겠지만).

'그러시면 안 되죠.'

"……!"

어느 정도 본격적인 해제에 들어가려는 순간 내 머리 속으로 누군가의 목소리가 울려 퍼졌다. 그것은 일전에 만났던—바보—마족 카랏트의 것과 느낌이 비슷한, 어딘지 모르게 느끼한 목소리였다.

"위험해!"

피웃!

털썩!

한참 주문에 집중하고 있을 때 내 귀로 란슬로 형의 목소리가 들리는 것과 동시에 무언가가 나에게 덮쳐 왔다. 그리고 그로 인해 나와 나를 덮친 그 무언가는 같이 바닥을 구르게 되었다.

"쿨럭!"

하지만 문제는 그 다음에 있었다. 갑작스럽게 주문이 깨져 버리는 바람에 몸속의 마나의 흐름이 깨져 버린 것이었다. 뱃속이 거꾸로 뒤집히는 불쾌한 느낌과 함께 내 입으로 한 웅큼의 선혈이 흘러나왔다.

"콜록콜록!"

단순히 충격을 받아서 생긴 내상이 아닌 마나의 역류로 인한 내상이었기에 그 고통은 더했고 여전히 뒤틀린 채 내 몸속을 휘젓는 마나들로 인해 더욱더 고통은 가중되고 있었다. 작은 마법을 썼을 뿐이지만 그것을 시전하는 데 내 몸 안에 흐르고 있던 모든 마나를 이용하여 마법을 시전하는 바람에 내가 받게 된 고통은 더 더욱 심했다. 마법에 사용한 마나의 양이 클수록 그것이 실패하거나 깨졌을 때에 돌아오는 반발은 더욱 심하니까.

"으아아아아……."

입으로는 끊임없이 피가 흘러나왔고 머리는 깨질 것 같았다. 하지만 시간이 지나자 그 고통도 조금씩 줄어들고 있었다. 하지만 어디까지나 조금씩이었을 뿐이나.

"우후후, 생각보다 마력이 대단하신 모양이군요. 아니면 엄살을 피우시는 중이거나."

그리고 내가 한참을 피가 섞인 기침을 한 뒤에야 나를 공격하려고 했던 자가 모습을 드러내었다.

"카랏트가 말한 대로군요. 역시 이런 조잡한 방법으로는 당신들을 이길 수 없는 것일까요."

카랏트를 알고 있는 것, 그리고 그의 말투로 보아 그의 동료인 듯한 저자는 아마도 마족일 것이다. 거기까지 생각이 미치자 나는 어떻게든 그의 빈 틈을 찾아 일격에 퇴치해야겠다는 생각이 들었다.

"너는… 쿨럭! 누구냐……?!"

나는 일부러 과장되게 피를 토하며 그를 노려보았고, 다행히도 그는 내가 슬슬 회복세에 있다는 것을 눈치 채지 못했는 듯 나를 향해 비웃음의 시선을 던지며 대답했다.

"이런, 제 소개가 늦었군요. 제 이름은 스피더, 어둠에 속해 있는 미천한 종자입니다."

"대체 무슨 목적으로… 레아를 노리는 것이… 쿨럭!"

"그런 것까지 당신에게 말해야 할 필요가 있을까요?"

아직이다. 아직은 마법을 쓰기에 무리이다. 조금 더 시간을 끌어야 한다.

"레아에게 이상할 정도로 거대한 마력이 있다는 것은 알고 있어. 하지만 대체 그것이 어디에 필요하다는 거지?"

"풋."

스피더의 입가에 곡선이 그려졌다. 하지만 결코 좋은 의미의 웃음은 아니었다. 그는 나를 비웃고 있는 것이었다.

"후후훗, 이상할 정도로 거대한 마력… 이라……. 뭐, 당신들로서는 그 정도밖에 알아낼 수가 없는 것이겠죠."

"무슨……?"

"아까도 말씀드렸지만 당신들에게 그런 것까지 설명드릴 이유는 없습니다."

말을 마친 스피더는 자신의 허리에 매달려 있던 검을 뽑아 들었다. 곧 검에 진득한 흑기가 맺혔고 그는 그것을 우리를 향해 겨누며 말했다.

"지금이 마지막 기회가 될 것입니다. 순순히 그 숙녀 분을 양도해 주시든가, 아니면 저를 막아서다 맥없이 죽음을 맞이하시든."

"기가 플레어!"

쿠앙!

"크… 크학……!"

폭발 뒤에 이어진 신음성은 스피더의 것이 아니었다. 간신히 다시금 마나를 운용할 수 있게 되자마자 무리해서 큰 마법을 발동시키느라 다시 충격을 받게 된 내가 피를 토하며 낸 소리였다.

피슛!

"그 정도 기습 공격쯤 이미 카랏트에게 들어 알고 있었죠. 그럼 각오하시……."

"타아!"

콰앙!

"크허헉!"

그 순간 나는 내상으로 인해 내장이 뒤틀리는 듯한 고통 속에서도 황당함에 치를 떨 수밖에 없었다.

그는 갖은 폼을 잡으며 내 머리 위로 나타났으나 곧바로 란슬로 형의 공격을 받고는 저 멀리 날려가 버린 것이었다.

예측하기는 뭘 예측했다는 것인가.

투앙!

거의 15미터 가까이 날려간 그는 그곳에 있던 제법 큰 나무에 부딪치며 튕겨졌고 어느새 그에게 다가간 란슬로 형은 아직 제정신을 차리지 못한 그에게 연속적인 공격을 퍼부었다.

"아다다다다다!!"

빠바바바박!

파파파팍!

"크흐하하학!"

현란한 그의 다리 발차기 공격과 그러는 도중 가끔씩 강력한 일격을 안겨주는 클레이모어의 연합 공격으로 스피더는 허공에서 땅으로 내려오는 것조차 잊은 채 얻어맞고 있었다.

"타아!"

푸캉!

쿠당탕탕!

신기한 것은 그가 마족이라서인지, 아니면 다른 이유가 있는지 분명 란슬로 형이 검의 날 부분으로 그를 공격했음에도 잘려 나가지 않고 마치 몽둥이에 얻어맞은 듯 나가떨어진다는 것이었다. 하지만 그런 맹공격을 받았음에도, 그리고 이미 상태가 상당히 심각한 것이 여실히 보일 정도로 대미지를 입었음에도 억지로나마 웃음을 지으며 몸을 일으키는 모습에 나는 질려 버릴 수밖에 없었다(더불어 어이가 없기도 했다).

"쿠후… 제법이시……."

"아타타타타!!"

빠바바바박!

"쿠하하하학!! 제법 실력이 있으시다만 아직… 쿠학!"

"으다다다닷!!"

뻐버버벅!

"끄다다닥! 하, 하지만 이 정도로는 어림도… 끄에엑!"

"…!%@$·!#$!@%."

파바바바박!

하지만 아무래도 그런 스피더의 만용이 란슬로 형의 성질을 건드려

버린 것 같았다. 방금까지만 해도 별 이상 없던 란슬로 형의 표정이 험악하게 일그러지며 아까보다 더욱 무자비하게 그를 구타하기 시작한 것이다.

"네가… 지금… 나를……."

퍽퍽퍽퍽!

"크으으윽…!"

"깔본 거냐!?"

푸바바바바바바바바바박!

퍼퍼퍼퍼퍼퍼퍼퍼퍼퍼퍽!

푹팍푹팍푹팍푹팍푹팍푹팍!

뚜쉬뚜샥뚜쉬뚜샥뚜쉬뚜샥!

우지끈와지끈와지랑와지랑!

"끄아아아아악!!"

이루 형언할 수 없는 타격음과 함께 더불어 역시 이루 형언할 수 없을 정도로 처절한 비명 소리가 주변을 진동시켰다. 그리고 그렇게 거의 십여 분 동안 구타를 하고 나서야 란슬로 형의 주먹이 멈추었다.

씨익, 씨익, 씨익.

란슬로 형도 어지간히 열이 받았나 보다. 사실상 저 정도면 저 멍청한 마족 녀석의 포를 뜨고도 남았을 터인데 단순히 구타만 한 것을 보면 말이다. 하지만 다른 한편으로는 저렇게 흉측하게 일그러진 상태에서도 입가에 웃음을 짓고 있는 스피더의 모습은 란슬로 형 이상으로 기괴한 감정을 불러일으키고 있었다.

"푸후후후, 쿨럭! 아직, 쿠헉! 이 정도로는, 크학! 멀었습… 켈록!"

그는 연신 입으로 검은 무언가를 토하면서도 여유를 부리고 있었다.

하지만 란슬로 형도 더 이상은 때릴 마음도 들지 않는지 그저 양손으로 애꿎은 클레이모어만 손잡이가 부서져라 꽈악 쥐고 있었다.

"오늘은 이 정도로 물러나지만, 쿨룩! 다음은 이렇게 안 될……."

"잔말 말고 빨리 꺼져!"

빠악!

"쿠엑!"

결국 보다 못한 내가 그의 안면을 향해 제법 커다란 장돌 하나를 집어 던졌고, 그것을 정통으로 얻어맞은 스피더는 상체가 크게 뒤로 넘어갔다.

"다음은 이렇게 안 될 것입니다. 후후후후후."

슈르륵!

하지만 그럼에도 할 말 다하고 웃을 거 다 웃으면서 사라지는 그의 모습에는 그저 탄복할 수밖에 없었다. 란슬로 형도 어이가 없는지 넋이 나간 표정으로 한참 동안 그가 사라진 곳을 바라보고만 있었다.

"…마족이라는 녀석에 대한 생각을 고쳐야겠다고 생각이 들지 않냐?"

"애초에 마족은 바보라고 생각하고 있었는데 더 고쳐야 하나?"

"아무래도 고친다기보다 무언가 수식어를 추가해야 될 거 같아."

"…그런 거 같다."

그렇게 난데없이 나타난 바보에, 멍청이에, 얼간이에, 한심이에… 어쨌든 기타 등등 여러 가지 수식어를 붙이고, 붙이고 또 한 번 붙여도 모자랄 거 같은 마족 녀석을 하나 퇴치한 뒤 우리는 다시 말에 올라탔다.

"야, 그런데 너 괜찮겠냐? 얼굴이 새파래."

　"……응?"

　확실히 내가 봐도 지금의 내 몸 상태는 도저히 정상이라 하기 힘든 상황이었다. 단순한 내상이라면 마법으로 치료할 수 있다고 치지만 몸 안의 마나가 역류해서 생긴 내상은 마나의 흐름을 다시 안정시키지 않는 이상 계속해서 몸 안을 휘저으며 내상을 입게 하기 때문에 지금 마법으로 치료해 봐야 금방 다시 내상이 생겨 버린다. 결국 원래대로 회복할 방법은 몸 안에서 폭주하는 마나가 안정되기를 기다리는 수밖에 없는 것이다. 모름지기 강한 마법사가 강한 마법을 쓸수록 그 위험 부담이 크다는 것은 새삼 되새길 수 있는 기회였다는 생각도 들었다.

　"아냐. 참을 만해. 그렇게 대단한 부상은 아니니까 걱정하지 마."

　만약 여기 길을 가고 있는 것이 나와 란슬로 형뿐이었다면 지금의 내 상태를 솔직히 말하고 그의 도움을 받았을지도 모른다. 하지만 나는 내 옆에서 걱정이 가득한 시선으로 나를 바라보고 있는 레아를 의식해서 억지웃음까지 지어 보이며 말고삐를 잡았다.

　"자, 빨리 다음 마을로 가……."

　……려고 하는데 순간 맑은 하늘의 색이 이상하게 변한다 싶더니―누런 것도 뻘건 것도, 그렇다고 퍼런 것도 아닌 괴상한 색이었다―곧이어 하늘과 땅이 교차하였다. 그리고는 나를 향해 뭐라고 하는 듯한 란슬로 형의 모습이 보이면서 아마 정신을 잃었던 거 같다.

　"……이번에도 실패인가?"

　거대한 석조 의자에 앉아 있는 남자의 위엄 섞인 말에 그의 앞에 무릎을 꿇고 있던 이는 고개를 숙이며 대답했다.

　"면목없습니다. 부디 다시 한 번만 기회를……."

"에에이, 시끄럽다!"

쾅!

남자는 상당히 화가 난 듯 거칠게 의자 모서리를 내려쳤고, 순간 강한 충격을 받은 모서리는 가루가 되어 바스라졌다.

"너희들은 내가 내린 명령이 명령 같지 않다는 거냐, 아니면 장난이라도 치고 있는 것이냐?!"

"부… 부디 관용을……."

방금까지 무릎을 꿇고 있던 상대는 상대의 기세에 잔뜩 겁을 먹은 듯 이제는 완전히 바닥에 엎드린 상태로 벌벌 떨며 용서를 구하고 있었다.

"그 계집 하나를 손에 넣기만 하면 되는 것을 대체 이렇게 오래 걸리는 이유가 무어란 말이냐!?"

"부, 부하의 정보에 의하면 상당한 수준의 엘프 둘이 그 계집을 지키고 있다고……."

"……."

남자는 자리에서 몸을 일으켰다. 그리고는 거만한 시선으로 상대를 내려다보며 말했다.

"이제는 다 필요없다. 내가 직접 가도록 하겠다!"

"에?"

남자의 명령에 상대는 얼이 빠진 듯한 모습을 하였고, 그런 상대의 모습에 남자는 더욱 화가 난 듯 소리를 질렀다.

"두 번 말해야겠냐? 내가 직접 가겠다."

"하, 하지만 그랬다가는 다른 이들이 눈치 챌……."

"어차피 이번 일이 실패하면 나와 우리 가문은 죽는 것과 다름없다.

전원 대기!"

"예, 예에······."

남자의 호통에 상대는 잔뜩 주눅이 든 듯 어깨를 움츠리며 종종걸음으로 그들이 있던 홀을 빠져나갔다. 그리고 혼자 남게 된 남자는 허공을 올려다보며 낮게 중얼거렸다.

"카이젤··· 드래곤."

낮게 중얼거리며 두 주먹을 꽉 쥐는 그의 얼굴에는 곧 자신에게 생길 일에 대한 기대감에 부풀어 있는 듯 끈적한 웃음이 맺혔다.

"이렇게 좋은 기회는 드물지. 목숨을 걸어볼 가치는 충분히 있어."

"으음······."

내가 도대체 얼마나 정신을 잃고 있었던 것일까. 얼마나 시간이 지났는지 생각하며 눈을 떴을 때 가장 먼저 내 눈에 들어온 것은 내가 누워 있는 침대—아무래도 마을에 도착할 때까지 기절했었나 보다—옆에 앉아서 나를 내려다보고 있는 레아의 얼굴이었다.

"아, 일어나셨군요."

내가 정신을 차린 것을 확인한 레아는 나를 향해 생긋 웃어 보였다. 너무나 화사한 그녀의 웃음에 나는 아직도 남아 있는 통증조차 싹 잊어버릴 정도로 기분이 좋아졌다.

"일단 이거 좀 드세요. 내상을 회복하는 데 좋다고 하더라고요."

그녀는 내게 연한 연두색 빛의 죽이 담긴 그릇을 내밀었다. 조금 과장해서 완전히 속이 꼬여 찢어질 것같이 아픈 상태의 나였지만 건넨 이가 레아인만큼 조금은 무리해서 냉큼 그것을 받아 먹었다. 죽은 만든 지 조금 시간이 지난 듯 식어 있었지만 먹기에 불편하지는 않았다.

"저기… 내가 기절하고 얼마나 시간이 지난 거지?"

내 질문에 레아는 다시 한 번 웃음을 지어 보이며 대답했다.

"라니오스님이 기절하시고 반나절 정도가 지났어요."

"아……."

그녀의 대답에 나는 창밖을 바라보았다. 아침을 먹고 바로 출발했었을 텐데 지금은 이미 해가 지고 어둠이 깔려 있었다.

"란슬로님의 말씀으로는 무리하게 많은 마나를 끌어 쓰려다가 오히려 내상이 더 심해졌다고 하시던데……."

그녀의 질문에서 나는 그녀가 진심으로 나를 걱정해 주고 있다는 것을 알 수 있었다. 그만큼 그녀의 걱정이 담긴 말에는 따뜻한 온기가 느껴졌다.

"우선은 여기서 며칠 쉬었다가 출발하도록 해요. 아무래도 라니오스님의 부상은 상당히 심한 것 같으니까요."

"미안, 내가 이렇게 다쳐 버려서……."

"아뇨. 두 분의 도움이 아니라면 제가 여기까지 올 수도 없었을 텐데요. 그리고……."

순간 그녀의 얼굴에 엷은 홍조가 피는 듯싶더니 이내 그녀는 고개를 푹 숙여 버렸다. 그리고는 작은 목소리로 기어가듯이 말했다.

"그러니까… 이렇게 함께 여행하는 것이 즐겁기도 하고요."

"아……."

그리고 내가 뭐라고 대답도 하기 전에 그녀는 횅하니 문밖으로 나가 버렸다. 덕분에 나는 하려던 말을 제대로 하지 못한 채 망연히 그녀가 나간 방문만을 바라보고 있었다.

"즐겁다고……?"

이것은 나 자신에게 하는 질문이었다. 그리고 나를 향한 나의 질문에 나는 대답했다. 이미 레아는 밖으로 나가 버린 상태라 내 말을 들을 수 없겠지만 그래도 나는 대답했다.

"나도… 즐거워."

이것은 나의 솔직한 감정이었다. 비록 다치고 상처 입어 온몸을 피로 물들이더라도…….

그녀와 함께 있으면 어딘지 모르게 기분이 좋았다. 즐거웠다. 행복했다.

계속 함께 있고 싶다.

<h1 style="text-align:center">신탁</h1>

그렇게 내가 심한 내상을 입은 다음날 나는 레아와 란슬로 형은 더 쉬어야 한다고 말리는 것도 마다하고 다시 길을 서둘렀다. 물론 둘의 반대가 극심하기는 했지만 나 역시 나름대로 억지까지 써가면서 길을 서둘렀다.

나도 내가 왜 이렇게까지 하는지 이해할 수가 없었다. 다만 한 가지 확실한 것은 내가 레아 앞에서 약해지는 모습을 보이기 싫어하고 있다는 것이었다.

나 자신의 감정임에도 그게 무엇인지 확실히 알지 못하는 것은 상당히 기묘한 일이었다. 무언가가 가슴속에서 꿈틀대는 것 같기도 하고 가끔은 심하게 요동을 치는 것 같아 가슴이 터져 나갈 것도 같은 이 묘한 감정은 나를 가만히 있지 못하게 하고 있었던 것이다.

문득 생각을 해보았다. 혹시 이것이 '사랑' 이란 감정이 아닌가 하고.

하지만 그것도 무언가 이해가 되지 않는 것이 있었다. 물론 세상일이라는 것이 모두 이해할 수 있도록 합리적으로 돌아가는 것은 아니라고 하지만 이것은 너무 심했다.

엘프의 숲에도 아름답고 성격 좋은 여자는 많았다. 레아보다 성격이 좋다고 생각되는 엘프도 여럿 있었다. 레아는 엘프의 숲에 있는, 아니, 우리 마을에 있는 엘프들과 비교해도 뭐 하나 이렇다 하게 특출난 점은 없었다. 무언가 숨겨진 힘이 있다고는 하지만 정작 본인은 그것을 제어할 줄 모르고 오히려 그것으로 인해 마족의 노림을 받게 되어 주변에 폐를 끼치고 있었다.

하지만 레아는 무언가 특별했다. 비록 특별히 잘난 것도 없는 그녀가 있음으로 인해 폐가 된다 해도 나에게는 그녀가 있어야만 했다. 과연 이것이 남들이 말하는 '사랑'이란 것인지는 모르겠지만 정말로 기묘한 감정이라는 것에는 틀림이 없었다.

"야, 란. 이봐, 어이."

계속해서 그녀 옆에서 그녀를 지켜주고 싶다. 처음 보았을 때는 단순히 다른 이들을 만났을 때보나 더 호감이 가는 정도였을 뿐이었지만 이제는 레아에 대한 묘한 감정이 가슴속에 크게 자리 잡은 상태였다.

"암마, 대답 좀 해!"

짜악!

"흐꺅!"

갑작스레 등으로 전해오는 따끔한 충격에 그제야 나는 상념에서 빠져나올 수 있었다. 그리고 정신을 차리며 현실로 돌아온 나의 눈에 가장 먼저 들어온 것은 어이가 없다는 듯한 표정으로 나를 바라보고 있는 란슬로 형의 모습이었다.

"뭘 그렇게 딴생각하고 있는 거냐? 다 왔다고 몇번이나 말하는데도
들은 척도 않고 멍하니 허공만 보고 있고 말야."

"아… 조금."

아무리 물어본다고 해도 대답해 줄 수는 없었다. 아무래도 남한테
말하긴 조금 그렇지 않은가.

"요즘 들어서 이상하단 말야. 자주 멍한 표정을 짓거나 하고 말야."

란슬로 형은 은근히 대답해 주기를 요구하는 시선을 보내왔지만 나
는 슬그머니 무시해 버렸다. 아무리 란슬로 형이라도 이것만은 말해
줄 수 없었다.

"뭐, 가끔은 그럴 때도 있을 수 있겠지. 일단은 적당한 여관부터 잡
도록 하자."

삐거억!

"어서 옵쇼!"

여관의 문을 열고 안으로 들어가자마자 그곳에서 일하는 종업원인
듯 보이는 자가 우리를 향해 허리를 숙이며 인사했다. 그리고 곧바로
우리들이 엘프라는 것을 알고는 제법 놀라는 눈치를 보였다. 물론 더
불어 주위 사람들도 와자하게 떠들다 우리들이 들어오자 잠시 조용해
지며 우리들을 바라보았다. 하지만 이 정도는 이미 익숙해졌다.

"저희는 이곳에서 쉬었다 가려고 왔습니다. 빈방이 있을까요?"

정말 인간들을 대할 때는 거의 항상 쓰는 말투이지만 정말 이질감이
안 느껴질래야 안 느껴질 수 없는 말투였다. 평소에는 하고 싶은 대로
말하다 유독 다른 종족을 대할 때만 이런 가식적인 말투를 쓴다는 것,
정말로 싫은 것이다. 대체 무엇 때문에 이렇게 고상한 것처럼 보이기

위한 가식을 부려야 하는지 원…….

"무, 물론입니다. 2인실 하나, 1인실 하나를 원하시겠죠? 여, 여기 열쇠입니다. 요금은 나갈 때 주시면 됩니다."

종업원은 우리가 말하자마자 잽싸게 카운터에 가서 주인에게 열쇠를 받아 왔고, 곧바로 그것을 우리에게 건네었다. 그 종업원은 열쇠를 건네주고 허리를 숙여 인사를 하는 도중에도 우리들, 특히 레아를 흘끔흘끔 보았다. 그리고 다른 이들도 맥주를 홀짝거리는 시늉을 하면서도 우리들을 쳐다보고 있었다.

"……."

나와 란슬로 형에게 이 정도는 그다지 신경이 쓰이거나 하지 않았지만 아무래도 레아는 그렇지 않은가 보다. 물론 우리들도 처음에는 상당히 신경 쓰고 불편하기도 했던 만큼 그녀의 그런 반응이 이해가 가지 않는 것이 아니었지만 그렇다고 해서 마땅히 그녀를 도와줄 만한 방법은 없었다.

"방은 2층으로 올라가시자마자 왼쪽으로 가셔서 끝에서 두 번째, 세 번째에 있습니다."

열쇠를 받아 든 란슬로 형은 바로 계단으로 발걸음을 옮겼고, 그 뒤를 나와 레아가 따라갔다. 그리고 우리가 완전히 2층으로 올라간 뒤에야 1층의 홀은 다시금 소란스러워지기 시작했다.

"이야, 저게 엘프구나."

"난 엘프는 태어나서 처음 봐요."

"그런데 정말로 아름답던데? 소문보다 더욱 아름다웠어."

"정말 신비롭지 않아요? 게다가 굉장히 품위도 있고."

"그러게 말야. 마치 다른 세상에서 온 것 같았어."

만약 인간이나 그 외의 다른 종족이었으면 단순히 왁자지껄하다고 할지 모르겠지만 우리는 그 대화 내용을 어느 정도 들을 수 있었다. 그들의 이야기 주제는 대부분 우리들, 정확히는 엘프에 대한 것이었다.

언제나 생각하지만 다른 종족을 본 것이 그렇게 신기한 것인가? 하긴 나도 인간 마을에서 생활할 때에는 다른 종족에 대한 막연한 환상과 공포를 가지고 있었지만…….

어른이 되어서도 저런 반응을 보이는 것은 아마 인간이 유일하지 않을까 한다.

"후우, 그건 그렇고, 참 힘든 여행이었어."

란슬로 형은 과장된 말투와 행동을 써가며 탄성을 질렀다. 그리고 그의 시선은 나에게 와 있었다.

"누가 부상을 당했으면서도 억지를 쓰면서 길을 재촉하더니 말야. 가다가 픽픽 쓰러지기나 하고. 애고, 그런 녀석을 가는 동안 안고 간 누구는 참 힘들기도 했겠다."

란슬로 형이 말하는 '부상당한 외중에도 억지를 쓰며 길을 재촉하다 도중에 픽픽 쓰러진 녀석'은 나를 말하는 것이고, '그런 녀석을 업고 간 누구'는 당연히 란슬로 형을 말하는 것이었다.

내상이 상당히 심한 상태이기는 했지만 그래도 어느 정도 악으로 참고 마법만 쓰지 않으면 괜찮을 것이라고 생각했던 것은 큰 오산이었다. 그리 오래 말을 타본 것은 아니었지만 내 생에 말을 타고 가면서 이렇게 괴로움을 느껴본 것은 이전에도 없었고 앞으로도 없을 것이다. 길이 험하기라도 했는지 그날따라 말은 몸을 많이 흔들었고 그 덕에 그 위에 타고 있는 내 몸 역시 심하게 흔들렸으며—물론 기분 탓이었겠지만—그 덕에 가만히 있어도 찢어질 것 같을 정도로 심했던 내상의 고통은 더 더욱 심해진 것이다.

그로 인해 가는 도중 나는 무려 일곱 번이나 기절을 했고, 그때마다 란슬로 형이 수고를 했던 것이다. 기절해 버리는 바람에 중심을 잃고 낙마하려는 것을 몸을 날려가며 받아내는 것부터 시작해서 정신을 차릴 때까지 자신의 품에 안고 가는 것까지.

"미안······."

"그러니까 이번 마을에서는 억지 쓰지 말고 푹 쉬었다 가라고."

란슬로 형은 나에게 쉬었다 가는 것을 권했고, 나는 별수없이 고개를 끄덕였다. 은근히 인상을 쓰며 나를 바라보는 란슬로 형의 시선 덕에 도저히 거절할 수 없었던 것이다.

"그런데 말야······."

그러던 중 란슬로 형은 무언가 생각이 난 듯 주먹으로 손바닥을 탁 치며 나에게 질문했다.

"이건 계속 궁금했던 건데··· 너 출발하기 전에 대장로 할아버지한테 무슨 이야기를 들었던 거야?"

란슬로 형 덕에 나도 그때의 일을 회상해 내었다. 마을 밖으로 나가기 위한 허락을 받기 위해 원로원을 찾았을 때······.

"···별로 문제될 것은 없을 듯하군. 허락하지."

현 우리 마을의 집정관 게리는 '대체 뭐 하러 반쪽—하프 엘프, 여기서는 레아—따위를 위해 굳이 그런 수고를 하느냐?' 라는 듯한, 나에게는 상당히 불쾌한 시선을 보내오고 있었지만 일단은 모른 척하고 고개를 숙였다.

“감사합니다.”

우리 엘프는 인간들에 비하면 상당히 폐쇄적인 생활 방식을 가지고 있었다. 그중에 한 가지 예로 외출에 대한 것이 있었는데 엘프가 숲 밖에 나가기 위해서는 그전에 원로원의 허가를 얻어야 한다는 것이다. 이제 와서는 거의 형식적인 수준으로 변해 버렸지만 어쨌든 규칙은 규칙, 나가기 위해서는 나가는 이유 등의 외출과 관련된 간단한 질문에 대답하고 허락을 구해야 한다.

“그럼 저희는 이만…….”

“아, 라니오스 군은 잠시 기다려 보게나. 최고 장로님이 자네를 보고 싶다고 하셨네.”

그는 막 나가려고 하는 나와 란슬로 형 중 나를 불러 세웠고, 우리 둘은 그런 그의 행동에 이유 설명을 요구하는 시선을 보내었다.

“흠흠, 나도 자세한 이유는 모르겠네. 어쨌든 란슬로 군은 나가주게 나. 라니오스 군은 이쪽으로 따라오고.”

란슬로 형은 자신만 나가달라고 하는 게리의 말에 꽤나 불만이 있는 듯한 표정을 지었지만 이내 체념한 듯 순순히 밖으로 나갔다. 그리고 나는 그를 따라 안쪽에 위치한 방으로 들어갔다.

“그분 말씀으로는 상당히 중요한 일이라고 하시지만 나도 더 이상은 모르겠네. 일단은 여기서 기다려 주게.”

게리가 나간 뒤 약 5분 정도가 지나가 다시 문이 열리며 최고 장로 에람드가 들어왔다.

“오랜만이군, 작은 란 군. 잘 지냈나?”

“그건 제가 해드리고 싶은 말씀인 걸요, 에람드 할아버지?”

“예끼, 이 녀석이. 어른을 그렇게 놀리면 안 되지.”

간단한 인사말을 주고받은 뒤 우리는 곧바로 자리에 마주 보고 앉
았다.

"듣자하니 이번에 마을로 데려왔던 하프 엘프를 데려다주기 위해 숲
을 나간다고?"

"네."

순간 에람드의 눈에 그림자가 드리워졌다. 그는 대단히 중요한 이야
기를 하려는 듯 낮은 목소리로 말을 꺼내었다.

"이것은 이 세계의 운명이 걸려 있을 정도로 중요한 일이네. 아직
나이가 어린 자네에게 이런 명을 내리는 것은 조금 이르다고 생각하지
만… 상황이 상황인만큼 어쩔 수 없군."

그는 자리에서 일어서며 품 안에서 작은 로드 하나를 꺼내었다. 한
쪽 끝에는 그 크기는 엄지손가락 두 개 정도로 작지만 거대한 마법진
에서나 볼 수 있을 기하학적인 마법적 무늬가 새겨진 은백색으로 빛나
는—단순히 빛에 반사되어 나오는 광택이 아닌 정말 스스로 빛을 내고 있는—
로드였다. 그리고 에람드가 그것을 꺼낸 행동의 의미를 알고 있는 나
는 곧바로 그의 앞에 무릎을 꿇었다.

"나 에람드는 모든 엘프의 의지를 대신하여 그대 라니오스에게 명을
전한다."

짐짓 근엄한 목소리로 에람드가 내게 말했고, 나 역시 상황이 상황
인만큼 최대한 진중하게 대답하였다.

"모든 엘프의 의지에 따라 나 라니오스는 어떠한 일이라도 목숨을
다하여 수행할 것을 맹세합니다."

솔직히 이렇게 빨리 이런 대사를 말하게 될 날이 올 줄은 몰랐다. 대
체 무슨 일이길래 에람드가 '마나의 로드' 까지 꺼내며 나에게 명을 내

리는 것일까?

"이것은 엘프의 의지일 뿐만 아니라 우리를 돌보는 생명의 신 아시아스의 이름에 걸고 명하는 것이다."

저렇게 말하고 있다는 것은 신탁이 내렸다는 뜻이다. 그리고 대장로가 받은 신탁을 외부에 행하는 것은 대부분 제1의 검, 즉 내가 해야 한다.

"엘프의 검으로서 엘프의 의지와 신의 의지를 받들겠습니다."

솔직히 이 절차는 비슷한 내용의 대사를 몇 번이나 반복하는 꽤나 지겨운 의식이다. 비록 단둘이서 하는 작은 의식이지만 그것이 가진 의미는 매우 크다.

"…역시 말 못해줘."

"에에?!"

신탁을 전달받을 당시의 일을 회상하며 그것의 중요성을 다시금 떠올리다보니 역시 그것은 남에게 말해 줄 만한 게 아니라는 결론이 났다. 설령 그것이 란슬로 형, 아니, 쟈밀이라고 할지라도 의무는 지켜야 한다.

"너무하는 거 아냐? 한참 뜸 들여서 기대하게 하더니 한다는 소리가 못 가르쳐 주겠다니, 우리 사이에 정말 이러기야?"

하지만 오히려 이런 행동—한참 가만히 있다가 '안 돼'라고 대답한 것—이 란슬로 형의 호기심을 더욱 자극한 것 같았다. 그는 내 어깨를 잡고 흔들며 나의 대답을 요구했다.

"아야야, 너무 흔들지 마. 난 환자라고."

"뭘 이제 와서 환자타령이야? 빨리 말해!"

“우에에에에~ 저얼~대로오~ 말~ 못해애~”

이제는 전후, 좌우로 흔드는 정도가 아니라 아예 위아래로 흔들고 있었고 덕분에 난 몸 안의 내장이 한쪽으로 쏠리는 듯한 거북한 느낌을 받았다.

그렇게 한참 동안 입을 다물고 있자 란슬로 형은 그제야 나를 다시 내려놓았다.

“…정말 중요한 거냐?”

“신탁이라니까. 형이 아니라 쟈밀이라고 해도 말해 줄 수 없어.”

“…쳇, 내가 서러워서 빨리 소드 그렌져에 오르든가 마법을 배우든가 해야지 원.”

나보다 훨씬 뛰어난 검술 실력을 가지고 있는 란슬로 형을 제치고 내가 최고 전사가 되어 스팅의 선택을 받아 주인이 될 수 있었던 가장 큰 이유는 아마도 마법일 것이다. 아크메이지의 단계에 올라 있는 나의 마법 실력은 웬만한 마법사 수백 명에 이를 정도이니까.

“에휴, 난 밑에 가서 술이나 마실련다.”

“어… 나도……”

“환자가 무슨 술이냐? 그냥 쉬고 있어.”

아무래도 조금은 삐친 상태인 듯 란슬로 형은 같이 술을 마시자는 나를 무시한 채 혼자 1층으로 가버렸다. 왠지 조금은 란슬로 형에게 미안해지기는 했지만 어쩔 수 없는 것이니만큼 곧 포기해 버렸다. 조금 뇌두면 풀어지겠지. 게다가 아까의 말은 거의 반사적으로 나온 것이지 정말 술이 마시고 싶어서 한 말은 아니었으니까.

“휴우… 목욕이나 하러 갈까?”

나는 복잡하게 입고 있는 옷을 대강 벗어 방문 옆에 놓인 바구니에 던져 넣은 뒤—이렇게 해두면 나중에 점원이 알아서 세탁해서 갖다 준다. 물론 세탁료는 받지만—세면 도구와 수건을 챙겨 밑으로 내려갔다.

"아, 목욕하려고 하십니까?"

내가 어깨에 수건을 걸고 내려온 것을 본 점원은 금방 내가 목욕을 하려고 한다는 것을 알고는 바로 안내해 주었다.

"이쪽으로 오십시오. 저희 여관은 언제라도 원하시는 분은 바로 목욕을 할 수 있도록 따뜻한 목욕 물을 준비해 두고 있다는 것이 큰 자랑이지요."

점원을 따라 욕실로 들어가자 따뜻한 수증기가 안을 메우고 있었다. 점원은 욕실 안에 있던 다른 점원에게 무언가 지시를 한 뒤 다시 나에게 와서 말했다.

"저기 '2' 라고 적힌 데에 가셔서 기다리시면 자동으로 욕통에 물이 채워질 겁니다."

말을 마친 점원은 곧 다시 카운터로 돌아가려는 듯 밖으로 나갔고, 나는 그가 말한 대로 '2' 라고 쓰인 작은 방 안으로 들어갔다.

"호오~"

점원의 말대로 욕통에는 물이 채워져 있었다. 어디로 물이 나오나 살펴보았더니 벽에 웬 길다란 금속 관이 있었고 그 끝에서 더운 물이 나오고 있었다.

"신기하네."

욕조에 물이 거의 다 차게 되자 관에서 나오던 물은 더 이상 나오지 않았다. 나는 옷을 벗어 옆의 바구니에 놓아두고 목욕 통 안으로 들어갔다.

"아아, 기분 좋아."

내가 인간들의 마을에 왔을 때 가장 즐기는 것이 바로 목욕이다. 숲에서는 여간해서 입욕제는커녕 더운물로 목욕하는 것조차 힘들었기 때문에 입욕제가 들어간 더운물에서 목욕하는 것이 그렇게 좋을 수가 없었다.

"그런데 여기는 좀 특이한 입욕제를 쓰는 건가?"

아니면 내 코가 잘못된 건지 이곳의 물 냄새는 다른 곳의 입욕제와 그 냄새가 꽤 많이 달랐다. 보통은 꽃 향기와 비슷한 냄새가 나는 것에 비해 여기는 특이한 냄새의 입욕제를 쓰는 것 같았다.

"뭐, 상관없겠지. 불쾌한 것도 아니고 오히려 좋으니까."

그렇게 목욕 통에 몸을 담그고 가만히 있으니 머리 속으로 여러 가지 생각이 스치고 지나갔다. 앞으로의 여행 일정에 대한 것, 앞으로의 마족에 대한 대비책 등등.

'과연 신탁이 의미하는 것은 무엇일까……?'

그때 에람드가 내가 전하였던 신탁, 그것은 그 자체로는 도대체가 무슨 의미인지 알아들을 수 없는 것이었디.

"빛과 어둠이 서로 맞부딪쳐 세상의 균형을 흔들고 그 중심에서 나타난 파괴신이 스스로를 멸하며 절대적 의지를 다시 이곳에 내릴 것이다. 순수의 탄생에 의해 세계를 구성하는 의지는 그 아래에 모여 새로운 질서를 만든다… 이게 대체 무슨 소리야?"

우선 원로원에서는 '빛과 어둠의 충돌'을 신계와 마계에서 나타난 신족, 마족의 싸움, 그리고 그곳의 신이라고 할 수 있는 최고위 신족, 마족까지 합세한 중간계에서의 전쟁이라고 해석을 하였다. 하지만 과연 이 신탁이 말하는 '파괴신'과 '절대적 의지', 그리고 '순수의 탄생'이 의미하는 것은 대체 무엇일까?

"'파괴신' 은… 드래곤? 아니… 악마? 그렇다면 '절대적 의지' 는 천사인가? 그렇다면 '순수' 가 드래곤인가?"

하지만 이것은 어딘가 초점이 맞지 않는 가설이었다. 파괴신이 악마라는 가정은 그렇다 쳐도 천사가 절대적 의지라는 것은 아무래도 틀리다고 생각되었다. 게다가 드래곤이 '순수' 라는 것도 역시 무언가 어울리지 않았다. 그들이 비록 이 세계를 지키기 위한 존재이기는 했지만 그렇다고 해서 '순수' 와 연관성이 있다는 것은 아니었다.

"으으으, 머리 아파. 대체 신들은 뭣 때문에 이렇게 말을 비비 꼬아서 전하는 거야? 좀 간단하게 하면 안 되나."

신이 지금처럼 직접 말을 전하는 것이 자주 있는 일은 아니었지만 이런 일이 있을 때마다 신은 항상 그 의미가 배배 꼬여 있는 어구들로만 신탁을 내리셨다. 만약 나에게 신을 직접 만나 이야기를 할 수 있는 기회가 주어진다면 가장 먼저 하고 싶은 말이 바로 '왜 이렇게 신탁을 배배 꼬아서 내려주시는 거예요?' 였다.

"하아… 일단은 레아를 이미르까지 데려다 주고 생각하자."

그 다음에 신탁이든 뭐든 생각하기로 하자. 한꺼번에 너무 많은 생각을 해봐야 좋을 거 없으니까.

"하아……."

그렇게 조금 더 있을까 하고 욕통에 몸을 담그고 있는데 갑자기 눈앞에 부옇게 흐려지는가 싶더니 정신이 몽롱해지면서…….

아무래도 그 다음이 생각나지 않는다.

상당히 넓은 방. 하나의 큰 원형 테이블의 주위에 앉은 다섯 명의 인물이 있었다. 검은 단발에 사제복을 입은, 부드럽게 곡선을 긋고 있는

가는 눈매의 사내와 단정한 청색 머리의 사내, 그리고 분홍색 머리를 허리까지 기른 여자와 군청색 머리를 역시 허리 아래까지 기른 부드러운 인상의 여자, 마지막으로 짧은 갈색 단발의 중성적으로 보일 수도 있는 밝은 신상의 소녀였다.

갈색 단발의 여자 라오가 먼저 입을 열었다.

"중간 보고 할게요. 뭐, 중간 보고라고 할 것도 없지만. 간단히 말해서 현재까지 매우매우 순조로움. 얼마 안 가서 모든 준비는 다 완료될 예정이에요."

그러자 곧 청발사내 제이가 그녀에게 질문을 던졌다.

"그런데 요새 그 귀여운 꼬마는 어떻게 지낸대? 한번쯤 더 보고 싶은데."

그의 해석하기에 따라 여러 가지 의미로 인식할 수 있는 질문에 라오가 대답을 하기도 전에 검은 단발의 사내가 묘한 미소를 지으며 말했다.

"호오, 제이, 그런 취미였습니까?"

그러자 제이는 얼굴 전체가 새빨개지며 버럭 소리를 질렀다.

"무, 무, 무, 무슨 헛소리야, 레이?! 내가 그런 놈으로 보여? 그냥 귀여우니까 귀엽다고 한 거라고!"

그의 말에 검은 단발의 레이는 더 더욱 진한 미소를 지으며 대꾸했다.

"안 그럴 것 같은 이가 알고 보면 더욱 노골적인 경우야 엄.청.나.게. 많죠. 후훗."

제이의 얼굴은 이제는 붉어지다 못해 검은색이 될 지경이었다. 그는 더 이상 참지 못하고 자리에서 벌떡 일어났다.

"야, 임마! 오늘 너 죽고 나 죽자!"

"아니, 왜 그렇게 흥분하십니까? 설마 사실을 들켜서 그걸 감추기 위해 그러시는 겁니까?"

"@#%#@%·@$·@$·%@!"

더 이상 놔두면 위험하다고 느꼈는지 라오가 막 검을 뽑으려 하던 제이를 말렸다.

"그만 해요, 제이. 레이가 언제 한두 번 이랬나요?"

잠시 동안 그를 진정시키고 나서야 제이는 자리에 앉았다.

제이는 한숨을 쉬었고 레이는 여전히 장난기를 입에 가득 담고 있었다.

"후우, 하지만 언제 당해도 도저히 적응이 안 된단 말야."

제이의 말에 쟈밀은 속으로 중얼거렸다. '네놈이 그 정도이니 난 얼마나 속이 바글바글 타겠냐?' 라고.

"어련하시겠습니까? 그건 그렇고, 섭섭하군요, 레디. 그런 식으로 말씀하시면 제가 너무 못된 놈처럼 보이지 않습니까."

"사실이 그렇잖아요."

레디의 강력한 반격에 레이는 한 방 먹은 듯한 표정을 지었으나 여전히 입은 부드러운 곡선을 그리고 있었다.

그때 군청색 머리칼의 여자 루나가 입을 열었다.

"아, 그러고 보니 쟈밀도 얼마 전에 준비가 다 끝났다고 하던데 왜 안 오는 걸까요?"

그녀의 의문에 라오는 묘한 웃음을 지으며 대답했다.

"히히히, 그거야 당연하죠. 우리도 다 끝났으니 쟈밀 오빠까지 끝나면 이제 쟈밀 오빠는 진짜 막노동을 해야 하는데."

"그러니까 미리 좀 쉬어두겠다는 거지."

라오의 말에 한마디 더 덧붙이는 제이였다.

레다는 여전히 싱글싱글 웃고 있는 레이를 바라보며 톡 쏘듯이 말했다.

"그러고 보면 레이도 참 치사하네요. 어떻게 그럴 수가 있어요?"

하지만 레이는 여전히 싱글거리며 웃고 있었다. 그는 어깨를 으쓱해 보였다.

"하지만 덕분에 우리가 이렇게 편하게 있는 거 아니겠습니까? 그리고 왜 저만 가지고 그러시나요? 사실 여기 있는 모두가 비슷한 처지면서 말입니다. 사실 여기 있는 이들 중 지금 쟈밀이 할 일을 하지 못할 이가 몇이나 되겠습니까?"

그의 말에 라오는 한 방 먹은 표정이 되었다. 그녀는 헛기침을 몇 번 하더니 어색한 표정을 지우려 애쓰며 대답했다.

"흠흠, 하지만 생각해 봐요. 아무리 그래도 이미지라는 게 있는데 그걸 좀 맞춰줘야 하는 거 아닌가요? 사실 이런 일은 쟈밀이나 레이 오빠가 제일 어울리잖아요. 나는 그렇다 쳐도 루나 언니나 제이 오빠가 그런 일을 한다는 건 우스운 일이고……."

그때 제이가 그녀의 말을 자르고 들어왔다.

"어이어이, 우리가 이렇게 모인 건 이렇게 잡담이나 하러 온 게 아니잖아? 아무리 우리가 할 일을 다 했다 해도 그건 기본 업무일 뿐이잖아. 저걸 보라고."

제이가 가리킨 곳에는 상당한 양의 서류들이 쌓여 있었다. 그러나 라오와 레이는 사악한 미소를 지으며 대꾸했다.

"저걸 꼭 우리가 할 필요는 없잖아요? 대충대충해서 쟈밀한테 건네주면 쟈밀이 알아서 하겠죠. 안 그래요?"

"동감입니다."

제이는 한숨을 푹 쉬며 이마에 손을 얹었다. 더불어 루나 역시 곤란하다는 듯한 미소를 지어 보였다.

"흐이구, 이러니 쟈밀이 이 일을 그렇게 싫어하지."

"어디까지나 시작할 때뿐이긴 하지만요."

일일이 뒤에 한마디씩 덧붙이는 레이였다.

"끄음……."

다시 정신을 차렸을 때 흐릿하게나마 가장 먼저 눈에 들어온 것은 나무로 된 여관의 천장이었다. 그리고 살짝 고개를 돌리자 나를 내려다보고 있는 레아의 얼굴이 보였다.

"아, 일어나셨군요."

그녀는 막 정신을 차린 나를 보며 미소 지었다.

"아무리 찾아도 안 보이시길래 점원한테 물어보니까 욕탕에 계시다고 하더라고요. 기왕 저도 목욕하고 나오는데 그때까지 란님이 안 나오시는 거 같아서 확인해 보니까 그 안에서 잠들어 계시더라고요."

레아는 내가 잠들어 있었다고 하지만 나로서는 잠이 들었던 것인지 정신을 잃었던 것인지 분간이 되지 않았다.

움직이려니 몸에 힘이 안 들어갔다. 하지만 그것도 잠시, 이내 몸을 평소처럼 자유자재로 움직일 수 있었다. 내가 기절이란 걸 하다니, 참 긴장이 풀렸나 보군. 하긴, 간간이 들렀던 산간 마을들 중에는 마물의 습격으로 쑥대밭이 된 곳도 몇 군데 있다 보니 잔뜩 긴장한 상태에서

속 편하게 목욕을 해서 그런가?

가만! 내가 지금 욕조에서 침대로 옮겨져 있고 내 옆에 레아가 있다는 건?!

그런 생각까지 가자 정신이 확 깼다.

"레아!"

내가 돌연 불안한 표정을 지으며 침대에서 벌떡 일어나자 레아는 깜짝 놀란 표정을 지었다. 하지만 나도 지금은 따질 건 따져야 할 때였다.

"너… 설마… 네가 날 욕실에서 끄집어낸 건 아니겠지?"

너무 급하고 불안한 나머지 말까지 더듬고 있었다. 그런데 내 질문에 레아의 얼굴이 확 붉어졌다. 서, 설마……?

"저기… 그건 아니구요… 란님이 한동안 안 나오시기에 걱정이 되기도 하고 해서… 그래서……."

그래서, 그래서? 내 얼굴은 불이 붙기라도 한 듯 화끈거렸고, 그런 나의 무언의 재촉을 받은 레아는 설명을 계속했다.

"그래서 여관 직원한테 시켜서 란님을 욕실에서 꺼내고 가운을 입혔어요. 사실 란슬로님께 부탁하려고 했는데 그분께선 만취하셔서 주무시는 바람에……."

응? 어라라? 아, 그러고 보니 내가 지금 걸치고 있는 게 목욕 가운이었군.

그런데 애석하게도 레아의 설명은 그치지 않고 있었으니…….

"죄, 죄송해요. 그래도 조금밖에 안 봤어요. 정말요……. 어머, 란님! 정신 차려요, 란님……."

아마 그때 또 기절했던 것 같은데… 타인에게 알몸을 보인 게 얼마

만인가? 80년이 넘은 거 같은데……. 게다가 지금까지 내 알몸을 본
이라고는 우리 엄마와 쟈밀뿐이었는데…….
　그 다음이 레아인가? 허허허, 부끄러워라…….

황궁에서

"후우, 어찌어찌 도착은 했군."

란슬로 형의 말대로 지금 우리가 서 있는 곳 앞에는 거대한 성벽이 길을 가로막고 있었다.

"히아… 무슨 성벽이 저렇게 높다냐?"

높이가 5미터는 가뿐이 넘어갈 듯한 성벽은 어떠한 적의 침략도 모조리 막아내겠다는 듯 굳건하게 대지 위에 서 있었다. 손가락은커녕 바늘 하나도 들어가지 못할 정도로 작은 틈새 없이 맞춰진 벽돌들을 보고 있으면 그저 놀랍기만 했다.

"…인간이 만든 성벽이 아니군. 드워프인 거 같은데?"

단순히 그 위용에 감탄만 하고 있던 나와 달리 제법 유심히 성벽을 관찰하던 란슬로 형의 말에 레아는 고개를 끄덕였다.

"네. 약 700여 년 전 본래 저희 소브런의 수도였던 아젠 시가 소멸

된 뒤 어쩔 수 없이 천도할 때 지은 것이에요. 제가 알기로 현재 수도 내에 존재하는 드워프들이 만든 건축물은 대부분 이때 만들어진 것이라고 하더군요. 공사 기간은 대략 15년 정도였던 걸로 알고 있어요.”

그녀의 설명에 고개를 나는 고개를 끄덕였다. 그런데 무엇 때문인지 유심히 성벽을 살피던 란슬로 형이 나를 향해 손짓했다.

“어이, 란. 너 잠시 이리 와봐라. 너 요새 건축물과 신화에 관심 많지?”

“응. 왜?”

“그 두 가지 호기심을 한꺼번에 만족시킬 수 있을 거 같은데.”

고개를 갸웃하며 란슬로 형 옆으로 다가가자 그는 손가락으로 벽돌 하나를 가리키며 내게 말했다.

“여기를 자세히 봐. 벽돌에 무언가 그림이 조각되어 있는 게 보이지?”

그가 가리킨 벽돌을 보자 그의 말대로 벽돌 면에 무언가가 그림 비슷한 것을 조각한 흔적이 남아 있는 것을 확인할 수 있었다. 그리고 그것은 주위에 비해 침식된 정도가 더욱 심해서 도저히 무엇이 새겨져 있었는지 알아볼 수 없을 정도라는 것을 제외하면 다른 대부분의 벽돌들과 마찬가지였다(어떤 벽돌은 완전히 갈아졌는지 밋밋해진 것도 있었지만).

“드워프들은 참 쓸데없는 데 신경 쓰기를 좋아한다니까. 그런데 대체 무슨 의미로 이런 그림들을 새겨놨던 걸까? 란, 넌 뭐 짚이는 거 있냐?”

“글쎄…….”

성벽의 벽돌에 새겨진 그림 중 그나마 그 형태를 알아볼 수 있는 벽돌에 새겨진 그림은 상당히 그 의미가 간단했다. 하늘에서 지상으로

내려온, 아니면 땅속에서 지상으로 솟아난 듯한 거대한 어떠한 존재에
의해 세상이 불길에 휩싸이고 그 와중에 도망가는 인간, 드워프, 엘프
와 그 '어떤 존재' 에 맞서는 다른 한 무리의 드워프들과 그 뒤를 따르
는 듯한 또 다른 인간, 엘프들의 모습이었다.

"아, 아마도 그건 '파괴신' 에 관한 전설일 거예요."

"파괴신?" ×2

파괴신이라고 하면 나도 조금은 아는 바가 있다. 하지만 어느 기록
에서도 너무나 막연한 내용만 있었기에 그 정체가 확실하지 않은 존재
였다.

"란님과 란슬로님도 7~800여 년 전에 있었다고 하는 파괴신에 대
한 이야기는 알고 계시죠? 저희의 옛 수도였던 아젠 시가 소멸한 것도
이 파괴신에 의한 것이었다고 해요."

"흐음……." ×2

파괴신. 그 존재를 부르는 이들은 '파괴신' 이라고 하여 그 뒤에
'신' 이라는 단어를 붙이지만 과연 그 존재가 신석인 존재였는지, 아니
면 단순히 신에 필적할 정도로 막강한 힘을 쌓은 다른 존재인지는 확
실하지 않다. 실제로 비록 하급 신이라고 해도 어쨌든 신에 필적할 정
도의 힘을 가진 존재는 제법 있었으니까 그 '파괴신' 이라는 존재가 반
드시 신이라고는 할 수 없었다.

"아마도 이 벽돌에 새겨진 그림들은 그때 당시의 파괴신과 싸우던
내용을 이야기하는 것 같아요."

실제로 '파괴신' 이 어디에서 왔는지에 대한 단서는 하나도 없었다.
그는 단순히 모든 것을 가리지 않고 파괴하다가 어느 순간 거짓말같이
사라졌다고 하니 그의 목적 역시 불명이었다.

"가만… 파괴신?!"

계속 '파괴신' 이라는 것에 대한 이야기를 하고 있다 보니 순간 내 머리 속에 지나가는 생각이 있었다.

'빛과 어둠이 서로 맞부딪쳐 세상의 균형을 흔들고 그 중심에서 나타난 파괴신이 스스로를 멸하며 절대적 의지를 다시 이곳에 내릴 것이다.'

분명 신탁에서도 파괴신에 대한 언급이 있었다. 그렇다면 신탁은 7~800여 년 전에 나타났던 파괴신의 재림을 예언한 것인가? 하지만 같은 '파괴신' 이라는 단어를 사용했다고 해서 꼭 동일한 존재라고 할 수도 없었다.

"응? 뭔가 생각나는 게 있는 거야?"

방금 무의식 중에 반사적으로 탄성을 지른 나의 모습에 란슬로 형은 호기심이 생긴 듯 질문해 왔지만 나는 아직 대답해 줄 수 없는 상황이었기에 적당히 넘어가야 했다.

"으, 으응. 아무래도 착각했던 거 같아."

"으음?!"

하지만 아무래도 얼버무리는 것이 너무 어설펐던 것 같았다. 란슬로 형이 눈을 부릅뜨며 더욱 집요한 시선으로 나를 노려보는 것을 보면 말이다.

"네가 지금 얼렁뚱땅 넘어가겠다고 하는 것 같은데 빨리 순순히 불지 못할까?!"

아무래도 전의 일—신탁에 대한 것도 얘기 안 해준 것—도 있다 보니 제법 쌓였나 보다. 가늘게 부릅떠졌던 란슬로 형의 눈은 어느새 도끼눈이 되어서는 마치 눈으로 '이번에도 그냥 넘어가면 절단 내버릴 테다'

라고 말을 하는 것 같았다.

꼬르르륵.

마침 다행이라고 해야 할까? 란슬로 형의 배에서 꽤나 큰 비명 소리(?)가 울려 퍼졌고, 덕분에 란슬로 형은 나를 도끼눈으로 쩨려보는 것을 그만두며 몸을 돌렸다.

"젠장, 하필 이럴 때 배가 고프다니. 너 이따가 밥 먹고 확실히 말해 줘야 해. 알았지?!"

그리고는 잽싸게 말 위로 올라타더니 나와 레아를 팽개치고 성문을 향해 달려갔다.

"어, 어라?"

그의 갑작스러운 행동에 당황한 나와 레아는 무슨 말도 못한 채 얼떨결에 말에 올라타 그의 뒤를 따라갔다.

"후아, 이제 좀 살겠다."

란슬로 형이 먹어치운 음식들의 잔해(?)를 본 우리는 그저 입을 다물 수가 없었디.

'…그렇게 배가 고팠나?

약 일주일 전, 두 명의 바보—스피터와 카랏트—들이 왔다 간 이후로 그 어떤 마족도 우리 주변을 얼씬거리지 않기에 우리는 좀 편하게 갈 길을 갈 수 있겠구나 하고 생각했었다. 하지만 우리는 뒤늦게야 우리가 저지른 중대한 실수를 깨달았다. 그것은 바로 자금 문제였다. 란슬로 형과 내딴에는 왕복하기에 충분한 거금을 가지고 출발했다고 생각했는데 그게 아니었던 것이다.

"너도 한 사흘만 굶어봐라. 이렇게 안 되나."

만약 나와 란슬로 형 둘이서만 여행을 했더라면 그 돈으로 여유있게 쓰고도 남았을지 모르는 일이었다. 하지만 레아가 있다 보니 그게 아니었던 것이다.

우선은 아무래도 레아가 왕족이라서 그런지 보통의 여관으로는 도저히 성에 차지 않아한다는 것이었다. 물론 작은 마을에서는 어찌어찌 어거지로 그 마을에 하나뿐이 없는 값싼 여관에서 묵어간다 치지만 어느 정도 규모가 있는 마을이나 도시에서는 무조건 가장 좋은 여관, 호텔에서 숙박을 했던 것이다. 물론 이것은 단순한 레아의 기호뿐이 아닌 그녀에 대한 나의 배려 때문이기도 했지만(사실 그녀는 아무 말도 안 했는데 내가 무조건 가장 좋은 여관으로 향했었다).

그리고 무엇보다 가장 큰 결정타는 바로 우리가 방금까지만 해도 타고 다녔던 말이다(지금 우리가 이렇게 좋은 여관에서 깨끗하게 목욕하고 좋은 식사를 배불리 먹을 수 있는 것이 다 그 말들을 팔았기 때문이다). 말이라는 녀석의 가격은 상당히 비싼 것이었고 그로 인해 우리가 가지고 있던 돈의 상당량이 깨져 나갔던 것이다.

그 덕에 일주일 전에는 그나마 남아 있던 돈을 탈탈 털어서 건조 과일과 건조 야채 약간으로 끼니를 때우며 노숙으로 도배된 일주일의 여정 끝에 이곳 이미르에 도착한 것이다.

"일단 오늘은 여기서 푹 쉬고 내일 황궁으로 가도록 하자."

"네."

내 의견에 레아는 순순히 고개를 끄덕여 주었다. 나는 그녀에게 일주일여간의 피로는 풀고 가자는 식의 의견으로 그녀를 여기서 쉬게 하였지만 사실 진짜 원인은 나에게 있었다.

그녀와 헤어지기 싫었던 것이다.

“하아…….”

거의 무의식적으로 한숨이 나왔다. 다행히 란슬로 형은 이미―과식, 과음으로―테이블 위에 뻗어버린 상태였고―덕분에 주변의 시선도 꽤 있었지만 자신들의 볼일을 보고 있었다―레아는 별 신경 쓰지 않는 눈치였지만 그렇다고 해서 내 고민이 어디 가거나 덜어지는 것은 아니었다.

‘꼭 이렇게 헤어져야만 하나……?’

내일이면 황궁에 도착하겠지. 그리고 그곳 황제와의 간단한 인사치레 후에―어쩌면 간단한 연회 정도를 준비해 줄지도 모르겠지만―나는 신탁을 수행하러 가면 되는 것이고, 레아는 본래의 목적대로 프로튼의 국왕에게 시집을 가면 되는 것이다.

“아… 싫다.”

“에?”

“아, 아냐. 잠시 딴생각을 하다가…….”

라고는 말했지만 어디가 딴생각인가? 방금 전까지도 하고 있었고 지금도 한참 골머리 깨지게 하는 원인이 바로 지금 내 앞에 있는 저 하프 엘프 여자애인데.

“하아… 별수없으려나?”

하지만 이렇게 생각만 하고 있는다고 해서 뭘 어찌할 수 있는 것도 아니고 그렇다고 해서 이미 예정된 남자가 있는 여자한테 끈질기게 매달리려는 것도 할 짓은 아니었다.

“레아, 나… 먼저 올라갈게.”

“네? 아, 저어…….”

그녀는 무언가 나에게 말을 하려고 하는 듯하였지만 나는 그것을 무시한 채 바로 계단 위로 달려가 버렸다. 그리고 방 안의 침대 위로 몸을 던지며 베개에 얼굴을 파묻었다.

"바보! 바보바보바보!"

어쩔 수 없는 일이다. 어쩔 수 없었다. 나로서는 뭘 어찌할 수 없는 일이다. 이미 정해진 남자가 있는 여자 아이인데 왜 이렇게 가슴이 두근거리는 것인가?

하지만 어쩔 수 없음에도 나는 계속해서 이 한심한 나를 질책하고 있었다. 그대로 지쳐 잠이 들어버릴 때까지.

챙!

"멈춰라!"

과연 황궁의 입구를 지킬 만한 자들인 것 같다. 물론 일개 문지기에 출중한 검술이나 창술 실력이 있는 것은 아니었지만 지금 우리들을 가로막는 기도나 움직임에는 일치의 흔들림도 없고 그 동작이 마치 서로 거울에 비친 것마냥 딱 맞아떨어졌던 것이다.

"이곳은 황제 폐하가 계신 황궁, 설령 숲의 종족인 당신들이라고 할지라도 그냥 보내 드릴 수는 없습니다."

잘못 들으면 '정히 들어가고 싶다면 힘으로 해보시지' 라는 유의 대사가 이어질 것 같은 분위기로군.

"흐음, 그렇다면 힘으로 해보라는 뜻인가?"

아니나 다를까, 저 천연 악동—이라는 단어를 붙이기엔 너무 나이가 있었지만 마땅한 수식어가 없는 관계로—란슬로 형은 정말로 그들의 말을 도전 신호로 알아듣기라도 한 듯 등 뒤에 메어둔 클레이모어로 손이 가는 것이었다(물론 장난인 듯 그의 입가에는 비뚤어진 미소가 걸려 있었지만… 너무하는 거 아닌가?). 당연히 문지기로 있던 두 병사가 우리에게 창을 겨누는 것은 물론 성벽 위에 있던 여러 명의 궁수들도 우리를 향해 활을 겨누었다.

"무례하다! 감히 누구에게 무기를 겨누는 것인가!"

당장이라도 싸움이 벌어질 것 같은 상황을 막아낸 것은 레아시아였다. 그녀는 마치 대단히 화가 난 듯한 표정을 지으며 우리 앞에 있는 경비병들에게 호통을 치는 것이었다.

"황제 폐하께 전하여라. 나 레아시아 벨자크 소브런이 돌아왔다고."

"고, 공주 전하이십니까? 죄, 죄송합니다. 미천한 제가 어리석어 죽을죄를……."

"변명은 필요없다! 어서 내 말을 전하지 아니할까?"

"예, 옛!"

레아의 앞에 무릎을 꿇었던 병사들 중 한 명이 곧바로 궁 안으로 뛰어갔고 얼마 지나지 않아 한 명의 기사와 그 뒤로 수십 명의 병사들이 성안에서 달려나왔다.

"오오, 정말로 공주 전하시군요. 무사하셔서서 다행입니다."

기사와 병사들은 레아의 앞에 오자마자 무릎을 꿇고 고개를 숙였고 그런 그들의 행동을 레아는 당연하다는 듯이 받아들이고 있었다.

"이렇게 다시 만나서 나도 반갑소, 제플 경. 우리를 황제 폐하께 안내해 주지 않겠소?"

"그런 일을 저에게 맡겨주시다니, 영광입니다. 자, 이쪽으로."

너무나도 고압적인 레아의 모습과 행동에 나와 란슬로 형은 뭐라고 한마디도 하지 못한 채 그녀의 뒤를 따라 궁전 안으로 들어가 버렸다. 란슬로 형은 한참 후에나 자신도 모르는 사이에 레아의 뒤를 따라가고 있다는 것을 눈치 채고는 내 귀에 대고 속삭였다.

"야, 저 아가씨, 원래 저랬냐?"

"나도 처음이야. 물어보지 마."

이렇게 위압적인 레아의 모습은 나도 처음이었다. 너무나도 당당하고, 위엄있고, 기품있고… 어쨌든 너무나도 카리스마 있는 그녀의 모습에는 나도 놀라울 정도였다.

'단순히 수줍음 잘 타는 여자애로 알았는데…….'

처음 그녀를 만났을 때에는 얼굴도 자주 붉히고 수줍음도 잘 타지만 남에 대한 배려도 잘해주고 언제나 조신한 여자 아이라고 생각했었고 그 예상은 거의 빗나가지 않았다. 방금 전까지만 해도 말이다.

대체 어느 쪽이 본래 성격일까? 지금 봐서는 아무래도 나와 있을 때의 모습이 가식이었던 거 같다는 불길한 생각이…….

"…그럼 저는 이만."

그렇게 이런저런 생각을 하는 동안 우리는 어느새 우리가—정확히는 레아가—목적지로 했던 곳에 도착했다. 우리를 안내했던 기사는 우리에게—역시 정확히는 레아에게—인사를 한 뒤 재빠르게 물러났고, 이어 우리 앞에 떡하니 버티고 있는 거대한 문의 양 옆에 있던 시종들이 문을 열었다.

"레아시아 공주 전하 납십니다!"

스르륵.

세상에! 어떻게 하면 저런 거대한 문이 열리는데도 '스르륵' 하는 문과 바닥의 천이 마찰을 일으키는 소리밖에 나지 않는 거지? 어쨌든…….

문이 열리며 내 눈에 그야말로 '엄청나게' 라는 수식어밖에 떠오르지 않는 거대한 홀이 모습을 드러내었다. 중앙으로 푸른색 양탄자가 길게 깔리고 그 양 옆으로 수십 명의 갑옷을 입은 병사들이 줄지어 서 있는 모습은 그야말로 장관이었다.

"오오, 레아시아야, 무사히 돌아왔구나. 네가 행방불명이 되었다는 이야기를 들었을 때 짐은 가슴이 찢어지는 줄 알았단다."

지금 우리 앞에 있는 거대한 옥좌에 앉아서 레아를 보며 함박웃음을 짓는 이 나라의 황제로 생각되는 자는 내 생각보다 젊은 자였다. 보통 제국의 황제 정도라고 하면 하얗게 센 수염에 꽤나 후덕한 몸매—살이 좀 쪘다는 얘기다—를 한 노인을 생각했는데…….

이것은 완전히 장군이었다. 그의 나이는 아직 40대에 머물 것 같았고 탄탄하게 다져진 그의 육체와 온몸에서 은근히 흘러나오는 기도는 그가 결코 만만한 자가 아님을 증명하고 있었다. 짐작하건대 거의 소드 마스터에 이르렀거나 막 소드 마스터가 된 경지인 듯하였다.

"걱정을 끼쳐 드려 죄송합니다, 아바마마. 이제 부디 마음을 편히 가지소서."

"아니다, 아니다. 짐은 걱정할 필요가 없다. 너야말로 이제는 마음을 편히 가지거라."

"감사합니다, 아바마마."

"그런데 대체 무슨 일이 있었던 것이냐?"

"그것은……."

그렇게 서로가 과장된 말투를 섞어가며 부녀 간에 대한 정을 확인하며 그녀가 겪은 우여곡절에 대한 간단한 설명을 다 들을 뒤에야 황제는 우리가 있다는 것을 인식하고는 레아에게 질문했다.

"그런데 여기 계신 엘프 분들은……?"

"아, 이분들이 저를 구해주시고 여기까지 오게 해주신 은인 분들이십니다."

“아…….”

그때였다. 순간이나마 황제의 표정이 묘하게 바뀌었던 것은. 하지만 곧바로 원래의 표정을 되찾았기에 그의 표정의 변화를 알아채었던 나조차도 잠시 환각을 본 것이 아닐까 하는 생각이 들 정도로 짧은 순간이었다.

“세계수의 가호가 언제나 함께하시기를. 굳이 그 시간을 할애하면서 저의 딸을 이곳까지 데려와 주신 것, 이 앨런 벨자크 소브런 무한의 감사를 그대들에게 보냅니다.”

아마 평소의 우리들이라면 그냥 시원스레 웃으며 ‘괜찮아요. 뭐 이 정도 가지고…’ 라는 식으로 이야기하겠다만…….

역시 상대는 타 종족, 그것도 한 국가의 황제인만큼 우리의 태도는 평소에 했을 것과 너무나도 달랐다.

“마나의 나무의 축복이 그대에게. 과분한 말씀이십니다, 인간의 황제여.”

“숲의 자식들과 신념의 기사들과의 우정을 생각하면 당연한 일이지요.”

란슬로 형이 말한 일명 ‘언제나 써먹는 대사’ 뒤에 내가 추가로 붙인 ‘숲의 자식들과 신념의 기사들과의 우정’ 이라는 것은 영웅전쟁 때에 일어났던 수많은 일화들 중에 한 가지이다. 그 당시 스팅의 주인이었으며 영웅전쟁의 가장 유명한 영웅들 중 한 명이었고 역대의 어떤 엘프들 중에서도 그를 능가할 이가 없었다고 할 정도의 전사였던 ‘데스트’ 님과 초대 소브런의 황제로 알려진 ‘란델 데라우드 소브런 1세와의 ‘영원한 우정의 맹세’ 는 영웅전쟁에 얽힌 일화들 중에서도 유명한 것이었다(특히 우리 엘프들 사이에서는 영웅전쟁이 무엇인지 자세히 모르는 이들도 다 알 정도로 가장 유명한 일화 중 하나였다).

"그렇게까지 생각해 주신다니 실로 영광이오. 혹시 원하는 것이 있다면 무엇이든 말씀해 주시오."

이때 잠시나마 작은 갈등이 머리 속을 지나갔다. 그 갈등의 내용은 '여비를 달라고 해?' 였다. 하지만 지금 남아 있는 돈으로도 잘 아끼면 충분히 숲까지 돌아가는 데 무리가 없을 거라고 판단, 이런 상황이라면 언제나 하던 대로 답변하였다.

"저희는 대가를 바라고 이런 일을 한 것이 아닙니다. 말씀은 감사하지만 저희로서는 부탁드릴 만한 일은 없군요."

"흐음……."

순간 황제의 표정이 어두워졌다. 그런 그의 표정의 변화는 단순히 우리가 그의 호의를 거절해서인 것 같지는 않았다.

"하지만 묻고 싶은 일은 있습니다."

"……?"

"우선 주위를 물리쳐 주시지 않겠습니까?"

갑작스러운 내 행동에 란슬로 형은 상당히 의아하다는 눈빛을 보내었으나 곧비로 두 눈을 빛내며 내가 하려는 말에 귀를 기울였다. 아마 그도 지금 내가 하려는 것이 그에게 말 안 해주었던 '임무'와 관련되어 있을 것이라고 짐작한 듯했다.

하지만 나는 어쩔 수 없이 그의 기대를 깨버려야 했다. 나는 그의 귀에 대고 작게 속삭였다.

"란슬로 형도 마찬가지야. 임무에 관계된 이야기니까 나가 있어 달라고."

"…쳇."

내가 설득을 해도 싫다고 버티면서 있을 줄 알았는데 예상외로 란슬로 형은 순순히 자리를 비켜주었다. 아무래도 이미 포기해 버린 상태인 듯했다. 그리고 황제 역시 내 부탁을 들어주어 주변의 인간들을 물려주었다.

"그대가 원한다면."

황제가 손을 들어 올려 보이자 주변에 있던 기사와 그 외 신하들이 밖으로 나갔다. 그렇게 대부분의 이들이 밖으로 빠져나간 것을 확인한 나는 그를 바라보며 조용히 이야기를 시작했다.

"빛과 어둠이 서로 맞부딪쳐 세상의 균형을 흔들고 그 중심에서 나타난 파괴신이 스스로를 멸하며 절대적 의지를 다시 이곳에 내릴 것이다. 순수의 탄생에 의해 세계를 구성하는 의지는 그 아래에 모여 새로운 질서를 만든다. 혹시 당신들의 신전에도 이러한 신탁이 내리지 않았습니까?"

앨런─소브런 황제─의 안색이 굳었다. 그의 표정의 변화로 보건대 아마 없지는 않은 것 같았다.

"그런 신탁이라면… 있었소."

역시 이 신탁은 우리 엘프의 신전만이 아닌 모든 신전에 공통적으로 내린 신탁이라는 예상이 맞을 것 같았다.

"저희 엘프는 이것은 신족과 마족의 이곳 중간계에서의 대대적인 충돌로 보고 있습니다."

"으음……."

"만약 이것이 사실이라고 한다면 이것은 비단 인간이나 엘프들만의 문제가 아닙니다."

"그렇게 되겠지. 그래서 엘프는 인간들에게 무엇을 요구하는 것이오?"

조금 귀찮기는 했지만 격식에 맞추어 조금 빙 돌려 이야기를 진행하려던 나는 한 번에 이야기의 요점을 물어보는 앨런의 태도에 잠시 할 말을 잃었다. 이런 일—무언가 공적인 일을 전하는 것—의 경험이 많은 것은 아니었지만 이런 경우는 또 처음이었기 때문이다.

'상당히 시원시원하다고 해야 하나?'

일전에 몇 번 대해보았던 인간 귀족들은 이런저런 수식어를 섞어가면서 빙빙 돌려 말하는 것을 좋아하던데. 개중에는 아무리 봐도 알아듣지 못한 듯한 모습인데도 고개를 끄덕이며 억지 미소와 함께 갖은 폼을 다 잡는 한심이들도 꽤나 있었지만.

"만약 이 신탁의 내용대로, 설령 저희가 이 내용을 잘못 해석한 것이라고 할지라도 그 결과가 중간계의 위험을 초래하는 것이라면 모든 중간계의 존재들이 힘을 합쳐 이 위험을 막아내거나 제거해야 한다고 생각합니다."

"그대의 말대로 하는 것이 합당한 이치라고 생각하오."

황제라는 자존심 때문에라도 무언가 토를 달 것 같다고 생각한 내 예상과는 달리 그는 순순히 고개를 끄덕이며 나의 말에 동조했다.

"그래서 사실은 부탁할 일이 있소이만……."

그는 무언가 대단히 중요한 부탁을 하려는 듯 자세가 낮아졌다. 그의 행동의 의미를 안 나는 그에게 다가갔고, 그는 작은 목소리로 내게 속삭였다.

그녀와의 하룻밤

"하아, 힘들었다."

이곳에서 할 일을 모두 마친 뒤 홀 밖으로 나오자 문 바로 옆에서 기다리고 있었던 듯 란슬로 형이 내게 다가왔다.

"쳇, 뭐가 임무냐? 이렇게까지 쫀쫀하게 굴다니. 너무한 거 아냐?"

"미안."

"아까야 자리가 자리인만큼 별소리없이 나와준 거지만 말야⋯⋯. 에이, 됐다."

무언가 본격적인 추궁(?)을 하려고 하던 란슬로 형이었지만 곧 단념한 듯 고개를 돌려 버렸다.

"너 말야, 이번만은 넘어가지만 다음부터 서로 안에 뭔가 숨기거나 하는 거 아니다. 알았지?"

"어, 어⋯⋯."

그는 앞으로에 대해 확실히 못을 박아두겠다는 듯하였고 무서운 표
정을 한 채 나를 위협(?)하는 그의 모습에 나는 얼떨결에 고개를 끄덕
여 버렸다.

"자, 그럼……."

"어, 이게 누구냐. 껑다리 란슬로 아니냐?"

"응?"

돌연 어디선가 누군가의 목소리가 들려왔다. 나와 란슬로 형은 방금
우리, 정확히는 란슬로 형을 부른 목소리의 주인공이 있는 방향으로 고
개를 돌렸다.

"나야 일이 있어서 온 거지만 너는 이런 데까지 무슨 일이냐?"

"아, 저도 조금 일이 있어서요."

상대는 드워프였다. 땅딸막한 키에 텁수룩한 수염을 한 그는 란슬로
형을 알고 있는 듯 그를 향해 함박웃음을 짓고 있었다.

"그래, 내가 만들어준 검은 쓸 만하더냐?"

"그럼요. 최고예요. 전에 만들어준 미스릴 검보다 훨씬 좋은걸요."

"카하하하! 그거야 당연하지. 누가 만든 물건인데!"

뭐가 당연한 건지는 모르겠다만 란슬로 형은 이해하겠다는 건지, 아
니면 그냥 동의해 주겠다는 건지 고개를 끄덕였고 그 드워프는 신이
난 듯 란슬로 형과 뭐라뭐라 신나게 떠들었다. 우리 주변에서 난처한
표정을 한 채 어쩔 줄 모르는 인간 경비병들의 모습이 애처로웠다.

"그런데 네 옆에 있는 하플링 꼬맹이는 누구냐? 여행 동료냐?"

"하, 하플링……?"

하플링. 드워프와 비슷할 정도로 작은 키를 한 그들은 드워프와 달
리 그 몸이 뚱뚱하지 않다. 그렇다고 호리호리하거나 마른 것은 아니

고 약간 통통한 정도인데……

대체 무슨 근거로 내가 하플링이라고 하는 거지?!

"푸… 푸하하하하하!!"

란슬로 형은 뭐가 그리 신이 나는지 허리를 뒤로 젖혀가면서 크게 웃어 젖혔고, 그 모습에 더욱 속이 꼬인 나는 잔뜩 인상을 찌푸리며 그를 향해 윽박질렀다.

"…웃지 마!"

"푸하하, 푸헤헤, 푸헤, 푸헤, 으헤헤헤!!"

"웃지 말라니까!!"

"푸헷, 하지만… 우히히히! 웃긴, 웃긴 걸. 힛힛힛, 어쩌라고. 캬하하하."

"형!"

"하플링, 하플링이래요~ 작은 란은 하플링~"

"§π♪☎¥♨우♨∞!!"

사실 내 키가 조금 작은 건 사실이지만 그렇다고 해서 하플링과 헷갈릴 정도인 건 아니다(확실히 아니다). 일단 인간을 기준으로 했을 때 마른 편인 엘프에 비하면 하플링은 반대로 약간 토실토실… 이라고 해야 하나? 어쨌든 마른 엘프에 비해 하플링은 반대로 살이 붙어 있고 무엇보다 머리카락, 겉·속눈썹을 제외하면 몸에 털이 없는 우리 엘프에 비해 하플링은 다른 데도 인간 이상이지만 특히 발 전체에 풍성한 털이 나 있으며 귀도 우리 엘프가 더 길고 뾰족하다. 특히 내 귀는 엘프 전체를 통틀어도 거의 없을 정도로 예쁘고 길게 쭉 뻗은 귀인데 대체 어딜 봐서 하플링이란 말인가(엘프는 귀가 곧게 뻗어 있어야 예쁜 귀라고 생각한다)?

'이 드워프 할아범, 나이를 너무 먹어서 치매에 걸린 게 아닐까?'

비록 상대의 나이가 얼마인지 정확하게 알 수는 없었음에도 벌써 이런 짐작까지 해보는 나였다. 그만큼 나를 하플링으로 분류한 그의 행동은 너무나도 충격적인(?) 것이었다.

그리고 한참이 더 지나서야 웃음이 진정된 란슬로 형은 아직 완전히 진정되지 않은 웃음을 죽여가며 그에게 나를 소개했다.

"흐히히히… 이 녀석이 제가 전에 얘기한 하플링… 이 아니고, 어이, 야, 그렇게 화 안 내도 되잖아(이때 라니오스:뭐야! 또 하플링이라고 할래?!). 그 만년 꼬맹이에 미숙아 엘프입니다. 이름은 라니오스, 작은 란이라고도 불리죠."

"…라니오스입니다."

"이렇게 만난 것도 나름대로 유쾌한 만남이구먼. 허허허허. 내 이름은 루돌프라네."

루돌프라고 자신의 이름을 밝힌 그 드워프는 내게 손을 내밀어 악수를 청하였고—사실 악수라는 것은 인간의 인사법이지만 어느새 우리 엘프를 비롯한 대부분의 타 종족들도 최소한 다른 종족과 인사를 나눌 때에는 자신들만의 인사법 대신 악수로 대체하는 습관이 생겨 버렸다. 인간의 무서움이 또 한 번 드러나는 순간이다—나도 손을 내밀어 그의 손을 맞잡았다.

"그래, 대체 무슨 일로 그 멀고 멀 엘프의 숲에서 여기까지 행차하신 겐가?"

"이 녀석 때문이죠. 저야 같이 와달라고 부탁을 받아서 온 것뿐이고요."

나를 가리키며 대답하는 란슬로 형의 말투는 상당히 비틀려 있었다. 아무래도 란슬로 형은 쌓인 것이 많기는 많은가 보다. 이렇게까지 하다니.

"흐음, 그래, 자네는 무슨 일로 온 겐가?"

란슬로 형의 말에 루돌프는 나를 바라보며 질문했다. 하지만 그의 말에 대답해 줄 수 없는 나는 고개를 저었다.

"죄송하지만 제가 여기 온 것은 공적인 일이라서 이야기해 드릴 수 없습니다. 이해해 주셨으면 합니다."

"으음… 뭐, 그렇다면 할 수 없지. 그런데 란슬로, 자네 지금 우리와 같이 갈 생각 없나?"

"에?"

나한테 말 걸었다 란슬로 형에게 말 걸었다, 아주 바쁘신 드워프로군. 갑작스러운 루돌프의 초청(?)에 란슬로 형은 의아한 표정으로 되물었다.

"왜요? 무슨 일이라도 있나요?"

"파하하하, 자네 혹시 정말로 잊어버린 겐가? 이제 조금 있으면 우리 마을에서 술 잔치가 벌어지지 않는가?"

"아하!"

"예끼, 그럼 내가 여기 괜히 온 거라고 생각했었나?"

루돌프의 입에서 '술' 이라는 단어가 나오는 순간 란슬로 형의 두 눈이 번쩍한다 싶더니 곧 그의 입가에 함박웃음이 맺혔다.

"우리 아들놈이 그때 자네와 술 시합에서 진 이후로 아주 이를 갈고 있더군. 하하하하!"

"네에? 애고, 그때도 겨우겨우 이긴 건데 이를 갈고 있을 정도면……."

둘은 뭐가 그리 신이 나는지 서로 장단 맞추며 열심히 떠들고 있었지만 그들의 대화가 진척될수록 나는 황당함을 금치 못했다.

'…엘프가 드워프와 술 시합? 그것도 드워프를 이길 정도라고?!'

아직 직접 본 일은 없지만 드워프는 엄청난 술꾼이라고 할 수 있을 정도로 술을 좋아하고 또 잘 마신다. 전해 듣기로는 한번 술 잔치를 벌이면 한 명당 맥주 한 드럼은 기본으로 마시고 들어간다던데…….

그런 드워프와 술 시합을 해서 이길 정도면…….

"그래요? 언제 출발하실 건데요?"

"어, 여기서 볼일은 끝났으니 조금 있다 식사하고 출발해야지. 같이 갈 건가?"

"당연하죠!"

그렇게 신나게 루돌프와 이야기를 하던 란슬로 형은 둘이서 크게 한 번 웃더니 내게 다가와 말했다.

"그런 이유로 난 지금 출발하겠다."

"어, 어어."

"너도 같이 갈래?"

"아, 아냐."

"그래? 그럼 할 수 없지. 아저씨, 가요."

"혀, 형."

"난 잠깐 루돌프 아저씨와 함께 놀다 갈게. 너 먼저 숲에 돌아가 있어."

그 말을 마지막으로 란슬로 형과 루돌프는 바람처럼 가버렸고 방금 전까지만 해도 떠들썩했던 홀 앞은 순식간에 조용해졌다.

"소란스럽게 해서 죄송합니다. 저… 제가 묵을 수 있는 방이 어디인지 아시나요?"

원래대로라면 바로 다음 임무를 위해 이동을 해야 했지만 아까 전
이 나라의 황제가 부탁한 것이 있었기에 어쩔 수 없이라도 이곳에서
묵고 갈 수밖에 없었다.

"물론입니다. 이쪽으로 오십시오."

시종의 안내에 따라 어느 정도 걸어가자 제법 넓은 정원이 보이는
별채가 등장했다. 시종은 그 건물의 중앙에 있는 제법 큰 방으로 나를
안내하였다.

"이쪽입니다. 아무쪼록 편히 쉬시기를……."

시종은 나에게 허리를 숙여 인사를 한 뒤 곧 사라졌다. 하지만 나는
방 안으로 들어갈 수가 없었다.

"……."

이건 도저히 들어가서 쉬거나 하는 용도로 만들어진 것 같지가 않았
다. 대체 이렇게 훌륭한 방에 함부로 들어갈 녀석이 몇이나 될까?

"꿀꺽."

목으로 침 넘어가는 소리가 이때따라 유난히 크게 들렸다. 들어가는
것이 왠지 송구스럽다는 생각도 들었지만 그렇다고 계속 이렇게 서 있
을 수도 없는 노릇인만큼 천천히 안으로 걸음을 옮겼다.

사박.

마치 강가의 모래사장을 거닐 때와 같이 폭신한 바닥의 감촉이 느껴
졌다. 바닥 전체에 깔려 있는 금실로 된 양탄자는 정원 쪽으로 나 있는
커다란 창문을 통해 들어오는 햇빛을 받아 마치 바닥이 빛을 내고 있
는 듯한 착각을 주었다. 하지만 그렇다고 해서 눈이 부시거나 하지는
않았다.

"후우, 일단 쉬기 위한 방이니까."

안에 들어와서 있으니 그래도 어느 정도는 방의 분위기에 익숙해졌다. 옆에 놓인 테이블 위에 가방을 올려놓은 뒤 겉옷을 벗어 방 구석에 있는 옷걸이에 걸어놓곤 침대 위로 몸을 뉘었다.

물컹.

"으흭……!"

순간 크게 놀랄 수밖에 없었다. 침대가 마치 커다란 젤리라도 되는 양 안으로 푹 들어가 버렸기 때문이다.

"뭐, 뭐가 이렇게 푹신해?"

내심 이 쿠션 안에 대체 무엇이 들었길래 이렇게 푹신푹신한지 궁금해지는 순간이었다. 하지만 그렇다고 해서 이걸 뜯어서 확인할 수도 없는 노릇이고…….

그때였다. 갑작스레 바깥이 소란스러워진 것은.

"공주님, 이러시면 아니 되옵니다!"

"비키세요! 은인 분을 만나러 간다는 게 뭐가 그렇게 위험하다고 그래요?!"

"공주 전하, 전하께서는 이제 혼사를 앞두신 '신부'이십니다. 부디 몸가짐을……!"

"내가 결정한 혼사도 아니에요. 그리고 내 결혼 내가 알아서 하니까 유모는 신경 쓰지 마시라고요!"

"아이고~ 아이고~ 공주 전하."

"아무리 유모가 그래도 이번만은 안 넘어갈 거예요. 비켜욧!"

"공주님!"

"너도 비키거라! 무엄하다!"

"아, 알겠습니다……."

그리고 그 소란 속에는 내가 익히 알고 있는 목소리도 섞여 있었다. 그리고 잠시 잠잠해지는가 싶더니 내가 있는 방의 문이 열리며 누군가가 들어왔다.

"여기 계셨군요. 한참 찾았어요."

"아, 레아… 으힉!"

이미 밖의 소란으로 인해 레아가 여기 들어오려고 한다는 것은 알고 있었지만 내가 놀란 이유는 다른 것 때문이었다. 바로 그녀의 모습 때문이었던 것이다.

"왜 그러세요? 제가 뭐 이상한가요?"

처음 만났을 때 그녀가 입고 있던 드레스는 여기저기 찢어지고 해져서 몰랐고 같이 여기까지 오는 여행을 할 때는 그냥 평범한 여행복을 입고 있어서 몰랐는데…….

"아, 아냐. 아무것도…….”

지금 그녀는 드레스를 입고 있었다. 상반신 쪽은 수수하면서도 치마 쪽은 화사한 장식이 달린 에메랄드 빛 드레스는 그녀의 에메랄드 빛 머리카락과 매우 잘 어울렸다. 게다가 내가 원체 레아에게 관심이 있었기에 내 눈에 비친 그녀의 모습은 더욱 아름다워 보였다. '옷이 날개’라는 말이 괜히 생긴 게 아니라는 것을 여실히 알 수 있는 순간이었다.

"그, 그런데 여기는 무슨 일이야?"

"우후훗.”

내 질문에 그녀는 알 수 없는 웃음을 지었다. 그리고는 내게 테이블에 앉기를 권하며 자신도 의자에 앉았다.

"아바마마께 이야기는 들었어요. 란님께서 프로튼까지 저를 호위해

주신다면서요?”

“어, 어어…….”

사실 거의 반 강제로 떠안다시피 한 부탁이었지만 솔직히 싫지는 않았다. 조금이라도 더 그녀와 같이 있을 수 있는 기회가 생긴 셈이니까.

“그런데 란님은 바로 소르바스로 가실 예정이셨다고 하시던데…….”

“아, 괜찮아. 그 정도야 뭐.”

정말로 그 정도는 괜찮았다. 레아와 같이 있을 수 있다면.

“그래서 제가 아바마마께 간청드렸어요. 우선 소르바스를 먼저 가면 안 되겠냐고. 그랬더니 허락해 주셨어요.”

“에에?!”

“우후훗.”

그녀의 말에 나는 나도 모르게 괴성을 질렀지만 그런 나의 반응에도 그녀는 묘한 웃음을 지을 뿐이었다.

“하지만… 이걸로 조금 더 길이 여행을 할 수 있게 되었잖아요?”

“아…….”

그리고 연이어지는 그녀의 한마디. 어딘지 모르게 묘한 기분이 전해지는 그녀의 말에 나는 얼굴에서 열이 나는 것을 느꼈다.

“우후훗, 역시 란님은… 아, 아니에요.”

“응?”

오늘따라 레아가 이상하게 보였다. 기묘한 분위기로 야릇한 말을 건네더니 이번에는 무언가 말을 하려다가 그만두는 것이었다.

“저기… 사실은 부탁이 있는데요.”

“뭔데? 말해 봐. 들어줄 수 있는 거라면 뭐든 해줄게.”

나는 그녀가 무엇을 말할지가 궁금해 재촉의 눈빛을 보내었지만 그녀는 잠시 말이 없었다. 다만 고개를 숙인 채 손가락을 이리저리 움직이고 있을 뿐.

“저… 란님과 친구가 되고 싶어요. 오빠라고 부르면 안 될까요?”

“에엑?!”

갑작스러운, 그리고 충격적이기까지 한 그녀의 말에 나는 잠시 머리 속이 새하얗게 물드는 것을 느꼈다. 그리고 그렇게 수 분이 지나고 나서야 나는 정신을 차릴 수 있었다.

“안… 되나요?”

“아, 안 되기는! 나, 나야 얼마든지……!”

하지만 아직은 내가 생각해도 완전하게 제정신을 차린 것은 아닌 듯했다. 여전히 얼굴은 화끈거리고 머리 속은 반쯤 멍한 것이 마치 허공에서 헤엄을 치고 있는 듯한 기분이었다.

“다행이다. 전 허락 안 해줄까 해서 조마조마했는데.”

“그, 그렇진 않아.”

“그럼 이제 오빠… 라고 부를게요. 괜찮죠, 란 오빠?”

그렇게 말하는 그녀의 웃음은 당장 죽어달라는 부탁을 해도 기꺼이 들어줄 수 있을 것 같은 생각이 들 정도였다.

“그런데 여긴 무슨 일로 온 거야? 단지 그것 때문에 여기까지 온 것 같지는 않은데.”

“호홋, 사실은 저희 아바마마께서 란 오빠를 저녁 연회에 초대하셨어요. 원래 오늘이 연회를 열기로 예정했던 날인데다가 제가 무사히 돌아올 수 있도록 공헌한 란 오빠를 위해서이기도 하고요.”

그렇게 말하며 자리에서 일어난 레아는 벽 쪽으로 걸어가는가 싶더니 곧 벽에 걸려 있던 하프를 손에 들었다. 그리고는 다시 내가 있는 곳으로 다가오더니 천천히 하프를 켜기 시작하는 것이었다.

"어렸을 때부터 취미로 하던 거예요. 절 여기까지 수행해 준 란 오빠에 대한 제 감사의 표시라고 생각해 주세요."

그녀의 손과 하프 사이에서 아름다운 음률이 흘러나왔다. 전체적으로 부드러우면서 고요한 느낌을 주는 음악이 마음에 평온함을 가져다 주었다.

"흠~ 홍흐홍~ 랄라라라~"

하프 음색과 함께 간간히 들려오는 그녀의 허밍도 듣기에 좋았다. 가늘고 높은 소프라노 톤인 그녀의 목소리가 하프의 음색과 함께 내 귀에 울려 퍼지자 마치 고요한 물속에 있는 것 같은 평온함이 온몸을 감쌌다.

'그런데… 이것은?

한창 그녀의 음악을 감상하고 있던 나는 문득 그녀의 연주와 허밍 사이로 느껴지는 미나의 기운에 흠칫 봄을 떨었다. 그렇다고 해서 공격적인 기운의 마나는 아니었고 오히려 부드럽고 따뜻한, 그런 느낌의 마나였다.

'혹시… 이것이 주가인가?

주가. 노래나 악기를 연주하며 나오는 음률 등에 자신의 의지를 실어낼 수 있는 능력이다. 언령의 또 다른 형태이기도 한 이것은 보통 직접적인 방법보다는 간접적인 방법으로 주변에 영향을 끼치는 형태를 하고 있는데…….

'아아… 졸… 리……'

한참 그녀의 연주를 듣고 있던 나는 어느덧 눈이 감기고 있었고 그것을 알아챘을 때엔 내 정신이 이미 꿈나라로 향한 뒤였다.

　그렇게 갑작스럽게 잠이 든 내가 다시 정신을 차린 것은 이미 해가
지고 하늘에 별이 보이기 시작한 시간이었다.
　"흐음……."
　아마 내가 자고 있을 때 누군가 나를 옮겨준 듯 내 몸은 침대 위에
뉘어져 있었다.
　"하아암."
　침대에서 내려오며 몸을 쭉 펴며 크게 기지개를 켰다. 그러자 방금
전까지 남아 있던 피곤함이 한꺼번에 사라졌다.
　그렇게 크게 기지개를 켜고 옷매무새를 고친 뒤 낮에 레아가 말했던
연회에 참석하기 위해 막 문밖으로 나가려고 하는 도중 옆에 있던 거
울을 본 나는 한 가지 이상한 점을 발견했다.
　"응? 이게 뭐야!?"
　무슨 이유에서인지 내 입술에 이상한 것이 묻어 있었던 것이다. 비
록 눈에 크게 띌 정도는 아니었지만 분명 내 입술에는 분홍색의 이상
한 것이 묻어 있었던 것이다.
　"이, 이게 뭐지?"
　이런 경우는 처음이었던 나는 다급하게 손등으로 입술을 닦아내며
문밖으로 걸음을 옮겼다.

● 제5장
이계인

“이 세계, 그리고 우리가 있던 세계 말고도
이 평행의 차원에는 수많은 다른 세계들이 있지.
글쎄… 그것들이 전부 하나의 세계에서 파생된 '다른 줄기' 들인지,
아니면 원래부터 각각의 다른 세계였는지는 아직 알 수 없어.
그런데 원래 각 차원 간에는 일종의 벽 비슷한 것이 있어서
서로가 절대로 간섭할 수가 없도록 되어 있지.
하지만 언제나 예외는 있는 법이라고 하지 않던가?
문제는 그 예외라는 녀석 덕에 우리가 여기 있게 된 것이지.
혹시 자세한 설명 필요한 녀석 있어?”
“그 딴 건 필요없고… 그래서 네가 말하고자 하는 게 뭐야?”
“우리는 그 상식적으로는 절대 일어날 수 없는
'예외의 경우' 라는 것으로 인해 이곳에 오게 되었지.
그렇다면 그 '예외의 경우' 를 한번 더 발생시키면
우리가 있던 세계로 돌아갈 수도 있을지도 모르지.
뭐, 재수가 없으면 또 다른 세계로 떨어질 수도 있겠지만.”
“심각한 얘기 그렇게 쉽게 말하지 마!!”

—히아스와 그의 일행과의 대화.

한, 고전

"이드, 여기야!"

"소, 소령님……!"

"어라, 이드, 공석이 아니면 이름으로 불러달라고 했잖아."

"…알았어, 스프린."

"우후후."

"…훗."

앞에 있는 검은 머리카락의 남자 이드. 내가 전 우주에서 제일로 사랑하는 남자. 그리고 나는…….

나는…….

나는…….

"무슨 생각을 하는 거지, 스프린?"

"……."

“어이, 스프린. 저기, 소령님? 공주님?”

“에, 에? 으, 응. 왜 불렀는데, 이드?”

그는 나를 걱정스러워하는 표정으로 바라보고 있었다. 그는 정말 관심을 받는 내가 미안해질 정도의 걱정을 담아 내게 질문했다.

“무슨 일이야? 설마 무슨 걱정이라도 있는 거야?”

“으으응, 아무 일도 아냐, 이드.”

나와 그는 잠시 아무 말 없이 서로를 바라보기만 했다. 그리고 그렇게 이어지던 침묵을 깬 것은 이드였다.

“괜찮겠어, 군인이 된 거?”

그가 나를 이렇게 걱정해 준다. 갑자기 그때의 생각이 난다. 그에게 첫눈에 반해서 그만 보면 얼굴이 화끈거리면서도 정작 그에게는 한마디도 하지 못하다가 그가 용병이 되어 사라졌을 때 결국 몸이 약해져 병석에 누웠던 일을……

하지만 지금 생각해 보면 그저 지나간 과거이다. 어찌 되었든 지금 나와 그는 서로 사귀는 사이가 아닌가?

“이드…….”

“응?”

“…사랑해.”

화끈거리는 얼굴을 어떻게든 해보려고 노력하며 간신히 밖으로 끄집어낸 한마디에 그는 입에 가벼운 웃음을 머금으며 대답해 주었다.

“…나도 사랑해.”

또다시 둘 사이에 흐르는 어색한 침묵. 그리고 그가 내 양 어깨에 손을 얹었다. 그리고 그의 입술이…….

“으음…….”

그의 혀와 나의 혀가 닿는다. 서로의 혀는 조금이라도 서로를 감싸려고 움직였다.

그렇게 얼마나 있었을까?

삐이이— 삐이이— 삐이이—

—경보, 경보. 적 접근, 적 접근. 2급 전투 태세에 들어간다. 반복한다. 적 접근. 아직 정확한 적 정보는 없으나 아군이 아닌 것은 확실하다. 전원 2급 전투 태세에 들어간다. 신속히 자기 부서로 돌아가라. 반복한다…….

돌연 울리는 긴급 경보. 어느새 우리들의 주위는 붉은색으로 물들었고 상황은 우리들에게 더 이상 조용하게 사랑을 나눌 여유를 주지 않았다.

"이런, 우리는 운도 없지. 하필 이럴 때…….'"

"할 수 없지…….'"

사실 너무나 아쉬웠지만…….

나는 급히 격납고를 향해 달려가는 이드를 바라보며 외쳤다.

"이드!"

"응?"

"이번 전투가 끝나면…….'"

"끝나면? 뭐?"

"끝나면… 아이를 낳고 싶어. 너와의 사랑의 결실을 가지고 싶어!"

"……!"

조금은 당황한 듯한 그의 표정. 나도 이것은 용기를 내서 한 말이다.

우리가 아무리 사귀는 사이라도 아직 키스조차 제대로 하지 못했으니까.

마침 오늘은 조금 더 가까워진 분위기였던 것 같아서 조금 더 용기를 가지고 한 말이었다.

나는 다시 한 번 말했다. 최후의 한 톨의 용기까지 쥐어짜서.

"그러니까… 해줄 거지?"

"…그래. 이번 전투가 끝나면 우리 돌아가자. 그리고 아이를 낳자."

"응!"

단순히 그를 쫓아서, 그와 더 가까이 있고 싶어서 군에 들어왔다. 공주가 무슨 소용인가? 단지 이드, 그와 함께 있으면 다른 것은 필요없다는 생각이었고 지금도 그렇다.

그와 나의 아이를 갖고 싶다. 그와 사랑을 하고 임신을 해서 뱃속에서 커가는 아이를 그와 함께 바라보고, 그렇게 낳은 아이를 키울 것이다. 단순히 왕자나 공주가 아닌 나와 이드의 아이로……

우리들의 사랑의 결실로……

"흐음……."

아직 조금 덜 풀린 것 같군, 피로가.

어느새 상처는 치유되어 있었다. 사정없이 두들겨 맞아서 몸 곳곳의 뼈가 으스러졌을 정도였는데…….

그런데 여긴 굉장히 좋은 동네인지 침대 쿠션 감각이 죽이는데? 마치 이미르―소브런의 수도―의 황궁에 있던 침대같이…….

"어라?"

꽤 길었을 듯한 잠에서 일어난 나를 반긴 것은 음악 소리였다. 그 음악 소리는 매우 포근해서 듣고 있을수록 기분이 좋아졌다. 음악이 따뜻하다고 느낀 것은 아마 이번이 처음일 것이다. 아니, 레아의 그 음악이 있었으니 두 번째인가?

울창한 숲 한가운데에서 숲의 기운을 온몸으로 느낄 때와 같은 느낌. 황홀한 느낌이라고 해야 하나?

주위를 둘러보자 내 눈에 피아노 하나가 눈에 띄었다. 그리고 그것을 연주하는 사람도.

뒷모습밖에 보이지 않았으나 그가 남자임을 짐작할 수 있었다. 남자치고는 조금 가냘픈 것도 같았으나 분명 남자였다.

탁.

정신없이 연주에 빠져들어 있는 사이 어느새 연주는 끝났고, 연주를 하던 그는 피아노의 덮개를 덮었다.

부스럭.

이불이 흘러내리며 작은 소리를 내자 그것을 들었는지 그는 나를 향해 시선을 옮겼다.

그의 외모는 상당히 단정했다. 옷에 대한 조예가 별로 없는 내가 보아도 깔끔하게 입었다는 느낌이 날 정도로 하늘색 정장, 단정하게 다듬은 붉은 색 머리카락, 170을 조금 넘은 듯한 키, 그리고 보통 남자보다 조금은 호리호리한 몸매.

그는 나를 바라보며 싱긋 웃었다.

"아, 일어나셨군요."

하지만 내가 그에게 처음으로 한 말은 질문이었다.

"그런데 제 일행은 어디에……?"

"일행 분들이라면 다른 방에서 쉬고 계시니 걱정 마시길."

이내 그는 오른손을 왼쪽 가슴에 얹은 채 살짝 허리를 숙이며 말했다.

"그리고 저는 이 저택의 시종장 아아크라고 합니다."

"아, 저는 라니오스라고 합니다."

"스프린!"

벌떡.

이드는 헛바람을 삼키며 일어났다. 그는 상기된 채 숨을 몰아쉬고 있었다.

"허억, 허억."

그리고 잠시 후 언제 그랬냐는 듯할 정도로 진정이 되자 그는 인상을 찌푸리며 중얼거렸다.

"왜지? 왜 하필 그때의 꿈이……?"

그는 곧바로 침대에서 일어났다. 그리고는 옆의 의자에 앉아 탁자 위에 놓아둔 냉수를 들이켰다.

"스프린……."

그가 중얼거리는 이름에는 여러 가지 감정이 담겨져 있었다.

"아이를… 가지고 싶다고 했었지……."

다각다각!

인간은 이렇게 길에 돌을 깔아야 지나다닐 길이라고 생각하나? 이건 엄연히 자연 파괴이거늘! 뭐, 이런 길 보는 것도 하루 이틀 보던 게 아니라 이젠 그리 큰 감흥도 없지만(아아, 나도 갈수록 삭막해지는구나. 아름다운 엘프가 삭막하다는 소리 들으면 안 될 텐데).

그래도 자연 파괴라는 생각은 변함없었다.

"하아, 날씨 좋다."

"이제 슬슬 봄이니까요."

어느새 쌀쌀한―이라고는 하지만 난 엘프라서 그런지 그런 거 잘 모르겠다. 엘프는 자연 환경의 영향을 그리 타지 않으니까―겨울은 가고 따뜻한 봄이 오고 있었다. 길 양 옆의 나무마다 가지에 새순을 매달고 있었고 그것은 보는 이들을 즐겁게 해주었다. 눈만 매달고 있는 것보다는 나아 보였다.

"이제 소르바스까지 얼마 안 남았구나."

"그렇네요."

"그렇군요. 앞으로 하루에서 하루 반나절 정도면 도착할 겁니다."

하지만 나는 길을 가면서도 불안한 생각을 떨칠 수가 없었다. 그것은…….

"이상하네?"

"네? 뭐가요?"

"아니, 이쯤 가면 꼭 마족이 한 마리씩 나와서 행패를 부리고는 하던데… 안 나오니까 오히려 이상하네……?"

나에 의해 동네 깡패쯤으로 취급된 마족이라는 존재는 제라드에게 꽤나 흥미를 불러일으키고 있었다.

지금 나와 레아가 함께 가는 길을 서두르고 있는 이 제라드라는 녀석은 원래 소브런 황실의 근위대 소속이라고 한다. 하지만 이번에 특별 임무를 받고 프로튼에 앞서 소르바스로 향하는 나, 레아와 함께 여행에 동참한 녀석이다.

처음에는 서로 별 말도 없었고 한다고 해도 딱딱한 분위기로 몇 마디 주고받고 말았었는데 레아의 분위기 주도 하에 어느새 그와 나는 상당히 친해져 있었다. 제라드가 나를 '형' 이라고 할 정도니까.

"네에? 마족이요?"

"응, 마족. 너네 나라도 신탁 받았으면 알잖아?"

내 대답에 제라드는 잠시 곰곰이 생각하더니만 그제야 생각난다는 듯 주먹으로 손바닥을 탁 쳤다.

"아, 그러고 보니 그런 신탁이 있었죠. 하지만 워낙 그놈들 활동이 들려오지 않아서 그냥 그러려니 하고 있었는데 형은 진짜 마족을 만났었나 보죠?"

"응. 레아랑 같이 너네 나라 수도에 갈 때 두 번이나 만났었어. 물론 내가 알아서 잘 돌려보냈지."

암, 잘 두들겨 패서 보내줬지. 그런데 쟈밀이 가르쳐 준 옛말 중에 '드래곤도 제 말 하면 온다' 라고 하던가?

우웅!

…또 마족이 나타난 것이다. 하지만 그 마족을 보는 나의 시선은 의심스러워질 수밖에 없었다.

"뭐야? 저거 마족 맞어?"

모름지기 마족이라면 어디 퇴폐 술집의 기생 오라비같이 생긴 외모가 표준인 줄 알았는데…….

오늘에서야 그게 전혀 사실 무근의 추측이라는 걸 확인한 나였다.

"만나서 반갑군. 너희들이 내 부하를 예뻐해 주었다면서?"

우락부락한 몸뚱아리, 한마디로 산적 영업하면 어울릴 듯한 험상궂은 얼굴과 텁수룩한 수염, 게다가 어딘가 꼬질꼬질한 옷.

그는 자신을 손가락으로 가리키며 자기소개를 했다.

"아, 내 이름이 알고 싶겠지? 내 이름은 이야시쥬드 뮤리티즈, 이래 봬도 좀 하는 녀석이다. 주의하라고."

"산적이 아니고……?"

게다가 자길 보고 '이래 봬도 좀 하는 녀석이다'라고 하는 녀석은 처음 보겠구만……. 마치 남 소개하듯 말야.

"자, 귀찮으니 긴말은 않겠다. 내가 온 목적은 너희들도 잘 알고 있으리라 본다. 그러므로 순순히 협조해서……."

잠시 그는 조금은 살벌하게 웃었다. 그의 그 밥맛 떨어지는 웃음 덕분에 레아가 잠시나마 찔끔하게 되어버렸었다. 저 야만 마족 짜식이 감히 레아한테 겁을 줘?

그런 내 생각을 아는지 모르는지 녀석은 계속 열심히 자기 용건을 전달하고 있었다.

"그 아가씨의 신병을 이쪽에 넘겨주기 바란다."

그가 명백히 싸우자는 뜻을 밝힌 이상―우리가 순순히 레아를 넘겨준다면 모르지만 그럴 리가 없지 않은가―우리―나와 제라드―도 말에서 내려 검을 뽑았다.

"흥, 그게 과연 쉬울까?"

"쉽지 않으면 쉽게 만들면 되지."

제라드의 말에도 그는 여유로운 표정을 지으며 대꾸했다. 보아하니 자신의 실력에 상당한 자신이 있는 듯했다. 뭐, 하긴 그런 식으로 따지면 일전의 그 두 바보들―카랏트와 스피더―도 매한가지였지만…….

내 감이 말해 주고 있었다. 저 녀석은 진짜 한가락하는 녀석이라고.

"제라드, 조심해라. 저 녀석, 보통은 아니다."

"네. 전원 전투 태세로!"

제라드 역시 그에게서 뿜어져 나오는 강한 기운을 알아챈 듯 잔뜩 긴장한 모습으로 주변의 부하들에게 지시했다. 그러자 우리들 주변에 있던 기사들과 병사들도 긴장해서는 자신들의 무기를 바로잡았다.

"흥, 조무래기까지 상대할 생각은 없다. 너희는 이 녀석들하고 놀고 있거라."

이야시쥬드라는 산적 같은 마족은 자신을 향해 창칼을 겨누는 병사와 기사들을 보더니 코웃음 치며 손가락을 튕겨 보였고, 그러자 그의 주변으로 수십 마리의 마물들이 생겨났다.

"자, 가라!"

이야시쥬드라는 산적 같은 마족—이하 산적—은 우리들을 향해 손짓을 했고 그의 손짓에 마물들은 재빠르게 우리들이 있는 곳으로 달려들었다.

"전원 응전하라!"

"와아아아!!"

하지만 마물들과의 싸움은 그리 수월하지가 못했다. 그나마 검에 마나를 실어 공격할 줄 아는 기사들은 그렇다 쳐도 일반 병사들의 경우는 도저히 마물의 상대가 되지 못하는 것이었다. 게다가 나와 제라드의 경우는 저 산적과 대치하고 있는 상태라 그들을 도울 수도 없었다.

"자자, 어서 덤벼보라구. 내 멍청한 부하들을 혼쭐낸 그 실력으로 말야."

"…건방지게!"

나는 저 녀석을 당장 가루로 만들어주고 싶은 충동에 휩싸여야 했다. 생각 같아서는 당장 스팅으로 갈아버리고 싶지만 상황 판단이 빠른 나는 아예 초반부터 확실히 다듬어야겠다고 생각했다. 그리고 마법을 사용하는 쪽이 훨씬 이기기 쉽다는 건 확실했다.

"기가 플레어!"

콰광!

상당한 폭발과 함께 주위의 나무가 날아가 버렸다. 이런, 내가 자연을 파괴하다니. 그리고 그 폭발이 사그라들었을 때엔…….

바닥에 매우 추하게 널브러진 산적이 눈에 띄었다.

그는 비틀비틀 일어서고 있었다. 하지만 여전히 입가에는 웃음이 달려 있었다. 온몸의 상처로 몸 곳곳에서 검은 연기가 피어오르고 있는데도 말이다.

"헤헤, 꽤 센 놈이잖아? 상당히 아팠어."

순간 그의 모습이 흐릿해졌다. 그리고 그의 모습이 다시 뚜렷해진 것은 바로 내 앞이었다.

"아팠다고!"

뻐억!

"꺼헉!"

배에 묵직한 통증이 느껴졌다. 지금까지 한 번도 느껴보지 못했을 정도로 강한 통증이.

"까악!"

"이노옴!"

채챙!

퍼퍼퍽!

“크윽!”

내가 허공에 뜬 사이 마차 안에 있던 레아의 비명 소리와 연이어 칼날 부딪치는 소리가 났고 바로 이어서 제라드의 신음 소리가 들려왔다. 나는 배에 느껴지는 통증을 최대한 잊으며 주문을 외웠다.

“블링크!”

털썩!

탁!

제라드는 그 산적의 옆에 쓰러지는 듯하다 바로 낙법을 하더니 어느새 한참 뒤로 물러서 있었고 나도 블링크로 그의 머리 위에 나타났다.

“제라드, 피해! 기가 플레……!”

“같은 수에는 안 당한다!”

순식간에 그가 내 앞으로 솟아오르자 나는 미처 주문을 발동하지도 못하고 바로 또다시 블링크를 이용해 도망칠 수밖에 없었다. 하지만 내가 블링크로 지상으로 내려선 반면 산적은 아직 허공에 떠 있었다. 그리고 그것은 내게 좋은 표적이 되었다.

“기가 플레어!”

쾅!

하지만 그는 허공에서 발을 구르더니 옆으로 날아갔다. 한마디로 내 기가 플레어를 피했다는 거다.

“제법이구나, 엘프 꼬마야! 오랜만에 재미있게 해주는구나!”

“그렇다면, 하압!”

부웅!

제라드의 검이 그를 노리고 날아들었지만 그는 또다시 유유히 피해버렸다. 그리고 그의 손에 흑기가 맺히기 시작하더니 이내 연속적으로 이어지는 제라드의 검을 맨손으로 받아내기 시작했다.

챙챙챙챙!

"호오, 제법이구나, 인간. 정말 재미있어."

"크윽!"

"하지만!"

퍼억!

"커헉!"

터엉!

산적의 돌려차기가 제라드의 옆구리에 작렬하자 제라드는 곧 바닥으로 떨어져 버렸다. 그는 제라드를 바라보며 한마디 했다.

"함부로 끼어들지 말란 말이다. 그럼, 엘프 꼬맹아!"

채앵!

"이익……!"

"역시 제법이구나. 검술 실력은 저기 저 녀석과 비슷하지만 마법만은 확실히 질이 달라."

그의 주먹을 스팅으로 막아냈지만 그의 힘으로 인해 내 몸은 한참이나 뒤로 밀려나 버렸다. 그는 양손을 들어 올리며 크게 소리 질렀다.

"자, 어서 나를 더욱 흥분하게 하란 말이다! 몸이 근질거려 죽겠다고!"

쐐액!

다시 나를 향해 달려드는 산적, 그는 나에게 그 무지막지한 주먹을 들이밀었다.

"블링크!"

이번 역시 블링크로 그의 머리 위로 나타난 나였다.

"같은 수법은……!"

"아니니까 걱정 마! 그라비티 프레셔!"

쿠웅!

"흐읍!"

중력 마법으로 그를 묶어둔 뒤 나는 바로 중력 주문을 유지시킨 채 다음 주문을 발동했다.

"프로미넌스!"

쿠오오오오!

9클래스의 땅 속성 마법과 9클래스 화염 주문의 동시 발동. 위아래로 찍어누르는 듯한 압력과 강철도 녹이는 고열이 동시에 그를 휘감았다.

"끄으으어어억!"

역시 이 정도 공격을, 그것도 온몸으로 모조리 견디는 그는 매우 고통스러운 듯 비명을 질렀다. 나는 그것을 바라보며 이젠 이겼구나 하고 생각했지만…….

그것은 착각이었다.

"흐이야아아압!"

파앙!

"크흑……!"

마법의 역류, 그것은 주문이 깨졌다는 것을 의미한다. 하지만 일전의 경우와는 달리 일부만이 튕겨진 데다가 재빨리 대비 조치를 취했기 때문에 잠깐 속이 울렁 하는 정도로 끝날 수 있었다.

그리고 내가 땅 위로 내려섰을 때 그는 상당히 만신창이인 몰골로 나를 노려보고 있었다.

"생각보다 훨씬 대단한 마법 실력이구나, 엘프 꼬마! 하지만!"

슈욱!

그런 몰골에도 이렇게 빨리 움직일 수 있단 말인가? 그리고 내가 미처 대응하기도 전에 온몸을 격렬한 통증이 훑고 지나갔다.

퍼퍼퍼퍽!

"아아아악!"

빠각!

뿌득!

온몸의 뼈가 부러져 나가는 듯했다. 실제로 부러지거나 깨진 뼈도 많은 듯했다.

"이 마족, 받아라!"

"방해하지 말라고!"

퍼억!

"끄으으윽!"

"나를 우습게 보지 말란 말이다, 이 마족!"

다행히 제라드의 검이 그의 가슴을 파고들었다. 산적 녀석은 괴로운 듯 헛바람을 들이켰고 허공에서 쓰러지지도 못한 채 계속 두들겨 맞던 나는 바닥에 쓰러졌다.

하지만 여전히 산적은 싸울 여력이 있었나 보다.

"네가 죽고 싶은가 보구나! 흐아압!"

푸앙!

그의 기합과 함께 엄청난 바람이 나와 제라드를 뒤로 밀어내었다. 제라드의 경우에는 그리 밀려나지 않았지만 무방비 상태이다 못해 처참하게 당한 나의 경우에는 꽤나 멀리 날아가 버렸다.

"이렇게… 되면……."

이렇게 되면 마지막의 수단을 쓰는 수밖에 없었다. 지금까지는 이 마법을 한번 쓰게 되면 바로 탈진해서 쓰러져 버리는 단점 때문에 쓴 적이 없었지만 지금 이 상태로 있는 것보다는 훨씬 나았다.

부들부들.

다행히 아직 양손에는 스팅을 쥐고 있었다. 왼팔이 부러져 버린 상태라서 잡고 있는 모양새가 이상했지만 지금 이런 상황에 그런 것을 생각하고 있을 때가 아니었다.

"타앗!"

파앙!

"크악!"

산적의 공격에 제라드는 다시 한 번 나가떨어졌다. 하지만 그럼에도, 이미 온몸에 피를 흘릴 정도로 만신창이가 된 상태인데도 제라드는 다시 일어서며 그에게 달려들었다.

"질 수는 없… 지."

레아를 위해서도 나는 쓰러질 수 없었다. 모든 이들이 쓰러지더라도 그녀를 지켜내기 위해서는 쓰러질 수 없었다.

있는 힘을 다해서 팔을 움직였다. 왼팔이 부러진 상태라서 모양을 맞추기가 어려웠지만 간신히 양손에 들려진 스팅을 십(+) 자 모양으로 교차시키는 데 성공했다. 그리고 그와 거의 동시에 몸 안에서의 마나 운용도 거의 끝마쳐졌다.

"그랜드… 크로스!"

화아!

주문의 시동어 발동과 함께 주변으로 환한 백광이 퍼져 나갔다. 그리고 그 빛에 닿는 마물은 하나같이 불붙은 종잇장마냥 순식간에 타서

없어져 버렸다. 그리고 산적 역시 바로 사라지지는 않았지만 자신을 둘러싸고 있는 빛 속에서 고통스러워하고 있었다.

"크아아악! 크악! 크아악!"

하지만 그가 강한 것일까, 아니면 지금 내 상태가 나쁘다 보니 마법이 약해서일까? 그는 단숨에 소멸되지 않은 채 버티며 나에게 다가오고 있었다.

"이… 꼬맹이가!"

퍼억!

그가 나를 걷어차는 순간 주문은 깨져 버렸다. 그리고 이번에는 너무나 강렬한 마나의 역류가 몸을 뒤흔들었다.

"카악……!"

입에서 한 움큼의 피가 흘러나왔다. 저 멀리서 레아의 모습이 보였다. 안절부절못하고 있었다. 슬픈 표정을 하고 있었다. 울지 마… 레아…….

퍼벅!

채챙챙!

"흐읍!"

"제법이구나. 하지만 이젠 끝이다!"

"내가 할 소리!"

이미 서로가 만신창이가 되었음에도 제라드와 산적은 서로를 해치우기 위해 상대를 향해 공격을 시도하였다.

우웅!

부웅!

돌연 공간이 열리는 소리가 나더니 산적이 사라져 버렸고 제라드의 검은 허공을 갈랐다.

"무… 슨 일이… 지?"

그리고 나는 의식의 끈을 놓치고 말았다. 내 눈에 보였던 마지막 모습은 …….

눈물을 흘리며 달려오는 레아의 모습이었다.

방금 전까지 라니오스 일행과 싸우고 있던 마족 이야시쥬드는 당황스러워하고 있었다. 누군가 자신을 이곳으로 강제 소환한 것이었다. 그것도 자신이 전혀 눈치 채지 못하게.

게다가 주변의 분위기는 은근히 자신의 숨을 조이는 듯하였다.

'여긴 어디지? 대체 뭐가 어떻게 된 거야?'

처음으로 불안함이라는 감정을 가지는 그였다. 그리고 그의 눈에 한 인영이 잡혔다. 은발을 허리께까지 기른 차가운 인상의 사내. 쟈밀이었다.

쟈밀은 온몸으로 강렬한 살기를 뿜어내고 있었다. 그 기세는 순식간에 이야시쥬드를 겁에 질리게 만들었다. 그는 이미 자신이 알고 있는 사내였다.

"허억, 다… 당신은……?!"

"나를 알고 있나 보군. 생긴 것에 비해서는 꽤 서열이 높았던 녀석인가 보군."

방금 전까지 당당하던 그의 태도는 온데간데없었다. 쟈밀 앞에 선 그의 모습은 마치 고양이 앞의 생쥐와도 같았다.

"다, 당신 같은 분이 무슨 이유로……?"

쟈밀은 잠시 그를 싸늘한 눈빛으로 노려보았다. 그의 눈빛에 그는 눈에 보일 정도로 벌벌 떨었다.

"너는 운이 없군. 건드려서는 안 될 아이를 건드렸으니."

그의 목소리에는 차가운 냉기가 묻어 나왔다. 보통 때 라니오스나 자신의 동료, 혹은 친구들을 대할 때와는 전혀 다른 모습이었다. 그들과 함께 있을 때의 다정한 모습과는 달리 지금의 그의 모습은 그야말로 얼음보다 차가운 얼음이었다.

"하긴 너 같은 쓰레기가 그 아이가 내 조카라는 걸 알았으면 손이나 대려고 했었을까?"

"흐윽……!"

조카라니? 이야시쥬드는 경악하고 있었다. 그의 말대로 자신은 건드려서는 안 될 존재를 건든 것이었으니 말이다.

"하, 하지만… 당신은 분명……."

"아직도 주둥이를 놀리다니, 건방지군. 그 아이는 분명 내 조카다. 지금 그것에 토를 달겠다는 건가?"

"요, 용서를……."

그는 비굴해졌다. 자신이 원래 비굴해서가 아니다. 그는 자신의 상관인 마족에게도 언제나 당당했다. 건방질 정도로 말이다. 하지만 눈앞의 사내는 그들과 수준이 달랐다. 죽음을 한참 뛰어넘는 공포였다. 죽음에 서로부터의 용서가 아닌 절대적 공포로부터의 용서를 구하고 있었던 것이다.

"내 사랑스런 조카에게 그런 짓을 하고도 용서를 바라다니, 제정신인가?"

"부디, 부디 자비를……."

그런 이야시쥬드의 모습에 쟈밀은 차가운 냉소를 뱉었다.

"훗, 좋아. 용서해 주지."

"……?!"

사실 기대하지도 않았었다. 그의 분노를 산 이상 산다는 것은 전혀 불가능한 일이었다. 이전에 그의 분노를 샀던 이들이 어찌 되었는지도 여실히 알고 있었다.

그런데 이 존재가 지금 자신을 '용서' 해 준다고 하지 않았는가?

하지만 유감스럽게도 아직 쟈밀의 말은 끝나지 않았었다.

"원래 같으면 너희 마족 전체를 없애 버려야겠지만 특별히 너만 없애주지."

"그, 그런… *끄아아아아!!*"

이야시쥬드의 온몸으로 흑기가 방출되었다. 정확히 말하자면 그의 흑기가 강제로 빠져나가고 있었다. 그의 몸은 서서히 붕괴되어 가고 있었다.

쟈밀은 그런 그를 잔인한 시선으로 바라보더니 이내 몸을 돌렸다.

"조금 오래 걸리고 조금은 고통스러울 거다. 그럼 잘 죽거라."

"*끄허허어어어억!!*"

하지만 그에게 지금 쟈밀의 말이 들릴 리가 없었다. 그는 자신에게 닥친 고통을 참기에도 벅찼으니 말이다.

그리고 쟈밀은 곧 사라졌다. 그 빈 공간을 채우는 것은 이야시쥬드의 비명 소리였다.

"음… 맞어. 확실히 그랬어."

분명히 그때 이야시 어쩌고 하는 마족에게 죽기 전까지 얻어터지다가 갑자기 그 녀석이 사라지고, 그 다음에 정신을 잃었는데… 정신을 차리니까 소르바스에 도착해 있었다 이건가?

　"이거 조금은 당황스러운 전개인데?"

　하지만 당황스러워한다고 해서 현실이 바뀌는 법은 아닌 데다가 결국 제대로 잘 도착했으니 그래도 잘 된 거라고 생각했다.

　"으음? 이것은……."

　계속해서 수정구만을 바라보던 루나는 문득 이상한 것이 눈에 띄었으나 곧 그것의 반응이 사라지자 의아한 표정을 지었다.

　"이상하네? 분명 방금……."

　하지만 아무리 다시 확인하려고 해도 더 이상 아무 반응도, 특별히 이상한 것은 없었다.

　"누구지?"

　보통 이들이라면 귀찮아서라도 '내가 잘못 봤었나?' 라고 생각하며 그냥 덮고 넘어갈 수도 있었을 일이었지만 루나는 그러지 않았다. 그녀는 자리에서 일어나며 나갈 준비를 하는 것이었다.

　"아무래도 이상해. 직접 가봐야겠어."

　이윽고 그녀는 곧 자신의 방을 나섰다.

　중앙대륙에서 유일하게 공화정이라는 정치 제도를 택하고 있는 머츠론 공화국 외곽의 작은 산속. 그곳은 언제나처럼 조용하고 평화로웠다.

　찌기기긱!

　하지만 그 평화가 헝클어지는 것은 한순간이었다. 그것도 보통의 생각으로는 결코 할 수 없는 방법으로.

끼기기기긱!

거친 유리 긁는 소리와 함께 공간이 일그러지고 있었다. 그것은 단순한 공간 이동보다 그 파장이 컸고 또 불안정했다.

끼기이이익!

소리는 점점 더 커져 갔다. 그리고 그에 비례하여 공간의 비틀림 역시 더욱 심해지고 있었다.

쿠콰콰쾅!

그리고 거대한 폭발과 함께 더 이상 비틀리는 것을 견디지 못한 공간이 찢어졌다. 그 순간 거대한 폭음과 함께 큰 폭발이 발생했고 그로 인해 주변 자연물들은 순식간에 폭발에 휩싸였다.

쿠르르르!

제법 오랜 시간 동안 폭발로 인한 폭풍은 진정될 기미를 보이지 않았고 오히려 더욱 심해지는 듯한 모습을 보였다. 하지만 그것도 잠시, 폭발의 근원지로부터 무언가 알 수 없는 힘이 발생하더니 돌연 엄청난 빛이 주변을 휩싸는 것이었다.

파치이잉!

빛은 주변으로 퍼지지 않고 그대로 하늘로 솟아올랐다. 그 모습은 거대한 빛의 기둥이 되었다.

쿠우우우!

그리고 빛의 기둥이 사그라들기 시작했다. 그리고 폭발로 인한 바람이 잔잔해지고 그로 인해 마구 흩날리던 파편들과 먼지들도 진정하고는 다시 땅으로 내려앉기 시작했다. 그리고 그 먼지 연기 안으로부터 두 개의 인영이 보이기 시작했다. 그리고 둘 중 작은 체구를 가진 측은 먼지 때문에 숨이 막히는지 허리를 숙이며 재채기를 했다.

"콜록콜록, 이번에야말로 제대로 왔을까요?"

그 목소리의 주인공은 여자인 듯 상당히 가는 목소리를 가지고 있었다. 게다가 꽤나 어린 편인지 그 목소리도 여린 듯했다.

"……."

하지만 상대는 아무 대답이 없었다. 그는 반쯤 허리를 숙인 채 가만히 서 있을 뿐이었다.

"주인님……?"

그리고 서서히 연기가 사라졌다. 그리고 그 연기가 걷히고 드러난 것은 한 명의 청년과 또 한 명의 소녀였다. 청년의 경우에는 175 정도의 키를 가진 20대 초, 중반으로 보이는 외모를 가지고 있었고, 소녀의 경우에는 150 정도의 키를 한 10대 중반쯤으로 보이는 소녀였다. 하지만 둘의 공통점이 있다면 그 나이에 비해 어딘지 알 수 없는 앳된 티가 보인다는 점이었다. 청년은 흑발, 소녀는 은발을 한 듯하였지만 둘 다 먼지를 잔뜩 뒤집어쓰고 있어서 그 색이 바래 보였다. 그리고 청년의 경우에는 방금 전까지 격렬한 전투를 하기라노 한 듯 양손에는 검을 들고 있었고 온몸은 피투성이였다.

비틀.

"주인님!"

순간 간신히 서 있었다 싶은 청년의 몸이 아래로 허물어졌다. 그의 옆에 서 있던 소녀가 다급히 그를 안았기에 간신히 땅바닥에 부딪치는 것은 면했지만 이미 그의 상태는 상당히 위급했다.

"도… 착… 한 건가?"

간신히 청년의 입이 열렸다. 하지만 역시 상당히 위급하다는 것을 반영하듯 그의 목소리는 거의 죽어가고 있었다.

"네, 도착했어요. 이번에는 제대로 왔다고요."

소녀가 청년을 부축하고 있다고는 하지만 엄청난 신장 차로 인해 그
것은 상당히 힘든 것이었다. 실제로 소녀의 경우 힘으로는 걱정이 없
어 보이는 듯해도 체구의 차이로 인해 마땅한 자세로 부축해 주지 못
하고 있었다.

"그거 다행… 이군. 무지 힘들었… 어."

털썩.

결국 청년은 소녀가 부축하는 반대쪽으로 쓰러져 버렸고 그로 인해
소녀는 크게 당황한 듯 허둥대며 그를 다시 들어 올렸다.

"주인님, 주인님, 괜찮아요? 죽은 거 아니죠?"

그녀의 부름 덕이었을까. 청년은 당장 죽을 것 같은 모습을 하면서
도 결국에는 일어나는 데 성공했다.

"후우, 중세의 문명의 검과 마법이 있는 신비의 세계라. 이곳이 말로
만 듣고 글로만 읽고 만화와 영화로만 보고 게임으로만 접해왔던 판타
지 세계라는 곳인가? 으음… 생각해 보니 접한 경로도 꽤 많기는 많았
군."

조금은 얼빠진 대사를 중얼거리며 청년은 허리를 세웠다. 그는 마치
산 정상에 올라왔거나 숲 한가운데에 있는 사람처럼 가슴을 펴며 자신
이 있는 곳의 공기를 들이마셨다. 그것은 자신이 처음 발을 디딘 이곳
을 한껏 느껴보고 싶은 그의 의지 표현이었다.

"콜록콜록. 아참, 아직 먼지가 다 가라앉지는 않았지……."

하지만 그의 행동은 '똑같은 행동도 하는 시기와 장소에 따라 그
느낌이 달라진다' 는 말의 의미를 새겨줄 뿐이었다. 그리고 대사뿐
이 아니라 행동마저도 얼이 빠진 이 청년을 바라보며 소녀는 미소

지었다.

"어어어, 그런데… 왜 이렇게… 어지… 럽지?"

쿵!

"주인님!"

하지만 다시금 정신을 잃으며 바닥에 쓰러지는 청년의 모습에 소녀는 다시금 당황하며 그를 들어서 어딘가로 옮기기 시작했다.

그리고 루나가 그들이 나타난 장소에 도착한 것은 잠시 후의 일이었다.

부웅!

공간은 작은 공명음을 내며 그녀의 모습을 그곳에 나타나게 하는 것을 허락했다. 하지만 그녀가 도착했을 때는 이미 아무도 있지 않은 상태였다.

"아니… 어디로 간 거지?"

자신이 좀 전에 확인한 '무언가 이상한 반응'을 확인하기 위해 문제의 장소에 왔다. 그런데 그곳에는 아무도 없었던 것이다.

"하지만 공간의 이 반응은 분명 잠시나마 차원의 경계가 무너진……."

게다가 제법 거칠게 열렸던 공간이었는 듯 그 여파로 지금 자신이 서 있는 곳의 주변이 심하게 훼손되어 있었다. 루나는 곧 자신 주변을 탐색해 보았지만 아무 반응도 찾을 수가 없었다.

"설마… 그 사이 다른 차원으로 가거나 내 영향권 밖으로 벗어난 건가?"

하지만 차원이 열린 것은 단 한 번이었고 보통의 존재가 자신의 영향권에서 벗어날 가능성은 거의 희박했다.

"뭔가 이상해. 조사해 봐야겠어."

그 말을 끝으로 곧 루나의 모습이 사라졌다.

● 외전
레아시아

레아시아

“이쪽이야!”
“아냐, 이쪽이라니까!”
“이쪽!”
“이쪽!”

한 던전의 갈림길. 두 사내가 열심히 말싸움을 하고 있었다. 둘 모두 20대 후반 정도 되어 보였다. 한 명의 사내는 갈색 머리카락을 단정하게 기른 경장 차림의 사내였고, 다른 한 명의 사내는 마법사인 듯 로브를 걸치고 손에는 완드를 들고 있었다. 마법사의 경우엔 지금같이 흥분하지 않을 경우에는 상당히 차분한 인상을 줄 듯하였고 전사의 경우에는 상당히 강직한 인상을 줄 듯하였다. 물론 지금같이 방정맞게 다투고 있을 때는 예외겠지만 말이다.

“노련한 전사와 긍지 높은 기사로서 말하겠는데 이쪽이 맞아!”

“홍, 머리까지 근육인 녀석의 말을 어떻게 믿겠냐? 현명함의 대명사인 마법사로서의 생각에는 이쪽이다!”

“현명함의 대명사? 웃기는군. 가장 싸이코가 넘쳐 나는 직업이? 너도 벌써 미친 거냐?”

“크아악! 이게 감히 마법사를 능멸해!”

“꼽냐? 그래, 덤벼!”

마침내 둘이 싸울 분위기까지 이르자 그제야 그들 뒤에 있던 세 남녀가 그들을 뜯어말렸다. 두 남자의 경우 한 명은 상당히 쾌활해 보이는 얼굴에 상당히 고위 성직자인 듯 멋과 실용성을 동시에 갖춘 하얀 법복을 입고 있는 20대 초반의 청년이었고, 다른 한 명은 전체적으로 귀티가 나는 외모에 가벼운 경장 차림에 허리에 행거 두 자루를 찬 20대 중반의 청년이었다. 여자는 장식용으로 보이는 레이피어를 찬 전체적으로 행거를 차고 있는 청년과 비슷한 분위기를 풍기는 20대 초반의 여자였다.

“차, 참아요, 앨런. 이런 데에서까지 꼭 이래야겠어요?”

“당신도 좀 참으세요, 레델! 여긴 마을 술집이 아니라고요!”

“그래요. 둘 다 그만두세요.”

두 남자가 그들을 붙들었고 한 여자가 그들을 타이르고 구슬렀다. 하지만 여전히 둘의 화기는 식을 줄을 몰랐다.

“어림도 없는 소리. 오늘 내가 이 제정신 아닌 마법사 녀석의 두뇌를 뜯어고쳐 주겠어!”

“웃기네! 나야말로 오늘 근육밖에 없는 네 골통 속에 뇌라는 것을 만들어주마!”

“뚫곽떫췰!!”

"뚫닭핥훑!"

"⋯⋯." ×3

둘의 장렬한 말싸움에 세 사람도 두 손을 들려고 하는 순간 던전에 울부짖는 소리가 울려 퍼졌다.

"크아아앙!!"

아무래도 둘의 말싸움 소리가 그 몬스터의 잠을 깨운 듯하였다. 게다가 그 몬스터는 상당히 화가 난 듯 빠른 속도로 그들이 있는 곳을 향해 달려오고 있었다.

그제야 전사와 마법사도 싸움을 멈추고는 나머지 세 명과 함께 싸울 준비를 갖추었다.

"⋯일단 저것부터 해치우자."

"그러고 넌 각오해라."

"흥, 내가 할 소리다."

"아, 그만 좀 떠드세요. 옵니다!"

"히익! 미노타우르스!"

"그것도⋯ 하나, 둘⋯ 세상에! 아홉 마리야!"

"헥, 헥, 헥⋯⋯."

"⋯겨우 빠져나왔다."

"이번엔 진짜 죽는 줄 알았어요."

"⋯동감입니다."

"하아, 하아, 좀 쉬었다 가요."

방금 전 조우했던 미노타우르스 아홉 마리를 간신히 해치우자 그들을 반긴 것은 히드라 네 마리였다. 미노타우르스 덕분에 있는 힘 없는 힘을 다 뺀 그들은 히드라가 보이자마자 하나같이 백옥 같은 안면 피부를 과시하며 달아났고 어찌어찌 간신히 입구로 다시 나오는 데에 성공했다.

"그러기에 왜들 그렇게 큰 소리를 질러요? 덕분에 던전 내의 몬스터란 몬스터는 다 몰려왔잖아요?"

"그래요. 전 아직 부활의 권능까지 가지진 못했다고요. 설령 가능하다 해도 저런 데에서 시체 회수가 될까요?"

"두 분 모두 왜 그러세요. 적어도 싸울 장소와 협력할 장소는 가려 주셔야 하는 거 아니에요?"

상당히 화가 난 듯한 셋의 모습에 전사와 마법사는 기를 죽일 수밖에 없었다. 그들은 잔뜩 쪼그라들어서는 기어들어 가는 목소리로 사죄했다.

"…미안."

"…다음엔 주의할게."

잔뜩 웅크리든 둘의 모습에 셋은 피식 웃으며 마지막 한마디로 마무리했다.

"다음부턴 조심해 주시라고요."

"맞습니다. 모처럼의 휴가를 저승에서 보낼 생각은 없으니까요."

"그것보다 제발 두 분이서 싸우지 좀 마세요."

다섯 모두 한결같이 궁에서만 생활하다가 처음으로 장기 휴가라는 것을 얻은 이들로 전사, 마법사, 성직자, 기사, 그리고 여자의 순서대로 각각 앨런 벨자크 소브런, 레델 넬 아르다스 자토벨라 드라이거 하벨린 프로튼, 레저스 하스, 스렌트 듀브런트 센 라글란벨 크로이츠, 레이나 세이람 렌 라글란벨 크로이츠였다.

"어이, 이리 와서 이것 좀 봐."

"응? 뭔데?"

"저기… 전처럼 위험한 던전에 가자고 하면 사절이라고 하고 싶은 데…….”

"그냥 좀 평범하게 여행할 수는 없습니까? 전문 트레져 헌터들도 꺼리는 던전에 간다든가 하는 괴팍한 행동은 삼가해 주세요."

"그래요. 저와 오라버니는 이런 데서 개죽음당하기 싫다고요."

사실상 이들의 리더는 앨런과 레델이었다. 물론 둘의 나이가 가장 많기도 해서지만 둘은 전에도 두 명의 엘프들과 함께 모험을 해본 적이 있는 경험자였기 때문이다.

하지만 그 '경험자'를 따른다는 것이 이렇게 고달픈지는 생각도 못했던 셋이었다. 첫 여행부터 자신들을 다짜고짜 사지로 밀어 넣다니…….

"77응… 하지만 게이지와 니오트랑 같이 여행할 때엔 이 정도는 그리 힘들지 않았는데……."

"솔직히 조금 힘들기는 했지만 목숨을 위협할 수준은 분명 아니었지."

"이제 와서 새삼 생각해 보면 그 둘은 참 대단했어."

"암."

이럴 때는 묘하게 생각이 잘 맞물려 돌아가는 둘이었다.

"뭐, 하지만 지금은 이런 초보자들과 함께니 조심해야 하긴 했겠지."

"우리가 너희를 너무 과대평가했었다. 미안해."

하지만 그런 둘을 보는 셋의 이마에는 꽤 굵은 힘줄이 솟아 있었고 눈가에는 시커먼 그림자가 드리워 있었다.

'뒤늦게 그런 말 해서 뭐 합니까……?! 게다가 우리를 그렇게 무시할 수 있습니까?'

셋의 공통적인 생각이었다.

영웅전쟁 이후로 인간들과 드래곤들이 사는 영토의 경계선이 되어버린, 인간들은 드래곤 산맥이라고 부르는 이곳. 오랜 세월 동안 인간의 발길이라고는 닿지 않은 이곳에 지금 다섯 명의 인간이 산을 헤치며 걸어다니고 있었다.

"이야~ 역시 드래곤 산맥인가? 인적이 전혀 없구먼."

부스럭.

부스럭.

우거진 수풀을 지날 때마다 나뭇잎들이 서로 부딪치는 소리가 요란했다. 하지만 다섯 명 모두 결코 온 길을 되돌아가지는 않았다. 앨런과 레델의 경우에는 소위 말하는 깡이라는 것 때문이었고, 레저스의 경우에는 호기심, 스렌트와 레이나 남매의 경우에는 서로를 믿고 전진 중이었다.

한참 동안 수풀을 헤지며 전진하던 일행은 작은 공터를 발견하고는 그곳에서 잠시 쉬어가기로 했다.

앨런은 이마에 흐른 땀을 닦으며 레델을 향해 질문했다.

"이봐, 레델. 확실히 여기가 맞는 거야?"

따지는 듯한 앨런의 말투에 레델은 살짝 미간을 찌푸렸지만 전처럼 싸우지는 않았다.

그는 가방에서 지도를 꺼내 펼치며 말했다.

"그래. 분명 책에 나온 대로라면 이 근처가 틀림없어. 내 계산대로라면 저 산의 중턱 있지? 그래, 저기. 저기가 아니면 이 정보는 거짓이라고 해야겠지."

"후우… 이걸 사실이기를 바래야 하나, 아니면 거짓이기를 바래야 하나?"

크게 한숨을 쉬는 앨런의 모습에 스렌트는 어색한 미소를 지었다.

"하아, 저는 차라리 거짓이었으면 좋겠군요."

그의 말에 레이나도 동감이라는 뜻을 내비쳤다.

"저도 차라리 그 기록이 단순한 헛소리이기를 바라고 싶어요."

하지만 레저스의 경우에는 반대의 태도를 보이고 있었다.

"그래? 나는 차라리 있었으면 좋겠는데."

각각 다른 반응을 보며 레델은 웃음을 지으며 지도를 다시 가방에 집어넣었다.

"사실 나도 이 이야기가 그리 사실이라고 믿지는 않아. 말이 드래곤 산맥이지 과연 어떤 미친 드래곤이 경계인 이 산맥에 레어를 짓고 살겠어?"

"그럼 애써 여기까지 온 이유가 뭐야?"

이제는 따진다는 게 확실한 앨런의 태도에 레델은 손가락을 까딱거렸다.

"쯧쯧쯧, 그러니까 넌 머리가 근육이란 거다."

"뭐야!"

"이 기록에 의하면 이곳에 살았다고 추측되는 드래곤의 이름은 아즈라우드. 나이 사만 오천 년쯤으로 추측되는 에인션트 급 그린 드래곤."

“그게 뭐?”

여전히 이해 못한 앨런을 보며 레델은 혀를 찼다.

“쯧쯧쯧, 하긴 네가 영웅전쟁의 이런 상세한 기록까지 읽었을 리가 없지. 아즈라우드는 영웅전쟁 당시 드래곤 산맥에서 살았던 드래곤 중 하나다. 그리고 이곳이…….”

“설마……?”

그제야 이해한 듯한 표정을 짓는 것은 비단 앨런만이 아니었다. 레저스, 스렌트, 레이나 역시 놀란 표정을 지었다.

그런 그들의 표정을 만족스러운 표정으로 둘러본 뒤 레델은 설명을 계속했다.

“그래, 이곳이 전 아즈라우드의 레어로 추측되는 그곳이지. 내가 왜 ‘전’이라는 단어를 붙이는지 아냐? 그건 바로 아즈라우드는 ‘이노센트’에 의해 죽은 최초의 드래곤이거든.”

“……!!”

레델의 설명에 모두들 놀라는 눈치를 지었다. 스렌트는 궁금한 듯 더듬거리며 질문했다.

“저기… 어떻게 그것을…….”

“이런, 너도 공부 좀 해라. 이건 내가 너희 황궁에 놀러 갔을 때 너희 도서관에서 보고 온 기록이라고. 뭐, 아직 반납하지는 않았지만…….”

레델의 말에 스렌트는 얼굴이 붉어짐을 느꼈다. 하지만 그런 그를 변호해 주는 것은 레이나였다.

“뭐예요? 꼭 우리 집에 있는 책이라고 다 읽어야 하는 법이라도 있나요? 우리 오빠도 알 건 다 아는 박식한 오빠라고요.”

어린애 같은 그녀의 태도에 레델은 고개를 뒤로 젖히며 웃었다.

"하하하, 미안미안. 하긴 이런 기록에 얼굴을 파묻고 조사하는 이는 별로 없겠지. 아하하하."

잠시 동안 웃음을 멈추지 못하다 간신히 웃음을 진정시킨 레델은 하던 설명을 마무리했다.

"뭐, 어쨌든 이 기록은 그의 자식인 아힌세르린이 직접 썼다고 하는 책이니 믿어봐야지. 아아, 그렇게 의심스러운 표정을 짓지는 말라고. 드래곤도 별난 드래곤이 있고 드래곤이 자신의 이름으로 저술한 책은 이것 말고도 꽤 많은 사례가 있음이 증명됐다고. 내가 그 정도 진위 여부도 가리지 못할 거 같아?"

"응. 넌 제정신이 아니잖아."

당연하다는 듯 긍정을 표시하는 앨런의 태도에 레델은 '머리에 김 난다' 라는 것이 어떤 것인지 직접 체험할 수 있었다.

그는 끓어오르다 못해 그 압력으로 뚜껑이 열릴 것 같은 머리를 누르며 덧붙였다.

"그래서 그의 레어에 가보면 아직 보물과 아티팩트가 있을지도 모른다는 것이 이 몸의 가설!"

"다른 드래곤이나 몬스터가 가져갔을 거라는 생각은 안 해봤나요?"

레저스의 질문에도 레델은 이럴 때면 짓는 여유있는 웃음을 잃지 않았다.

"물론 그럴 수도 있겠지만 일단 드래곤들에게도 드래곤 산맥의 경계부는 을씨년스럽고 재수없는 장소 중에 하나인 관계로 그다지 올 이유가 없으며 그들도 예의는 아는 녀석들이라고. 아무리 죽은 드래곤의 레어라고 함부로 파헤치진 않는다 이 말씀. 게다가 드래곤들은 보통

외출할 때는 레어의 입구에 결계 같은 걸 쳐놓고 나가니까 몬스터들이 무단 침입할 가능성도 적지.”

“그럼 우리는 어떻게 그 결계를 뚫을 건데요?”

이번에 그의 말꼬리를 잡은 것은 레이나였다. 이번에는 레델의 표정도 약간 윽 하는 감이 없지 않았다.

“아, 아… 그건 뭐 어떻게 되겠지.”

싸늘~

순간 차가운 시선으로 자신을 노려보는 일행의 모습에 레델은 기가 죽었다.

“아하하, 하하… 이, 일단은 한번 가보자고. 가보면 방법이 있을지도 모르잖아?”

하지만 이미 그는 일행의 신뢰를 잃어가고 있었다.

“후우, 조금 힘든데?”

어찌저찌 결국 목적지에 도착한 앨런은 이마에 흐른 땀을 닦으며 뒤에 있는 자신의 일행들을 바라보았다.

“아, 정말 허약하네. 이 정도 가지고 뭘 그래?”

하지만 그들에게는 이런 산행을 하고도 조금 땀나는 정도밖에 되지 않는 상태를 과시하는 앨런을 더욱 이해할 수가 없었다.

“허억, 헉, 너, 넌 역시 괴물이야.”

“후우, 후, 앨런은 참 체력이… 하아, 체력이 좋으시네요.”

“앨런씨, 일행들의 상태도 좀 생각해 주세요.”

“하아, 하아, 스렌트 오라버니, 다 온 거예요?”

그들이 도착한 곳에는 드래곤도 드나들 수 있을 정도로 거대한 입구의 동굴이 입을 벌린 채 그들을 향해 있었다. 그리고 동굴의 입구 앞에는 꽤 넓은 공간도 있었는데 그곳에는 많은 돌 파편이 널려 있었다.

앨런은 동굴의 입구 쪽으로 걸어가며 레델에게 들으란 듯 말했다.

"흐음, 확실히 드래곤 레어라고 할 만한 곳이군. 그런데……."

"앨런, 멈춰!!"

"응."

구오오오!

앨런이 레어의 입구로 걸어가는 것을 보고는 레델이 급하게 소리 질렀으나 이미 늦어 있었다. 돌연 땅에서 무언가가 솟아오르고 있었던 것이다. 스톤 고렘이었다.

"이런, 그래서 바닥에 돌덩이 파편들이 있었군!"

솟아 나온 스톤 고렘의 수는 셋, 그것들의 덩치는 무려 5미터에 육박했다.

일행은 방금 솟아 나온 고렘들이 전혀 자신들에게 호의적이지 않다는 것을 알고는 각자 자신의 무리를 뽑았다.

"이 멍청한 녀석아, 이런 데에서까지 그렇게 함부로 움직여서 일행에게 폐를 끼쳐야 하겠냐?!"

"내가 뭐 이럴 줄 알았냐?!"

이런 상황에서도 어김없이 입씨름을 하는 둘을 보며 스렌트가 윽박질렀다.

"그만 좀 하십시오! 일단은 눈앞의 적을 해치워야 살든가 할 것 아닙니까?"

그의 모습에 앨런과 레델은 크게 놀랐다. 둘의 생각은 한결같았다.

'이 녀석이 이렇게 화를 낼 때도 있구나.'

　언제나 허허 웃는 스렌트의 모습과는 새삼 달라 보였던 것이다. 하지만 그런 그를 멋지다고 초롱초롱한 눈빛으로 바라보고 있는 그의 누이 레이나를 보며 나머지 일행은 온몸에 소름이 돋는 것을 느꼈다.

　"알았어. 미안하다고."

　"그래, 일단은 목숨부터 건져 놓고 이야기해야지."

　자세를 잡는 앨런의 검에 푸르스름한 검기가 맺혔다. 그리고 레델 역시 정신을 집중하고 주문을 시전하였다.

　"익스플로전!"

　콰앙!

　레델의 주문에 가장 앞에서 일행을 향해 오던 고렘의 가슴 부분이 폭발했고, 완전히 폭발하지는 않았지만 방금 전의 고렘은 가슴의 핵을 고스란히 노출시켰다.

　"이때다! 스렌트!"

　"예!"

　스렌트는 곧바로 허리의 행거를 던졌다. 그의 행거는 그의 손목의 팔찌와 긴 미스릴 실로 연결되어 있었다.

　찌잉!

　스렌트의 행거가 고렘의 핵을 맞추자 고렘의 튼튼한 겉과 달리 핵은 매우 간단히 부서져 나갔다. 핵을 파괴당한 고렘은 그대로 온몸이 산산이 부서지며 주저앉았다.

　쿠르르!

　"다음 온다! 조심해!"

　"레저스, 부탁해."

　"네."

앨런이 자신에게 검을 내밀자 레저스는 그의 검에 타격력 강화의 신성 마법을 부여했다. 그의 주문을 부여받은 검은 엷은 에메랄드 빛을 띠었다.

"으랴압!"

쿠쾅!

바위가 부서지는 굉음과 함께 두 번째 고렘의 다리를 베었다. 무게중심을 잡을 수 없게 된 고렘은 그대로 바닥에 쓰러졌고 세 번째 고렘이 그를 향해 주먹을 휘둘렀다.

부웅!

위협적인 파공음이 들렸으나 그뿐이었다. 앨런은 이미 높이 뛰어올라 고렘의 머리 부분을 바라보고 있었다.

"잘 가라고!"

쩌저적!

앨런은 그대로 고렘을 세로로 갈라 두 조각 내버렸다. 그의 칼이 지나가는 도중에 핵이 함께 잘린 고렘의 몸체는 그대로 붕괴되었다.

"플레어!"

펑!

또다시 이어지는 레델의 마법에 다리가 잘려 쓰러졌던 고렘의 가슴 부분이 폭발하며 핵이 드러났고 이번에도 어김없이 스렌트의 행거가 고렘의 핵을 파괴했다.

"후우, 간단히 넘어가서 다행이군."

얼렁뚱땅 넘어가고 싶은 앨런이었으나 이 사건의 원흉인 그를 가만히 놔둘 나머지 일행이 아니었다.

"앨런!"

“야, 이 멍청한 녀석아!”

“정말 자꾸 이럴 겁니까?!”

“자칫해서 우리 오라버니가 위험하게 되면 어쩔 거예요?!”

이럴 때 앨런이 할 수 있는 말이 얼마나 되겠는가? 그저 그는 고개를 숙이고 빌 뿐이었다.

“미안. 다시는 안 그럴게.”

차라리 일행의 질타를 받았으면 더욱 미안해졌을까? 진심으로 사과하는 앨런의 심정은 일행을 다독이는 레델에 의해 산산조각났다.

“그래그래, 저 머리에 근육밖에 없는 녀석에게 신중함을 기대하느니 오크가 학자가 되기를 기대하겠다. 안 그래?”

“뭐, 뭐야?”

“뭐, 불만이냐, 이 덜.렁.아?”

“…….”

결국에는 앨런 침몰. 그리고 그런 그를 구해준 것은 의외로 레저스였다.

“자, 일단 저 입구의 결계를 어떻게 해보신 다음에 계속 얘기하자구요.”

일행이 레어로 추측하는 동굴의 입구에는 상당히 강한 결계가 펼쳐져 있었다. 하지만 오랜 세월 때문인지 그 결계의 강도는 원래의 결계에 비해 많이 약해져 있었다.

“흐음, 역시 세월은 어쩔 수 없나 보군. 많이 약해졌어.”

“드래곤이 친 결계가 그렇게 부실해요? 그것도 에인션트 드래곤이라면서요?”

스렌트의 질문에 레델은 피식 웃어 보였다.

"하핫, 내 생각에는 이건 그리 신중하게 친 결계 같지는 않은데. 아마 금방 돌아올 거라고 생각하고 적당히 만든 걸 거야. 하지만 그런 당사자의 예상과는 달리 완전히 골로 가버려서는 레어로 돌아오는 것조차 불가능해졌으니……."

레델의 설명에 모두들 고개를 끄덕였다.

"게다가 이 결계가 이렇게 멀쩡하다는 것은 이곳은 드래곤 레어가 맞으며 아무도 저 안에 들어간 적이 없다는 것을 증명하는 것 같은데."

레델의 설명에 모두의 안색이 밝아졌다. 그의 말대로라면 자신들의 이번 모험은 결코 헛걸음이 아니라는 것이니까.

"자, 그럼 어디 해제시켜 볼까? 인간의 권위가 드래곤의 권위에 얼마나 통하는지 시험해 보자고."

레델은 천천히 결계에 다가갔다. 결계 앞에 선 그는 우선 결계의 속성을 조사하기 시작했다.

"어때, 레델?"

궁금함을 참지 못한 앨런이 그에게 질문하는 순간에 맞추어 레델은 이 결계의 속성을 파악해 내는 데에 성공했다.

그는 몸을 휘 돌려 앨런을 바라보며 의미심장한 웃음을 지었다. 그의 웃음에 앨런은 온몸으로 불안감이 엄습하는 것을 느꼈다.

"앨런, 아무래도 방금 네가 저지른 잘못을 만회할 기회가 생긴 것 같다."

"응?"

불안한 표정을 짓는 앨런을 보며 레델은 음흉한 미소를 지었다. 그는 손으로 입구를 가리켰다.

"저걸 부셔라."

"에엥?!"

황당한 표정을 짓는 앨런을 보며 레델은 크게 호통 쳤다.

"가서 때려 부수라고, 이 바보야!"

생각 같아서는 결계를 부수기 전에 저 턱주가리에 어퍼컷부터 날리고 싶은 앨런이었지만 아까 전의 일도 있고 해서 그냥 참아 넘겼다.

"알았어. 쳇."

그는 다시 검을 뽑아 들고는 입구를 향해 걸어갔다. 그리고 검에 힘을 모아 크게 휘둘렀다.

"으라압!"

터엉!

하지만 입구에 쳐진 결계는 그리 어렵지 않게 그의 공격을 무효화시켰다.

"끄떡없는데?"

"계속 쳐! 그 결계는 내구력이 정해진 거라서 계속 치면 부서져."

"얼마나 쳐야 하는데?"

"…언젠가는 부서지겠지."

레델의 무책임한 대답에 앨런은 왠지 자신이 속는 거 같다는 생각을 지울 수가 없었다.

"…장난?"

"내가 이런 상황에서까지 헛소리를 하겠냐? 빨리 계속 쳐! 부서질 때까지!"

앨런은 결국 툴툴대면서도 계속해서 결계를 두드렸다.

"랍! 하압! 아자앗! 앗싸라비아! 아싸, 좋구나! 다섯, 여섯, 일곱, 여덟!"

텅! 텅! 텅! 텅! 텅! 텅! 텅!

"앨런 씨, 저도 돕겠습니다."

레델은 자신의 행거를 빼 들며 나서려는 스렌트를 향해 손을 저어 보였다.

"아냐. 이럴 때 저 녀석 좀 엿먹여야지. 언제 이런 기회가 또 오겠냐?"

"…그렇습니까?"

결국 앨런을 제외한 나머지 일행은 그가 결계를 부술 때까지 느긋하게 휴식을 취했다.

그리고 결계가 부서진 것은 해가 다 저문 후였다.

투캉!

굉장히 요란한 소리와 함께 결계를 구성하던 마나가 흩어졌다. 그리고 그 마나의 반탄력으로 인해 앨런은 상당 거리 뒤로 날아갔다.

"쿠엑!"

안 그래도 있는 힘 없는 힘 다해서 결계를 두드리느라 남은 힘이 없던 그에게 있어 그 반탄력은 상당히 큰 충격으로 작용했다. 앨런은 일어서지도 못한 채 거친 숨을 몰아쉬었다.

"허억, 허억, 다 부순 거… 맞지?"

"그래, 간만에 너답지 않게 훌륭하게 해냈다."

앨런은 젖 먹던 힘까지 쥐어짜서 간신히 몸을 일으켜 세우는 데 성공했다.

"자, 이제 들어가 볼까?"

레델이 막 걸음을 옮기려 할 때 레이나가 다급히 그를 말렸다.

"잠깐요. 혹시 안에 무언가 있으면요?"

"그러고 보니 그렇군요. 안에 드래곤이라도 있으면 큰일 아닙니까? 일단 여기서 하루 쉬면서……."

하지만 레델은 검지를 까닥거리며 둘을 타일렀다.

"쯧쯧쯧, 만약 안에 무언가 있었으면 나와도 진작 나왔겠지. 게다가 안에 드래곤이라도 있으면 힘을 비축하고 들어가나 그냥 지금 들어가나 한 방에 재가 될 텐데 뭘. 자, 들어가자!"

레델의 아주 조금은 설득력 있는 말에 모두들 고개를 끄덕였다. 그리고 그들은 드래곤의 레어 안으로 발걸음을 옮겼다.

레어 안으로 발걸음을 옮긴 그들은 매우 놀랐고, 황당했고, 당황했다.

가장 먼저 정신을 수습한 스렌트가 자신의 감정을 털어놓았다.

"…드래곤의 레어는 참 특이하군요."

"글쎄, 내가 보기엔 레델 녀석의 실험실보다는 양호한데?"

한쪽에는 아름다운 조형물들, 다른 한쪽에는 기괴한 냄새와 연기를 풍기는 실험 재료와 기구들이, 그리고 또 다른 곳에는 보는 눈을 현혹시키는 보물들이, 다른 한쪽에는 번쩍거리는 각종 무구들과 그 외에도 각종 신기한 물건들이 앨런 일행을 반기고 있었다. 다만 문제라면 좋게 말할 경우 초감각적, 나쁘게 말할 경우 뒤죽박죽인 각 방의 배치였다.

이 모든 광경을 본 레저스의 평가는 이러했다.

"이런 계획성없는 살림 구조라니, 드래곤이란 존재는 참 생활력이 없군요."

"……."

하지만 그런 레저스의 말을 듣는 이는 아무도 없었다.

우선 앨런의 경우에는 이미 병기창으로 뛰어든 상태였다.

"아니, 이 검은!! 아니, 이 갑옷은!! 우오오~ 이 투구느은~"

레델의 경우에는 실험실이었다.

"아니, 이 논문은!! 아니, 이 포션은!! 우오오~ 이 금속으은~"

스렌트의 경우에는 미술품 보관실.

"아니, 이 유화는!! 아니, 이 수채화는!! 우오오~ 이 조각상으은~"

마지막으로 레이나의 경우는 보석 창고였다.

"까아~ 이 목걸이 봐! 까아~ 이 반지 너무 예쁘다! 까아~ 이 머리핀은 어쩜 이렇게 아름다울까~"

"……."

레저스는 그런 그들의 모습에 할 말을 잃었다.

한참 후에 가장 먼저 그가 한 일은 기도를 하는 것이었다.

"생명의 신 라시아스시여, 이 탐욕에 찌든 우매한 자들을 구원하소서."

하지만 그는 기도를 하겠나고 눈을 감느라 모르고 있었다. 이미 구경을 마치고 온 일행이 그의 기도 내용을 들으며 살기등등한 눈으로 그를 노려보고 있음을…….

"…어때?"

"아프네요……."

레저스는 퉁퉁 부은 자신의 얼굴에 회복 마법을 걸며 대답하였다. 그때 무언가 대단한 것을 발견한 듯 레델이 큰 소리를 지르며 다가왔다.

"이봐! 모두들 이쪽으로 와봐! 무언가 심상찮은 게 발견된 거 같아!"

광장히 놀란 듯한 레델의 목소리에 일행은 모두 '진짜 대단한 것이 있거나, 아니면 레델이 드디어 미친 것이다' 라고 생각하며 그가 소리친 방향으로 달려갔다.

"무슨 일이야?"

"무슨 일인데 그러십니까?"

"레델씨, 이번엔 무슨 일이기에 호들갑이에요?"

"앞이 잘 안 보여요~"

…정정하겠다. '모두' 가 아니라 레저스를 제외한 나머지 일행으로…….

레저스는 퉁퉁 부은 눈 때문에 앞을 제대로 보지 못한 채 뒤뚱거리고 있었다.

레델은 일단 저기서 갖은 추태를 연출하는 레저스를 내버려 둔 채 나머지 일행에게 보란 듯이 한 방향을 가리켰다.

"저걸 봐!"

레델이 손가락으로 가리킨 방향에는 한 여자 아이가 있었다. 그 여자 아이는 조금은 커다란 캡슐 안에 알몸으로 있었는데 캡슐 안에 담긴 그녀의 모습은 마치 키메라를 만드는 것 같은 광경이었다.

그녀는 대략 1~2살로 보이는 아기였는데 엘프인지 귀가 뾰족했다.

"에, 엘프인가?"

간신히 말문이 열린 앨런이 먼저 말을 하자 그의 대상 없는 질문에 레델이 대답했다.

"아마 그런 거 같아. 그런데 궁금한 것은 왜 저런 걸 이런 데에 집어넣어 놓았는지에 대한 거야."

모두들 잠시 동안 머리를 싸맨 채 고민했고, 잠시 후 스렌트는 무언가 추리해 냈는 듯 손바닥을 탁 치며 이야기했다.

"혹시 저 아이는 그 드래곤… 아즈라우드라고 했나요? 그 드래곤의 아이가 아닐까요?"

"에엥? 농담하지 마."

"농담이 아니고요. 그러니까… 그린 드래곤은 정이 많다고 들었어요. 저 아이는 그가 엘프로서 유희를 즐기다가 생긴 딸이고 마침 그때 영웅전쟁으로 인해 나가 싸우게 되는 상황이 발생해서 저 아이를 저런 데에 넣어둔 채 나간 것이 아닐까요?"

스렌트의 추리에 레델은 이리저리 턱을 만지며 생각에 잠겼다.

"으음… 하지만 드래곤은 유희가 끝나면 그 유희로 인해 벌어진 일에 대해서는 일체 책임은커녕 관심도 가지지 않는데… 아냐, 아힌세르린의 책에도 아즈라우드는 그린 드래곤 중에서도 유난히 정이 많다고 했어. 흐음……."

그때 막 간신히 일행이 있는 곳으로 오는 데에 성공한 레저스가 눈앞의 캡슐을 보며 질문했다.

"아니, 이건 뭡니까? 왜 엘프 아기가 저 안에 있는 거죠?"

레델은 고개를 저으며 레저스에게 같은 설명을 한 번 더 반복했고 레저스는 이해한 듯 고개를 끄덕였다.

"그런데 저 아이를 어떻게 할 거죠?"

불쑥 튀어나온 레이나의 질문에 모두는 또 한 번 고민을 해야 했다. 그들의 의견은 둘로 나뉘어졌다.

"데려가자. 불쌍하잖아."

"뭐가 불쌍해? 설마 엘프가 아니라 키메라라면?"

"설마 그러겠어요? 인도적 차원에서도 저 아기를 그냥 놔두고 가는 건 있을 수 없습니다.”

“하지만 레저스, 그럼 누가 저 아이를 맡아 기를 건데요?”

“하지만 그냥 놓고 가면 너무 불쌍하잖아요, 오라버니.”

또다시 그들은 머리를 싸맨 채 한참을 고민했고, 이번에는 앨런이 손바닥을 쳤다.

“아, 엘프니까 ‘엘프의 숲’에 맡기면 되지 않을까?”

“아, 그런 방법이 있었군!”

결국 ‘엘프의 숲에 맡긴다’라는 결론을 낸 일행은 문제의 엘프 아이와 각종 보물들을 챙긴 채 레어를 빠져나왔다. 물론 그 뒤에 네 나라가 연합해서 대규모의, 하지만 조심스러운 발굴 공사를 한 것은 말할 것 없는 일이었다.

“…미안해, 앨런. 이 아이는 맡아줄 수가 없어.”

“왜? 보다시피 엘프 아이라고. 그런데 왜 안 되는 거야?”

“…이 아이는… 하프 엘프야.”

“이봐, 케이지. 그렇게 냉정하게 대하지 말고…….”

“냉정하게 대하는 게 아냐. 이건 엄연히 규칙이라고. 우리 엘프들의 공동체에 반쪽짜리를 들인다는 것은 가장 엄격한 금기 중에 하나야.”

“…이봐, 언제 그게 ‘엄격한 금기’ 씩이나 했던 거지?”

“헉! 디, 디오트, 언제 와 있었냐?”

“네가 그 말도 안 되는 소리를 할 때부터다.”

‘하지만 이렇게까지 말 안 하면 앨런은 포기를 안 한다고! 너도 알잖아!’

‘아차차, 알았어. 나한테 맡겨. 책임은 질 테니까.’

"이봐, 디오트. 제발 부탁 좀 하자. 이 아이 좀 맡아줘."

"미안하지만 그건 안 돼."

"왜? 금기는 아니라며?"

"금기는 아니지만 어차피 이 아이가 마을에서 살아도 제대로 살 수 없어. 우리 엘프는 하프 엘프를 싫어하고 경멸하는 이들이 의외로 많아서 하프 엘프인 그 아이가 제대로 클 수가 없다고."

"그런……."

"미안해. 하지만 이건 우리도 어쩔 수 없어."

"그래……."

"미안해."

"아냐, 안 된다는 걸 억지로 어떻게 할 수는 없지."

"다음에 다시 찾아와. 그때는 술이라도 한잔하자."

"그러자……."

결국 앨런 일행은 다시 그 하프 엘프로 판명된 아이를 품에 안은 채 돌아와야 했다.

"이제 어떻게 할 거죠?"

"어떻게 하기는……."

"거 봐. 그래서 내가 그냥 놔두고 오자고 했잖아."

"하지만 레델, 그건 너무 심한 처사 아닙니까?"

"그럼 어쩌자는 거야?"

"자자, 다들 왜 이러십니까?"

"왜들 싸워요!"

또다시 모두가 시끄러워지려는 순간 레저스가 한 가지 제안을 했다.

"이러는 것은 어떻습니까? 저희 신전에 맡기는 건."

"오오!" ×3

레저스의 제안에 앨런을 제외한 모두가 탄성을 질렀다. 확실히 좋은 방법이었기 때문이다. 하지만 앨런은 고개를 저었다.

"아니, 이 아이는 내가 키우겠어."

"에에?!"

갑작스러운 앨런의 말에 모두들 놀라는 눈치였다. 하지만 앨런은 담담한 눈빛으로 자신의 품에서 조용히 자고 있는 아기를 부드럽게 쓰다듬었다.

"이봐, 앨런. 순간의 감정으로 그런 결론 내리는 게 아냐! 우리는 왕족이라고! 자칫하면……."

"알아!"

갑자기 큰소리를 지르는 앨런의 모습에 레델은 기가 죽었다.

'저 녀석이 이럴 때도 있구나.'

"이 아이는 내가 키울 거야. 이제부터 이 아이는 내 딸이고. 알았어?"

나머지 일행은 모두 묵묵히 고개를 끄덕였다.

"여어, 레델. 오랜만이군."

"그건 나도 마찬가지라고. 이거 15년쯤 만에 만나는 건가?"

"정확히 14년이지, 이 망령난 마법사야."

앨런과 레델, 레저스, 스렌트와 레이나는 오랜만의 만남에 서로 반가워하고 있었다. 그들은 이미 같이 모여 여행할 당시의 생기 넘치던 젊은이가 아닌 나이 든 중년인의 모습이었다. 하지만 그들은 여전히 예전과 같이 서로 웃고 떠들며 즐거워하였다.

"하아, 역시 왕은 성실하면 손해라니까."

"나도 가끔은 그런 생각 든다는 것이 유감이군."

서로 가벼운 농담을 주고받고 있는 가운데 레델은 돌연 무언가가 생각난 듯 갑자기 배를 잡고 웃었다.

"하하하, 이히히히, 끅끅끅……."

억지로 웃음을 참고 있는 레델의 모습을 보며 앨런은 한숨을 쉬었다.

"뭐냐, 이번에는?"

"끅끅끅, 그때 네가 퍼뜨린 이야기 참 멋졌다. 여행 중에 만난 엘프 여성과의 장렬한 로맨스, 안타깝게도 일행을 살리기 위해 장렬이 희생한 비운의 엘프 여성의 죽음, 자신과 그녀 사이에서 생겨난 딸을 받아든 채 비통한 눈물을 흘리는 고독한 전사~"

"……."

레델은 연신 웃음을 지우지 못한 채 이야기를 이어갔고, 그에 비례해서 앨런의 얼굴을 갈수록 우거지상이 되었다.

"…남의 딸 생일에 와서 그게 무슨 개소리야! 썩 입 닥치지 못해!"

"예이, 예이. 어련하시겠습니까?"

앨런이 잠시 속을 삭이느라 고개를 숙이자 레저스는 화제를 돌리기 위해 스렌트에게 말을 걸었다.

"그러고 보니 두 분 결혼하셨다면서요?"

"아, 네. 그렇게 되었습니다."

레저스의 말에 스렌트는 환한 웃음을 지었고, 그것은 그의 옆에 있는 레이나도 마찬가지였다. 이미 결혼한 지 10여 년이 지났지만 그들은 얼마 전에 결혼한 사람들처럼 기뻐했다.

"단지 수단에 불과할 거 같았던 규칙이 이번에는 두 분의 사랑의 연결 고리가 되었군요. 다행입니다."

진심으로 축하한다는 표정을 짓는 레저스를 보며 스렌트와 레이나는 얼굴을 붉히며 웃었다.

"솔직히 다행이죠. 그저 소환술사의 대를 잇기 위한 목적의 근친혼이… 이렇게 저희를 부부로 엮어주었으니까요."

"오라버니……."

"이제는 오라버니가 아니지. 엄연히 남편이라고."

"아앙~ 몰라요~"

레이나는 얼굴을 새빨갛게 물들이며 스렌트의 품으로 안겼고 얼마간 따뜻한 축복의 시선을 보내던 나머지 셋은 잠시 후에는 '닭살 돋으니 딴 데 가서 해'라는 눈초리로 바뀌어 버리고 말았다.

그러다 레저스가 궁금한 표정을 지으며 앨런에게 질문했다.

"앨런님, 궁금한 것이 하나 있는데 그때 갑자기 왜 그 아이를 맡겠다고 하신 거죠?"

하지만 앨런의 대답은 의외로 시큰둥했다.

"아들은 셋이나 있는데 딸은 없거든."

"네? 하지만 지금은……."

"응. 난 그저 딸 하나 생겼다고 좋아서 궁으로 돌아왔는데 내가 나갔다 온 사이에 내 부인과 후궁들이 줄줄이 딸을 달아놓고 있더군. 덕분에 순식간에 딸이 넷이나 생겼고."

앨런의 대답에 레저스는 어색한 웃음을 지었다.

"아, 그런데 네 딸은 언제 나오는 거냐?"

"아, 이제 조금 있으면 나올 거다. 왜? 관심있냐? 있어도 미리 포기해라. 내가 내 사랑스러운 딸을 네놈 같은 늙다리의 후궁 따위로 보낼 성싶으냐?"

은근히 약 올리려는 듯한 앨런의 말에 레델은 허허 웃으며 대답했다.

"하하, 정확히 말하면 내 아들 때문이지. 그 녀석도 이제 슬슬 약혼 정도는 해야 할 때니까. 솔직히 소문이 쫙 퍼지니 탐이 나긴 나더라고. 네 딸 말이다."

"하긴 우리 레아시아가 좀 잘났지."

자식 자랑에 기분 좋아하지 않을 부모가 어디 있을까? 앨런은 자신의 딸을 칭찬하는 레델의 말에 기분이 좋아져서는 표정이 밝아졌다.

물론 레델도 이 분위기를 놓치지 않고 파고들었다.

"어떠냐. 네 넷째 딸, 우리 아들한테 보내주지 않을래? 우리 아들놈, 외동아들이다. 일단 결혼하면 왕비는 따놓은 당상이야. 아직 약혼한 여자도 없다고."

"흐음… 생각해 보지."

일부러 비싼 척을 하는 앨런을 보며 레델은 코웃음을 쳤다. '그래 봐야 우리 레미엘만한 신랑감 찾기 힘들 거다' 라고 중얼거리면서.

"레아시아 공주 전하 입장하십니다!"

순간 좌중이 조용해졌다. 그도 그럴 것이 이날이 언제나 소문 속에서만 이야기되었던 레아시아 벨 자크 소브런 제4공주가 모습을 드러내는 순간이었기 때문이다.

그런 좌중을 가르며 한 명의 하프 엘프 소녀가 모습을 드러내었다. 그녀의 에메랄드 빛 머릿결은 단정하게 틀어 올려져 있었고 그녀의 은 빛 드레스는 비록 수수한 단색이었지만 드레스의 장식들에 의해 화려한 매력을 전하고 있었다.

그녀는 홀에 모인 이들을 향해 양 치맛자락을 잡고 허리를 숙이며 인사했다.

"여러분, 오늘 저의 생일에 이렇게 와주서서 진심으로 감사드립니다."

그것이 그녀의 공주로서 본격적인 생활의 시작이었다.

그리고 그녀는 후에 라니오스를 만나게 될 때까지는 소브런의 황족으로서 생활을 하게 된다.

하지만 그녀는 라니오스를 만나고 난 뒤 자신이 어떤 존재였는지 깨달을 수 있게 된다. 그리고 그것이 이후 그녀의 운명을 크게 바꾸게 되는데…….

〈제1권 끝〉

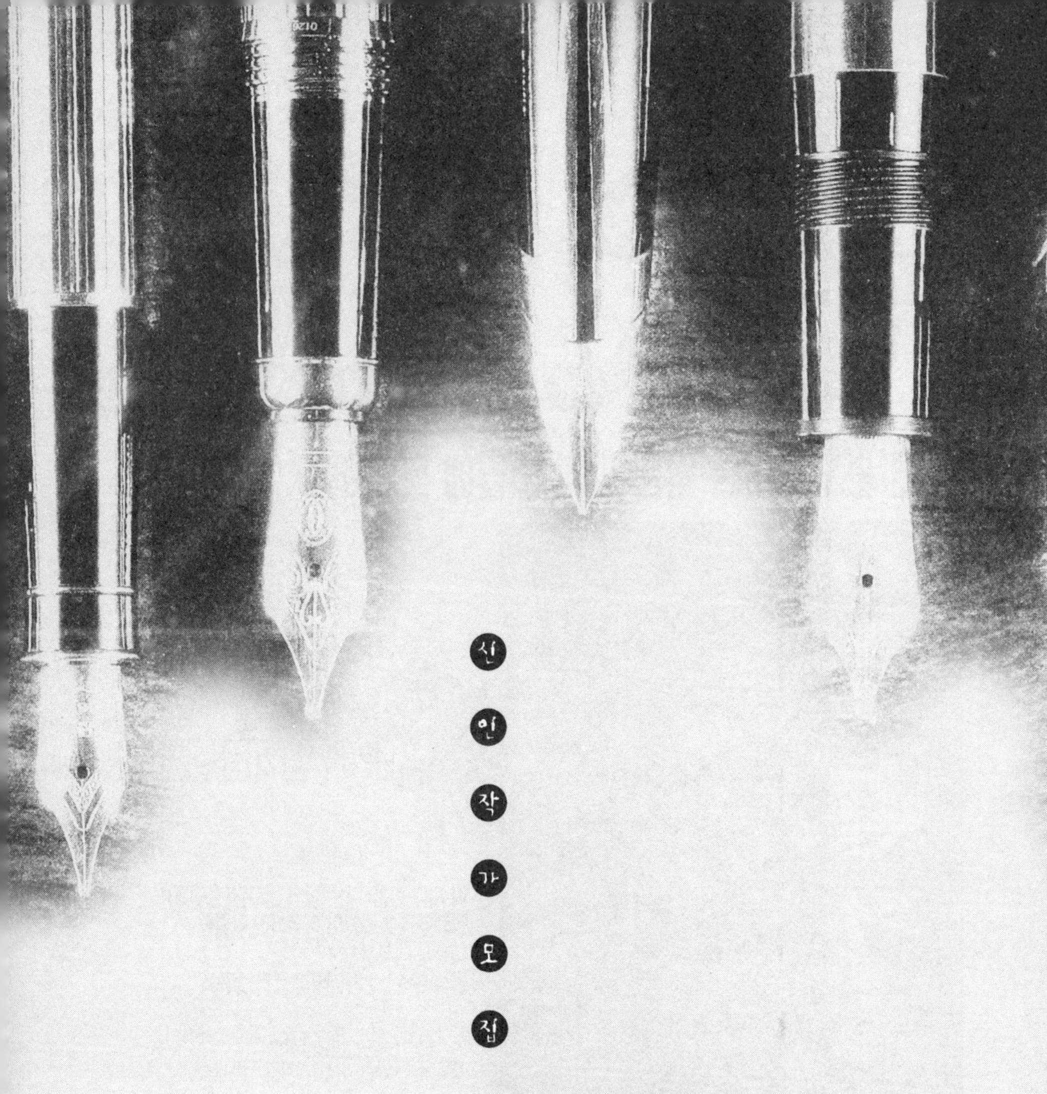
신

인

작

가

모

집

시작이 반이라고 했습니다.
작가의 길에 대한 보이지 않는 벽을 과감히 깨뜨리십시오!
청어람은 작가 지망생 여러분들의
멋진 방향타가 되어드리겠습니다.

저희 도서출판 청어람에서는
소설 신인 작가분들을 모집합니다.
판타지와 무협을 사랑하시는 분들의 많은 참여를 바랍니다.
소정의 원고(A4용지 150매)를 메일이나 우편으로 보내주시면
검토 후 출판 여부를 알려드리겠습니다.

주소:경기도 부천시 원미구 심곡1동 350-1 남성B/D 3F 우편번호420-011
TEL:032-656-4452 ·FAX:032-656-4453
http://www.chungeoram.com
e-mail:chungeoram@chungeoram.com